EL REGRESO DE IFIGENIA

José Solana Dueso

EL REGRESO DE IFIGENIA

2014 José Solana Dueso

ISBN: 978-84-616-7692-7

Imagen de portada:
Ifigenia 1, Anselm Feuerbach

Tantum religio potuit suadere malorum
¡Cómo ha podido la religión promover tan enorme maldad!

Lucrecio, *La naturaleza de las cosas*

¡Dios de estos tiempos, bastante has reinado ya
sobre mi cabeza, en tu sombría nube!

Hölderlin, *El espíritu del siglo*

EL REGRESO DE IFIGENIA

1

El cumpleaños de Ifigenia llegó en esta ocasión cargado de noticias. Tras un invierno muy frío y sin apenas lluvias, la buena estación se dejaba entrever en las hojas verdes de los almendros y en las primeras flores tímidas del romero. Ifigenia esperaba con emoción el día, no solo por lo que significaba para una mujer griega el cumplir los catorce años (ella en verdad no era del todo consciente, a pesar de haber escuchado interminables pláticas de su madre y de su nodriza sobre esa edad, misteriosa o, quién sabe, tal vez aciaga), sino por una loca sucesión de acontecimientos en los que iba a ser protagonista.

Durante el invierno, las sirvientas del palacio habían mimado todos los detalles de la indumentaria. Ifigenia siempre tenía que estar dispuesta para las pruebas. Había que ajustar el talle, coser los diferentes ceñidores, cada uno a juego con el correspondiente peplo. También las fíbulas, tanto por la forma, como por el material, de oro o de plata, tenían que combinar con cada vestido. Su madre, Clitemestra, había adquirido la pañería oriental más bella y refinada. Destacaban entre todas las prendas dos deslumbrantes velos sidonios, uno blanco, que había de ser coronado por una diadema de oro, y otro color azafrán, el que debía llevar para la ofrenda a Ártemis, la diosa virgen.

En el palacio los nervios crecían con la inminencia de la fecha. Ifigenia era la primogénita. Una suerte, la de ser primogénita, para su madre Clitemestra, un sordo castigo para su padre Agamenón, el rey de Micenas. Él hubiera preferido un varón, que solo llegó en cuarto y último lugar, y que habría de llevar el nombre de Orestes. Crisótemis y Electra, las dos hermanas, andaban todavía en brazos de sus nodrizas.

La alegría de Ifigenia y sobre todo su curiosidad convivían con una liviana aunque terca inquietud. Su tía Helena, la reina de Esparta, no había acudido ni una sola vez a visitarlos en todo el invierno. No era habitual que pasara tanto tiempo sin acudir a Micenas o sin enviar algún regalo o alguna misiva a través de un viajero o un heraldo. En torno a ella se había forjado últimamente un extraño silencio del todo incomprensible para Ifigenia, más aún siendo que Hermione, la única hija de Helena, solía pasar temporadas en Micenas, a veces meses enteros. Ifigenia le devolvía la visita en el palacio de Menelao en Esparta. Ese juego de mutuas visitas se había quebrado desde el otoño anterior.

Ifigenia comenzaba a tener barruntos de que tras la incógnita se ocultaba alguna realidad misteriosa. No era la primera vez que le había preguntado a su madre por la tía de Esparta y siempre había recibido evasivas. Esas evasivas alimentaban una cierta zozobra interior que de momento era aplacada por la inminencia del cumpleaños y por la cara festiva de esa alegre efeméride. De una manera espontánea, Ifigenia solía subir a la terraza del palacio desde la que se podía contemplar el camino de Esparta. Una vasta llanura se extendía a los pies de la acrópolis que, en el lejano horizonte, se veía truncada por una pequeña cordillera, tras la cual estaría la ciudad y la casa de su prima Hermione.

Dos días antes de la celebración del cumpleaños, llegó al palacio una comitiva de Esparta. Ifigenia respiró, por fin, tranquila.

—Las lluvias de la primavera han aconsejado retardar el viaje, pero ya estamos aquí —anunció Menelao, tras descender del lujoso carruaje que encabezaba la caravana.

Hermione se dirigió a Ifigenia y ésta vislumbró de inmediato que la incógnita de su tía seguía sin despejarse.

—La reina no ha podido venir —añadió Menelao hablando en voz alta, como dando la versión oficial de la ausencia de la reina—. Se encuentra indispuesta para un trayecto tan largo. Han sido seis días de viaje, más uno de descanso siete.

—Mi madre no está en casa, pero no se lo digas a nadie. Mi padre me mata si se entera de que me he ido de la lengua.

Fue la primera confidencia de Hermione, una confesión a hurtadillas, como diciendo algo que ya no podía guardar por más tiempo dentro de sí. A Ifigenia se le apagó la luz que irradiaba la fiesta de su decimocuarto cumpleaños. Las dos primas buscaron la oportunidad para encontrarse juntas a solas. Juntas para poder llorar, porque las hijas de los dos retoños de Atreo, los dos famosos Atridas, Agamenón, rey de Micenas, y Menelao, rey de Esparta, no podían llorar a la vista de la gente.

Durmieron las dos en la misma cama, como venían haciendo desde niñas. Hermione no cesaba de llorar, un llanto silencioso al que ya estaba acostumbrada. Aquella noche apenas pudo repetir en medio de gemidos una sola frase, que su madre no estaba en casa. A la mañana siguiente, Ifigenia debía preparar todas sus cosas para el cumpleaños. La ilusión se le había desvanecido ante el angustioso dolor que Hermione padecía. Por un momento, miró a su prima con disgusto. Pero fue un brevísimo instante: un instante de revancha que el sueño radiante de un cumpleaños memorable se tomaba ante su inminente frustración.

Por la tarde, Hermione logró por fin dar salida a toda su zozobra interior. Quería explicarle por extenso a su querida prima todo lo que sentía, lo que había ocurrido, lo que le decía su padre. Ella estaba protegida de las habladurías por una férrea aunque impotente muralla, pero nada podía protegerla de su angustia interior, y eso a nadie parecía importarle, salvo a su nodriza, la sirvienta que la había criado, sobre cuyo regazo derramaba las lágrimas en busca del anhelado consuelo.

—Mi padre se fue a Creta. No sé por qué lo hizo estando los huéspedes troyanos en casa. Le encargó a mamá que los atendiera. Creo que él tenía que negociar algo urgente con unos traficantes egipcios. No lo sé. Un día, antes del regreso de mi padre, mamá desapareció con el príncipe troyano y nadie más ha sabido de ella.

—Mi madre no me ha dicho nada. Es extraño.

—A mí tampoco me cuentan nada, pero siempre oyes rumores. Unos dicen que el troyano la ha raptado; otros, que ha sido ella la que se ha prendado de él. Ya has oído a mi padre: sigue diciendo que está en casa y que no puede venir porque se ha puesto enferma. Ya no soy una niña.

Ifigenia se olvidó del cumpleaños. Tan pronto tuvo oportunidad, le preguntó de nuevo a su madre, como ya había hecho muchas veces días atrás, por la tía Helena.

—Eres una princesa, Ifigenia. Lo mismo tú, Hermione. Sois princesas, hijas de rey y reina. No podéis olvidarlo. No podéis dejaros ajetrear por el dolor. Si no sois capaces de dominar vuestras emociones...

Clitemestra interrumpió su discurso y sintió el latigazo del dolor al ver la angustia en el rostro lívido de su sobrina.

—Bueno, yo también he llorado, pero nadie me ha visto derramar una lágrima, ni tan siquiera mi esposo, él menos que ninguno.

La reunión en la terraza continuó con un llanto a tres.

—Helena es mi hermana —prosiguió Clitemestra ya más serena—. La amo por encima de todo. Algo le habrá pasado. Mi cuñado, tu padre, hija —Clitemestra puso su mano sobre el hombro de Hermione—, es un poco bruto. Mi esposo también. A veces pienso que somos como el agua y el aceite. No entiendo por qué los dioses, mediante trucos sutiles y alevosas celadas, nos fuerzan a la unión. Tendría que haber otro medio de traer criaturas al mundo.

—Helena es tu hermana, pero es mi madre. No tiene derecho a abandonarnos así.

—Tienes razón, Hermione. Para desgracia nuestra, las mujeres en esta tierra de Pélope no tenemos derecho alguno. ¡Cuántas veces he lamentado abandonar el hogar de mi padre para aceptar la mano de un Atrida! Admiro a las hijas de Dánao y me llamo una y mil veces cobarde.

—¿Mi madre también pensaba así? —preguntó Hermione sorprendida ante la firmeza de su tía.

—Somos hermanas, pero eso afecta al cuerpo; el alma es algo distinto.

Clitemestra, que también parecía haberse olvidado del cumpleaños, se explayó en un largo discurso que supuso para Ifigenia y para Hermione una revelación inquietante y turbadora. Las dos muchachas conocían la historia de las hijas de Dánao, las Danaides, pero nunca la habían escuchado como un relato que les afectara a ellas, como de hecho parecía que afectaba a Clitemestra.

—Pasamos de un hombre a otro, igual que pasan los bueyes o los caballos. Nuestro padre acuerda el precio y nos entrega sin más miramiento que el rango de la casa. Poco importa ni el sufrir ni incluso el morir —Clitemestra, aunque se mostraba afectada, eludía hablar en el plano personal—. Yo admiro a las Danaides. Ellas se negaron a aceptar por la fuerza como esposos a los hijos de Egipto. Huyeron. Se negaron a ser uncidas a la voluntad y al capricho de un varón y evitaron las nupcias odiosas. Suplicaron a los dioses y consiguieron verse libres de la soberbia de los hombres. ¿No creéis que son de admirar?

Las dos muchachas escuchaban absortas, atenazadas entre el temor y la curiosidad, sin comprender qué tenían que ver las Danaides con la desaparición de Helena.

—Helena..., tu madre —Clitemestra se cuidaba de encontrar palabras que no hirieran a Hermione—, siempre se sintió muy libre. Yo la admiro, sí. No sé si ha calculado la ira de los Atridas.

—¿Quieres decir que ella ha abandonado su casa? ¿Sin decirnos nada? Podría haberme dado un beso, haberse despedido.

—No se puede pedir tanto, hija. No podía despedirse. O se sale de estampida o no se sale nunca. Yo admiro a las Danaides y también a su padre Dánao, porque él las apoyó y las defendió contra sus violentos pretendientes. Claro que Tindáreo, nuestro padre, no era Dánao. Nos entregó a los dos Atridas y creyó que era lo mejor para sus dos hijas, las dos reinas, en dos ciudades próximas, casadas con los dos varones más admirados, ricos y poderosos del Peloponeso. No preguntó. Nos casó y ahí terminó todo. Luego, las cosas salen como salen.

—¿No quería a mi padre? —preguntó Hermione con desolación.

—Sois muy jóvenes —respondió Clitemestra tras un hondo suspiro—, pero estáis para cumplir los catorce y en cualquier momento se puede repetir la ceremonia. Un día vuestros padres pactan la boda y vosotras iréis a una nueva casa bajo un nuevo amo. Los hombres hacen el arreglo; a las madres nos queda la mano izquierda, nada más.

—¿Quieres decir que, si mi padre me busca un esposo, aunque yo no lo conozca, no podré negarme? —preguntó Ifigenia.

–Sí, hija, –respondió Clitemestra sin vacilación–. Es así, y más si tu padre se llama Agamenón Atrida.

–¿Y no esperará a que dé mi consentimiento?

–Depende del humor que tenga en ese momento. Pero, bueno, no. Buscará un varón notable, rico y poderoso, como él, alguien con el que tenga interés en establecer alguna alianza ventajosa. Serás moneda de cambio. Solo te cabe rogar a los dioses para que te toque en suerte un hombre de bien. Si es respetuoso, puedes darte con un canto en los dientes. Si es un bruto, cuenta hasta tres antes de formular una queja.

–No sé si hablas del matrimonio o del horror, madre.

–No quiero confundiros. Pero debéis saber que a mi hermana, a Helena, se le ha hecho insoportable.

–¿Y qué garantía tiene de que ese príncipe bárbaro, Paris, no sea peor que mi padre?

–En ese caso, el error será suyo. Será ella la que se haya equivocado.

De vez en cuando subía una sirvienta a la azotea, donde se encontraban las tres mujeres, pidiendo alguna instrucción a Clitemestra sobre los muchos detalles pendientes para la fiesta del cumpleaños. Ella las despachaba con rapidez. En esos momentos no había nada más importante que esa conversación con su hija y su sobrina. También subió el paje de Agamenón, un muchacho llamado Aristágoras, que, sin atreverse a mirar a las mujeres a la cara, le transmitió el recado de que el esposo la esperaba en el patio del palacio. Clitemestra lo despidió con un gesto, sin dirigirle la palabra. Al instante, se presentó de nuevo el paje. Tenía la cara sonrojada, como si se hallara en un peligroso apuro.

–El señor ordena que baje la señora, de inmediato –dijo con gran esfuerzo y se quedó a la espera.

Clitemestra despachó de nuevo al paje con un gesto despectivo y siguió su conversación.

–Os hablaba de las Danaides. Está bien. Ellas fueron valientes. Resistieron la violencia de los hijos de Egipto. También os he dicho que su padre, Dánao, se portó de modo ejemplar. Les aconsejó huir y se embarcó con ellas rumbo a nuestra tierra, a Argos. Aquí se presentaron como suplicantes. Tras abordar la nave en el puerto, guiadas por su padre se presentaron en nuestra ciudad, tomaron el camino hacia la colina y, con sus ramos coronados de lana en la mano izquierda, saludaron las estatuas de los dioses y se situaron junto a los altares como suplicantes. Su padre les había recordado, para darles confianza, que "más que las torres valen los altares, escudos irrompibles". Esa lección de Dánao siempre la tendréis a mano si alguna vez os veis forzadas a huir a tierra extraña ante el acoso de un agresor.

El paje de Agamenón se presentó de nuevo en la azotea y, antes de dejarlo hablar, Clitemestra se adelantó:

–Dile al rey que la reina está ocupada –y lo despachó de nuevo con un gesto.

–Señora, el rey está muy irritado –tartajeó el paje asustado.

–Este muchacho sabe muy bien cuáles son los efectos de la cólera de un Atrida. –Clitemestra se excusó ante las dos muchachas–. Vuelvo enseguida. El chico no tiene ninguna culpa.

La reina regresó enardecida, contagiada de la ira de su esposo, decía ella.

–No quiero dejar esta conversación colgada. Así que los Atridas tendrán que esperar. Me falta un pie del trípode, para concluir. Las Danaides, al presentarse como suplicantes, tuvieron la oportunidad de explicar al rey de Argos su situación. El rey, llamado Pelasgo, fue prudente. No tomó una decisión caprichosa, pues sabía que ayudar a las Danaides y oponerse a los hijos de Egipto podía desencadenar una guerra internacional. Reunió la asamblea del pueblo, pues –dijo– "nada quiero hacer sin el pueblo, por muy rey que yo sea" y nadie en el voto argivo discrepó. Y cuando el heraldo de los hijos de Egipto exigió que le fueran entregadas las hijas de Dánao, el rey contestó: "Podrás llevarte a estas mujeres si ellas lo aceptan de grado cuando las hayas convencido con pías razones; mas la ciudad y el pueblo con unánime voto acordaron que nunca se entregue a la violencia a un grupo de mujeres". –Clitemestra se aprestó a concluir–. Desde las Danaides a nuestros días ha llovido mucho. No creo que nuestro rey hoy fuera tan hospitalario con las mujeres.

Tras estas palabras, exhortó a las dos muchachas a pensar en todas esas historias con tranquilidad. Besó a Ifigenia y le recordó que el día siguiente era su gran día.

—Y en verano te tocará a ti, Hermione. Nada impedirá que tengas un cumpleaños como merece la hija de mi hermana Helena.

Besó también a su sobrina y se dirigió al lugar donde había dejado esperando a los dos Atridas. El joven paje subía de nuevo a la azotea con rostro lívido y sintió una gran alegría al ver que la señora estaba ya bajando.

La cólera de Agamenón, que ya había costado repetidas broncas al joven e inocente paje, se contuvo frente al amable gesto de Menelao de salir al encuentro de Clitemestra, ante la que, de modo inapropiado a un rey, así al menos lo creyó su hermano Agamenón, inclinó suavemente la cabeza.

—Voy a explicártelo todo, noble cuñada. Espero que entiendas que nadie está más desolado que yo.

—No entiendo por qué tuviste que irte a Creta.

—No podía demorar el viaje. Se iba a cerrar el mar. Antes de la mala estación tenía que ultimar el trato con los egipcios.

Agamenón asentía.

—No entiendo cómo abandonaste la ciudad estando alojados en tu casa los miembros de una embajada extranjera. La política no debe ser asunto de mujeres.

—No lo es, y por eso no lo entiendes —terció Agamenón para defender la decisión de su hermano—. Había que darles a entender a esos bárbaros con un gesto displicente que no creíamos en sus falaces palabras. Querían firmar un tratado de paz con Esparta. ¿No ves que buscaban crear la división entre los griegos? Sí, la política es sutil —dijo Agamenón apuntando con el índice a su frente.

—¿No habrá sido una trampa a los troyanos? Buscar un motivo para la guerra —decía Clitemestra con rostro asustado y hablando para sí misma—. ¿O es que le habéis tendido una trampa a Helena? Mucho me temo que la hayáis utilizado para vuestros fines.

—¿Cómo se te ocurre? —se quejó Menelao.

—Tú sabes que Helena no era feliz. No te culpo, pero, por favor, no la culpes tú a ella.

–Todo esto no importa, esposa. Yo culpo a Paris. Solo a Paris, es decir, a Troya. Helena no es culpable de nada, si es eso lo que quieres oír, pero la deshonra cae sobre las espaldas de mi hermano, y sobre todos los griegos.

–Si Helena se ha ido voluntariamente con el troyano, porque le ha parecido bien, porque ha querido hacerlo así, os pido que respetéis la voluntad de mi hermana.

–Tu hermana, noble esposa –replicó Agamenón con su cólera en visible ascenso–, no es sin más tu hermana. Es la reina de Esparta. Y la reina de Esparta no se larga con el primer bárbaro que se cruza en su camino. Tu hermana ha sido secuestrada, raptada con violencia, por un príncipe troyano, enviado por su padre Príamo a cometer ese vil delito. Es una burla a los griegos, una humillación. No somos capaces de retener a la más bella de las mujeres griegas. Esa es la fama que adorna a tu ilustre hermana. No somos capaces de dominar ni tan siquiera a una mujer. Oigo las risas de burla en todos los rincones de Asia, desde Troya hasta la Cólquide. Grecia, objeto de mofa y escarnio.

Clitemestra sintió la impotencia ante una causa que estaba ya determinada y cerrada en la mente de su esposo. La suerte había sido echada: Helena había sido raptada por un bárbaro y había que resarcirse de la injusticia. Habían llegado a sus oídos toda suerte de rumores, casi siempre con aviesa y envidiosa intención. Los rumores hablaban de la belleza sublime del príncipe troyano, ante el que Helena habría caído embelesada. Clitemestra añadía lo que sabía por propia experiencia. Helena le había confesado que no era feliz con Menelao. La natural rebeldía de su hermana haría todo lo demás. Primero era mujer y después iba el resto. No era antes reina ni tan siquiera madre. El orden de prioridades era muy diferente del que un Atrida podía esperar de su esposa. "Yo sé", reflexionaba Clitemestra, "que Helena no le habría durado a Agamenón ni una semana en el palacio de Micenas. Con Menelao llevaba ya tres lustros. Hermione ya estaba criada. Helena vio la oportunidad con el príncipe troyano y no calculó las consecuencias. No, Helena no calculó". Clitemestra en el fondo envidiaba esa sensibilidad espontánea, rayana en lo montaraz, de su hermana.

Cuando encontró la oportunidad, después de dejar a los dos Atridas con sus maquinaciones, volvió a reunirse con Hermione. La encontró en compañía de Ifigenia en el taller donde las esclavas tejían y preparaban los vestidos.

—Ya no sois unas niñas.

Clitemestra tuvo reparos en volver a sacar a las dos primas de su mundo adolescente y devolverlas de nuevo al dolor del presente adulto, pero, por duro que le pareciera, creyó que no podía andarse con paños calientes.

—Hermione, quiero hacerte una pregunta. ¿Tú crees que mamá se fue de casa, con ese troyano, por su voluntad?

Hermione no sabía qué contestar. Ni sabía por qué su tía le planteaba esa pregunta. Pensó breves instantes, el tiempo que le dio a la duda, y finalmente estalló:

—No vi que Paris la llevara a rastras a la cama.

—¿Lo sabe tu padre?

—Sí. Los criados lo vieron todo y ella no lo ocultó.

—¿Es verdad eso que cuentan, que cargó con oro y joyas y que desvalijó el palacio?

—No, es falso. La sala del tesoro está como estaba.

La ira de Hermione era el mejor testigo de que Helena se había ido por propia voluntad. No sería lógico que la hija reprochara algo a la madre si esta hubiera sido secuestrada y arrastrada a la fuerza.

—Mi madre aprovechó la ausencia de mi padre para marcharse. Fue una noche. Yo no me di cuenta. No hubo ningún estruendo. Al principio sentí alivio, pues me parecía que, si regresaba mi padre y se hacía cargo de la situación, podía producirse un enfrentamiento. Si lo pienso fríamente, creo que es lo mejor que ha podido suceder.

Clitemestra en el fondo le dio la razón a su sobrina aunque también pensó que, si Helena hubiera reflexionado un poco, no habría llegado al extremo de meter en la cama al troyano. En algo le daba la razón a su marido. Paris era un huésped de Menelao y en tal condición debería haber evitado el adulterio. Más aún, él debería haberse resistido en el caso de que Helena lo hubiera tentado. Esa era la obligación del huésped. En algún sentido Clitemestra se sentía obligada a darle la razón a Agamenón que insistía en la traición del troyano hacia su anfitrión griego. Pero por mucho que insistiera su marido, Menelao salía mal parado en cualquier caso.

—Tendremos que ir olvidando —dijo. Abrazó a Hermione para consolarla y, quizá también, para consolarse a sí misma—. Siempre es mejor una madre ausente y tal vez feliz que muerta. —Las lágrimas de Hermione ahora eran de gratitud—. Te quedarás aquí con nosotras cuando tu padre regrese a Esparta. No te preocupes. Yo lo convenceré.

Clitemestra volvió a la realidad de los preparativos del cumpleaños. Se dirigió al taller donde trabajaban las esclavas, visitó los almacenes de víveres y preguntó al administrador si los animales del sacrificio estaban todos preparados.

Tras la comida del mediodía, dejó a las dos primas envueltas en sus confidencias y tomó el camino hacia la colina donde se hallaba el altar a la diosa Ártemis, a la que llamaban sin más la *Potnia*, la Señora. Sentía una veneración especial por la diosa virgen. Obraba impulsada por una intuición que no acertaba a descifrar, pero sentía la necesidad de consultar a la sacerdotisa, Erita. Le acompañaba una sirvienta con un voluminoso cesto en el que se contenían los útiles necesarios para la plegaria y la libación.

Ascendían hacia lo alto de la colina en silencio, la sirvienta cargada con el pesado cesto y Clitemestra agobiada por su obsesión. El paso acelerado la forzaba a jadear y, con el jadeo, diluía su congoja. El altar de la diosa estaba solitario. Unas briznas de hierba sobre el ara hacían pensar que nadie había sacrificado durante ese día. Las dos mujeres tomaron un sendero que serpenteaba por la ladera hacia una pequeña quebrada próxima.

La sirvienta pidió permiso a la señora para descansar un breve instante, pero Clitemestra tomó el pesado cesto y las dos siguieron el camino hasta alcanzar la cima de los álamos negros. Desde allí, avanzando hacia la derecha, pronto llegaron a una pequeña gruta, cuya puerta se guarecía bajo una corpulenta encina. La sirvienta quedó a la entrada y Clitemestra se dirigió al interior. Había que inclinar la cabeza para entrar en la cueva. Tras la entrada había un largo pasillo ascendente. La luz exterior se amortiguaba hasta que aparecía el fondo de la cueva iluminada por lámparas de aceite. Como supuso la reina, Erita se encontraba en el interior ejerciendo su ministerio sacerdotal.

Sobre el fondo rocoso de la cueva, en una concavidad natural, se hallaba una pequeña *xoana* de la diosa flanqueada por dos lámparas a cada lado que pendían del techo. Bajo la estatua, sobre una sencilla mesa ritual estaban alineados los objetos de culto: dos copas de bronce, una pequeña vasija en la que la sacerdotisa mezclaba los líquidos de la libación, un manojo de ramas de hisopo, colocado sobre una fíale vacía, y, junto a la mesa, una escoba de ramas de boj. Al otro lado de la mesa, una crátera contenía el agua para las abluciones.

Erita, una anciana con cuerpo de frágil adolescente, siguió sin inmutarse manteniendo los brazos en alto mientras Clitemestra quedó a la espera.

—¿Qué le inquieta a mi reina? —rompió el silencio Erita tras bajar los brazos.

—Tú sabes, mejor que nadie, lo que me inquieta.

—Tu hermana Helena, es cierto. Mucho habrá que sufrir por ella y mucho me temo que a ti te toque la mayor parte. Cada día elevo plegarias a la diosa y no desespero de que ella pueda deshacer algunos entuertos de origen mortal.

—¿Qué puedo hacer, Erita, cara a Ártemis?

—Primero, eleva tu plegaria. —La sacerdotisa alzó los brazos y permaneció en silencio.

Clitemestra depositó en la mesa los dones a la diosa: una hogaza de pan, dos quesos bien curados, aceite para la lámpara, dos tarros de miel y una copa de plata para las libaciones. Por el volumen y calidad de los dones, la sacerdotisa dedujo que la reina debía de sentirse muy afligida.

Tras depositar los dones, Clitemestra elevó a la diosa su ferviente plegaria: "Óyeme, oh tú, Ártemis, que proteges la muy célebre ciudad de Micenas y sobre ella imperas con fuerza. Si alguna vez te he dedicado las mejores primicias de los fértiles campos de la Argólide, si te he consagrado sacos de cebada, tinajas de vino y de la dulce miel, cúmpleme ahora este deseo: que el corazón de Menelao se conmueva, que acuda a Troya veloz en busca de su esposa y que cercene con su autoridad de rey los tiernos brotes de la temible guerra".

Salieron al exterior donde aguardaba la sirvienta. Clitemestra le entregó el cesto vacío y le ordenó que regresara al palacio.

La sacerdotisa estaba al corriente de lo que había ocurrido con Helena.

—Soy muy vieja para decir que me ha sorprendido tu hermana.

—Se le llenó el vaso de lágrimas y salió corriendo, estoy segura. Conozco a mi hermana.

—Eres fuerte, mi reina. Ahora encomiéndate a la diosa: ella te dará claridad de juicio. Cuídate de tu marido. Aunque te quiere y te respeta, ni el amor ni el respeto están por encima de su ambición. El afán de poder es la gran pira donde arde la felicidad de los mortales.

—Necesito consejo, Erita. ¿Qué me recomiendas?

—Menelao es débil. Se siente herido. Los caudillos de los griegos lo arrollarán. Con todo él será tu mejor aliado. No es mucho.

Clitemestra se tranquilizó. Las palabras de la sacerdotisa no le servían de consuelo, pero al menos le marcaban una ruta a seguir. "Vigila a tu marido, busca la complicidad de Menelao".

—Ahora soy yo la que quería expresar mi inquietud a mi reina.

—Sí, claro —reaccionó Clitemestra sorprendida—. La pena nos ciega a veces lo ojos.

—Mi reina tiene que ir pensando en mi sustituta. Soy vieja y, aunque por mis venas corre la energía montaraz de Ártemis, no viviré siempre. Tengo dos esclavas para el servicio de la diosa, pero la sacerdotisa debe ser una mujer libre y noble. Debo ir pensando en enseñar el sacerdocio, pero todavía no sé quién va a ser mi sucesora.

—No había pensado —musitó Clitemestra con un cierto sentimiento de culpa—. ¿Y quién debe nombrar la sucesora?

—El palacio. Siempre ha sido el *wanax* el que designa a los sacerdotes.

—Llevo quince años en Micenas y todavía soy extranjera.

—No. Ocurre que me has visto siempre al servicio de la diosa y crees que seguirá siendo así. No tienes experiencia del nombramiento de una sacerdotisa, porque lo he sido yo siempre. –Erita se despojó del velo y mostró su cabello blanco–. Pero ya noto que se está acabando el aceite y eso no lo van a remediar los fértiles campos de la Argólide.

—¿Qué habría que hacer?

—Ver una niña de familia noble que quiera dedicarse al sacerdocio de la diosa.

—Ya pensaré –apostilló Clitemestra.

—No será fácil, ya te lo advierto. La sacerdotisa es una mujer sin poder. Recibe regalos humildes y no es convocada a la sala donde se reúnen los reyes. Si se tratara de un muchacho para sacerdote de Zeus Dicteo, sería otra cosa. Hay fila de aspirantes.

Clitemestra se quedó en silencio. No tenía opinión. Más allá del trato ceremonial, nunca había tenido una conversación con la sacerdotisa.

—Ahora te irás al palacio con una tarea nueva en que pensar –comentó Erita.

—No me vendrá mal pensar en otra cosa.

—Nos veremos mañana en la ceremonia de la princesa.

Clitemestra tomó el camino de descenso hacia la ciudad mientras la sacerdotisa regresaba a la gruta por si acudía alguna nueva suplicante.

Al día siguiente se celebró la festividad del cumpleaños según el rito previsto. Al rayar el alba comenzaron los preparativos en el gran patio del palacio. Cuando llegó el rey, ya estaban todos los funcionarios listos para su tarea. El guarda de llaves abrió el salón donde se custodiaban los instrumentos sacrificiales y comenzó la actividad. El broncista tomó el barreño donde se encontraba el tinte para dorar los cuernos de las víctimas. Los inmoladores afilaron sus cuchillos. El cuidador del agua lustral llenaba las ánforas con agua que acababa de llegar de la fuente. El boyero vigilaba los animales en las cuadras, dispuesto a conducirlos ante los altares tan pronto como recibiera la orden.

Los sacrificios eran presididos por el rey Agamenón, quien estaba flanqueado por los sacerdotes de Zeus y Posidón. Los altares estaban preparados. Los sacerdotes daban la orden a los sirvientes que debían encender el fuego sacrificial. Junto a ellos, los encargados de los perfumes sujetaban en sus manos las navetas de bronce que contenían el incienso, la mirra y el estoraque.

Mientras en el patio del palacio la orgía sacrificial seguía su ritmo, vigilada por los capataces y los sacerdotes, en el santuario dedicado a la *Potnia*, la diosa Ártemis, comenzó la ofrenda presidida por Erita. Era una zona de culto en el ala oeste del palacio, alejada del *mégaron*, que era el auténtico centro de Micenas, salón del trono y santuario de Zeus.

Como se trataba del cumpleaños de una princesa, la ofrenda tenía lugar en el templo de la diosa. Ifigenia apareció deslumbrante con su velo de azafrán coronado por una diadema de oro. Un grupo de seis muchachas de su edad abrían la procesión, portando en sus manos presentes para la diosa, ramos de flores, pequeños cofres con joyas y vasos de perfumes. Hermione iba tocada con una diadema de ámbar de la que pendían dos anchas cintas de color marrón oscuro que caían sobre su espalda, paralelas a sus largas trenzas rubias, el mismo pelo que su padre Menelao.

Cada oferente presentaba su ofrenda a la diosa y la sacerdotisa la depositaba sobre el altar, comenzando de manera alterna por los dos extremos. Para la ofrenda de la princesa quedaba reservado el centro del altar.

La ofrenda de la homenajeada, Ifigenia, siempre despertaba la mayor atención y curiosidad, y más en este caso, por tratarse de la primogénita de la casa real. El regalo no defraudó a nadie, pero sorprendió e incluso disgustó al rey, porque su esposa ni se había dignado comunicarle que iba a ofrendar la más preciosa joya que ella había traído de Esparta como dote. El rey calló, aunque se sintió incómodo por la autonomía con que su esposa había tomado la decisión.

Se trataba de una copa de oro macizo que en su día había pertenecido a Leda, esposa del rey espartano Tindáreo y madre de Clitemestra y Helena. Con la copa, haciendo juego, se añadían dos pequeños ritones en forma de cuerno, también en oro. La ofrenda estaba destinada a realizar las libaciones en honor a la diosa y se iba a utilizar precisamente en esta ocasión, pues como final del rito la sacerdotisa debía elevar una plegaria y, tras ella, concluir con la libación.

La copa, en forma de cubilete, disponía de un asa lateral. En la superficie, el anónimo orfebre había representado escenas paisajísticas del Peloponeso. Se podían ver espigas de cereal, pájaros revoloteando y ciervos paciendo en una pradera junto a un bosque.

Ifigenia, tomando la copa, la mostró en alto para que todo el mundo pudiera admirarla. Clitemestra observaba con satisfacción los rostros atónitos de los presentes. Los ojos de la princesa destilaban felicidad y el encuentro de miradas con su madre reforzó la complicidad entre las dos. Erita contempló estupefacta la ofrenda creyendo que era la respuesta de la reina a sus quejas del día anterior.

En la pared que se levanta tras el altar un fresco de vivos colores representa una escena que parecía pintada para la ocasión. Dos diosas se encuentran frente a frente. Una agarra una espada por la empuñadura con la punta apoyada en el suelo. La otra lleva un largo cetro de madera dorada. Ambas diosas tienen tras de sí sendas columnas palaciales, lo que parece enmarcarlas en el ambiente del trono real. ¡Dos diosas con atuendo y tocados femeninos exhibiendo símbolos masculinos, el cetro y la espada!

Cuando terminó la ofrenda, la sacerdotisa elevó las manos al cielo y pronunció la plegaria: "Señoras de Micenas, haced que esta niña, la primogénita de la casa real, llegue a ser sobresaliente como su madre, igual de valerosa y reina con poder. Que las dos Señoras escuchen la plegaria". Tras la oración, tomó la copa de oro, vertió en ella leche y miel y ofreció libaciones a las diosas.

Al salir del santuario, la comitiva se dirigió al patio del palacio donde estaban ya ultimados los preparativos del banquete. Ifigenia se cambió el vestido y se puso una blusa ceñida de color rojo y una falda larga con volantes. Tomó asiento a la derecha de Clitemestra, flanqueada al otro lado por su prima Hermione.

Cuando ya los invitados se levantaban de la mesa, Agamenón aprovechó la primera oportunidad para preguntar a su esposa por la ofrenda a las diosas.

—Esa copa me pertenece, al menos mientras sigas siendo mi esposa –afirmó el rey con un evidente tono agrio.

—No te preocupes –respondió Clitemestra. Y enigmática añadió–: Todo queda en casa.

Lo cierto era que la copa había salido de la sala del tesoro real sin consentimiento del rey.

—Esa copa formaba parte de la dote que me entregó tu padre. No era tuya. Espero que nada vuelva a salir de la sala del tesoro sin que yo lo ordene. En adelante, yo sólo guardaré las llaves.

—La ofrenda ha quedado registrada en una tablilla. ¿Acaso crees que Erita se la va a llevar a su cueva? –respondió la reina visiblemente molesta.– Tú eres el *wanax* del palacio. Micenas entera forma parte del tesoro real, el tesoro de Agamenón.

El rey calló, pero no quedó convencido.

—Además, ya era hora de que las diosas recibieran la libación en una copa digna.

Ifigenia y Hermione se ausentaron de la sala junto con las compañeras que le habían arropado en el santuario de las diosas.

Agamenón y Clitemestra salieron al patio del palacio, donde los invitados esperaban la autorización del rey para dar por finalizada la ceremonia. Muchos de ellos daban la enhorabuena personal a los reyes por tan magnífico banquete. Entre ellos se acercó el sacerdote de Zeus, que había presidido los sacrificios. Le acompañaba Calcante, el adivino más apreciado por Agamenón y que gozaba de su total confianza.

—Hemos sabido, oh reina, que la ofrenda a las diosas ha sido magnífica –dijo el sacerdote.

—Acorde con la condición de una primogénita. Ha sido proporcionada, diría yo –respondió Clitemestra.

Calcante no se pronunció. Se limitó a expresar su felicitación y su deseo de bienestar y salud para la hija de los reyes.

—¿Qué ves, Calcante? –preguntó la reina.

—Veo, oh señora –respondió con voz grave–, una joven pletórica, sana y alegre. Será el orgullo de su padre.

Clitemestra percibió un cierto resquemor en las palabras de aquellos dos varones divinos, el sacerdote y el augur, y se preguntó si no sentirían envidia de que las diosas tuvieran en adelante una copa de libaciones más lujosa y valiosa que la de Zeus.

También se acercó a los reyes Erita, cuya sencilla vestimenta contrastaba con el lujo exhibicionista del sacerdote de Zeus. La sacerdotisa aprovechó para recordarle a la reina que debía pensar en la sustituta. Quizá la ceremonia matutina, cuyo esplendor le recordó tiempos pasados, había contribuido a elevar su moral.

–Las diosas se están batiendo en retirada, señora –se animó a decir Erita–. Si yo muero, ¿quién se encargará del santuario? ¿Quién elevará las preces en la gruta? ¿Qué será de nuestro culto? Hace apenas unos lustros, en cada gruta había una sacerdotisa. Allí llegaban las mujeres de Micenas con sus granos de cebada, sus primicias del campo, sus amuletos, sus abigarrados ramos de flores. Rezaban a las diosas, cantaban sus himnos y bailaban el dance sagrado. Lo mismo ocurría en el palacio de los reyes de Micenas. Las sacerdotisas no eran en nada menos que los sacerdotes. Todo lo contrario. La Gran Diosa presidía el panteón y mi augusta maestra, la veneranda sacerdotisa de Ártemis, dirigía el colegio sacerdotal. Yo soy la última, mi reina. Nunca he tenido la oportunidad ni el coraje de decirlo, palabras que mil veces he meditado en soledad, ante la diosa, y que ahora pronuncio ante el *wanax* y ante la *potnia*, porque no puedo morir sin decir lo que estoy diciendo.

Erita calló. Agamenón mantuvo quieto el cetro, sin ninguna señal de asentimiento ni desaprobación. De haber estado solo con ella, quizá la habría despedido con un golpe, pero no se atrevió, no fuera a ser que la reina prorrumpiera en algún exabrupto en medio del patio del palacio. Además, de sobra sabía que la sacerdotisa no había tenido nada que ver con la ofrenda de la copa sagrada.

2

Llegaba el momento de cumplir la promesa de Clitemestra a su sobrina Hermione. Había pasado ya una semana desde la fiesta del cumpleaños. Menelao, que se disponía a regresar a Esparta, recibió como un alivio la propuesta de su cuñada de que Hermione se quedara en Micenas por un tiempo.

–¿Qué habéis decidido sobre Helena? –preguntó Clitemestra a Menelao aprovechando que Agamenón no se encontraba presente.

–Ya ha salido un emisario para entrevistarse con Ulises.

–¿Qué pinta Ulises en este asunto? –Clitemestra se puso dura. Un golpe de ira inundó su rostro–. Te recuerdo que Helena es mi hermana. Tu hermano, mi esposo Agamenón, se ha tomado el asunto como una afrenta personal. Está dispuesto a todo por ti. Dice que eres su hermano, de su misma sangre. Pues bien, noble cuñado, yo digo lo mismo. Helena es mi hermana, de mi misma sangre. No me quedaré al margen, por mucho que tú o mi esposo os lo propongáis.

–¡Tranquilízate! Ulises es el mejor negociador. Me acompañará a Troya. Iremos los dos a exigir el regreso de Helena.

–A mi no me engañas. He visto a mi esposo dar instrucciones y no hay duda. Ha ordenado construir nuevas naves y reparar las que están deterioradas.

–Espero convencer a Helena y regresar con ella. En otoño todo habrá terminado. Por mí no habrá represalias. Ya la he perdonado. Reconozco mi torpeza. No debí abandonar el hogar para ir a Creta y dejar a los huéspedes en el palacio. –Menelao cabeceaba como si todavía no diera crédito a lo que había ocurrido–. Nunca creí que esos bárbaros llegarían al extremo de su maldad.

Clitemestra bajó los brazos descorazonada. A Menelao le faltaba el temple que le sobraba a su esposo.

—Cuida de Hermione, cuñada. En otoño, estará de nuevo con nosotros Helena.

Menelao partió hacia Esparta. Debía preparar la nave y los remeros para el viaje a Troya. En total, cincuenta hombres.

Antes de emprender el camino de regreso, los dos Atridas se habían reunido con el consejo de Micenas. De él formaban parte los cabezas de las familias más ricas. Habían convocado también a los próceres de ciudades vecinas, como Argos o Tirinte, entre ellos Diomedes y Palamedes.

Agamenón les explicó la situación, a su modo. Menelao era de pocas palabras, aunque muy sonoras, y todavía más parco en razones. Tal vez podría haber dado un informe de lo ocurrido, pero seguro que no habría convencido a nadie. Así que se limitó a ratificar con sus movimientos de cejas y cabeza lo que su hermano decía. Y lo que su hermano dijo fue lo que creyó que se debía decir: que los bárbaros troyanos habían traicionado la hospitalidad de su hermano Menelao, rey de Esparta, que la reina Helena fue raptada con violencia y que la infamia de París había caído sobre todos los griegos.

—Tenemos pruebas, nobles helenos. No hablo por hablar.

—La ofensa a Menelao afecta a todos los griegos —asintió Diomedes—. Estoy de acuerdo con Agamenón, pero se oyen muchos rumores. Hay quien dice que Helena se fue libremente. ¿Qué hacemos si eso es verdad? No podemos exponernos al ridículo.

—La verdad, noble Diomedes, pende del cetro del *wanax*, y mejor todavía de su espada. ¿Somos caudillos de los griegos o labriegos de la gleba, somos reyes o simples broncistas que fabricamos las espadas para que manos más fuertes las blandan?

—¿Quien puede confirmar —terció Palamedes— si Helena ha sido secuestrada por un troyano? Helena no está aquí para confirmar ni desmentir. Creo que Agamenón tiene razón.

—No solo tengo razón. Es que Grecia no tiene otra salida. ¿Qué vamos a decir? ¿Que una reina griega se ha fugado con un príncipe troyano?

Menelao, cada vez que rememoraba el pasado, deseaba volver al preciso instante en que se disponía a tomar la nave hacia Creta, encomendando a su esposa Helena el cuidado de la embajada troyana. Pero no podía regresar. Las corrientes de los ríos sagrados no remontan a sus fuentes. Él no quería ir a Creta, mejor dicho, no quería dejar a su esposa sola en el palacio en compañía de Paris. "El negocio es muy importante", le había dicho su hermano Agamenón. "Si no cierras el trato, podemos quedarnos sin cebada suficiente para nuestros ganados y sin trigo para nuestros hornos". Podía haber enviado un embajador a que firmase el pacto, pero no lo hizo y ahora ya no había remedio.

En el Consejo de notables de Micenas, Menelao apenas se atrevió a despegar los labios. A medida que pasaban los días, a medida que Helena se convertía en un asunto de disputa y deliberación entre los hombres, en un grave asunto político, Menelao se sentía más acobardado. Imaginaba que a sus espaldas, esos nobles varones que juraban defender y apoyar el honor del caudillo agraviado, lanzaban miradas irónicas que encubrían una maliciosa sonrisa. Las miradas golpeaban su espalda y sacudían su cogote, un varón que no sabe hacerse respetar en su casa, abandonado por su mujer: no había manera de componer una buena historia para Menelao.

Solo Clitemestra podía hacerlo, solo ella podía verlo como un hombre bueno, no corrompido por el veneno corrosivo de las malas lenguas; un hombre que, aun con pesar, podía comprender que su esposa, que le fue entregada por Tindáreo, el padre de ella, siendo una niña, no tenía demasiadas razones para mantener vivo el fuego de la fidelidad. Más difícil era que un varón comprendiera que Eros es caprichoso, a veces un dios invencible, e imposible del todo admitir que una reina pudiera dejar su palacio, el color dorado de sus espaciosas habitaciones, la sala del tesoro, para emprender una aventura en un país extraño. Tal vez muchas mujeres podrían haber tenido ganas de encontrarse frente a frente con Helena y reprocharle el haber abandonado a su hija Hermione. Quizá habría alguna mujer de Esparta o del Peloponeso, tal vez la propia Clitemestra, al menos en la mitad de su alma, que admitía e incluso elogiaba a Helena y la consideraba valiente por haberse atrevido a seguir los impulsos de la diosa Afrodita abandonando a su esposo, a su hija y a su familia. A Clitemestra le dolía reconocerlo, pero no podía dejar de darle la razón a su hermana, sobre todo cada vez que sentía sobre sí el oprobioso peso de la pura autoridad del esposo. Una autoridad que amenazaba con diluir todo lo demás, el ardiente delirio de Eros y, ya no digamos, el goce cálido de una complicidad.

Tras regresar Menelao a Esparta, Clitemestra seguía buscando la oportunidad de sondear la opinión y los propósitos de su esposo. Él no soltaba prenda y, sobre todo, mostraba total desinterés e incluso disgusto por la curiosidad de su esposa. Venía a decirle: "No te metas. Esto no es asunto tuyo".

Un día Clitemestra se decidió a desafiar a su esposo.

–Estoy dispuesta a viajar a Troya. Quiero conocer la opinión de mi hermana.

–Si dejamos que los troyanos impongan su verdad, estamos perdidos. No pienso tolerarlo –sentenció Agamenón.

–Ni los troyanos ni los griegos somos quienes para imponer la verdad. Solo la palabra de Helena puede desvelarla.

–Helena en este asunto no es tu hermana ni mi cuñada. Es una reina griega. Es Grecia.

–Es mi hermana.

–Lo sé, y por eso tú nunca comprenderás la situación. La sangre ciega los ojos. Solo hay una salida: que Helena regrese de Troya con Menelao. Si no es así, lo fiaremos todo a Ares. Nadie podrá evitarlo.

–Orgulloso Atrida de crueles entrañas –dijo Clitemestra–, ávido de poder, que crees que las lágrimas no están hechas para los varones. Cuida no vayas a traspasar el límite que tenemos fijados los seres mortales. Ojalá que los dioses frenen a tiempo tu ambiciosa desmesura.

Clitemestra perdió la fe en poder convencer a su esposo o en poder intervenir, al menos con el consejo, en el asunto de su hermana, e incluso perdió la esperanza de ser informada de las decisiones que tomaba el rey y los nobles varones de Micenas. Se sentía marginada. Ella nunca había pretendido mezclarse en los asuntos del palacio. ¡Ojalá lo hubiera hecho desde el primer momento! ¡Ojalá lo hubiera exigido! Ahora tal vez no tendría que mendigarlo. Tan grande como era a los ojos de la mundana opinión, la reina de Micenas, la *Potnia*, y tan pequeña como en realidad se sentía en un asunto tan nimio, pero tan importante para ella, como era el bienestar de Helena. ¡Cómo podían caer tan bajas las hijas de Tindáreo! Ella, relegada en el palacio, como un artefacto decorativo, y su hermana, objeto de tráfico en los sucios entresijos y maquinaciones entre las potencias griegas y la ciudad asiática de Troya.

Clitemestra no era baja de estatura ni fina de talle. Era una mujer fuerte, así de cuerpo como de espíritu. Helena se había quedado con el encanto femenino, sea lo que sea, y con la intuición y la intrepidez, rápida de reflejos. Los varones quedaban deslumbrados, seducidos o abducidos ante ella, no por ella. Tuvo muchos pretendientes, pero Menelao fue el mejor postor. Ofreció más que nadie y, más que nada, el prestigio de Atreo, el poder de su origen, Micenas, ciudad rica en oro, convenció al rey de Esparta. Dos hermanos para las dos hermanas tindáridas le parecieron al padre la alianza perfecta, la garantía de un futuro seguro y próspero; dos poderosas ciudades cercanas entre sí podrían hacerse con el dominio de todo el Peloponeso, la isla de Pélope. Eso, por supuesto, con el debido respeto a Néstor, el soberano de la arenosa Pilo.

Tindáreo creyó haber hecho lo mejor para sus hijas. Estaba convencido de que las dejaba bien blindadas ante las hambrunas que de vez en cuando asolaban la región y ante posibles ataques de los pueblos del mar. Aunque a veces las hijas se quejaban de que el padre las utilizaba como moneda de cambio para sus planes de alianzas, lo cierto es que el padre se iba de este mundo más tranquilo si sabía que, a su muerte, iba a recibir un solemne entierro de manos de una hija próspera.

Tras catorce años en Micenas, Clitemestra sentía que algo empezaba a romperse en su relación con Agamenón. La prueba era que, de en vez en cuando, bullía en su cabeza la turbulenta memoria de su pasado anterior. Recordaba cómo siendo todavía una adolescente su padre la entregó a Tántalo, el rey de Pisa, y cómo, tras dos años de matrimonio, llegó a su país una partida de fieros guerreros de Micenas al mando de Agamenón Atrida. Derrotado el ejército y muerto su esposo, Clitemenestra huyó con el bebé en brazos hasta que cayó en manos del jefe de los guerreros. El bebé murió en el primer forcejeo sin que ella pudiera precisar cómo. Agamenón siempre diría que había sido un accidente, que no pretendía matarlo.

Ahora Clitemestra se preguntaba si aquel empujón que la hizo rodar escaleras abajo con el niño en brazos no fue un brutal gesto intencionado por parte del vencedor. Le acometía la duda y no le ayudaba a encontrar vías de entendimiento con su esposo.

Tindáreo había muerto ya anciano hacía dos años. Debió de morir tranquilo y tuvo el solemne entierro que deseaba. El hambre no acechaba en Micenas ni tampoco había a la vista ningún agresivo invasor. Pero nadie, y menos aún Tindáreo, miraba al interior de la casa. Un negro velo cubre el espacio doméstico donde las mujeres se pasan la vida. ¿Quién le pide cuentas al esposo? ¿A quién puede recurrir Clitemestra para evitar que el esposo, por su cuenta y riesgo, según el cálculo de sus intereses de poder, decida la suerte de su hermana, sin que ella pueda decir ni pío? Eso se preguntaba Clitemestra: ¿A quién podía recurrir?

Clitemestra había recobrado la calma y el sosiego en Micenas de la mano de Agamenón. Él se las arregló para obtener el perdón de Tindáreo y, además, logró convencerle de que le entregara la mano de la joven viuda. En el trato se incluía el matrimonio de Helena con el otro Atrida, Menelao, que se convertía en rey de Esparta.

Fueron años de tranquilidad para Clitemestra. En el palacio y en la ciudad era la *Potnia*, respetada, y ella se hacía querer. Cumplía sus obligaciones, controlaba con esmero y puntualidad el gasto familiar. Era una esposa sin reproche, sensata en los asuntos de Afrodita. Agamenón se alegraba al entrar en la casa y se sentía feliz al salir de ella.

Mientras Clitemestra pugnaba en su fuero interno por evitar que reviviera su aciago pasado, Ifigenia y Hermione habían recobrado la vida alegre de dos adolescentes. Hermione había aceptado que su madre tomara la decisión de marcharse a Troya. Para las dos muchachas como para Clitemestra no había duda alguna de que Helena se había marchado con Paris por voluntad propia.

No había comenzado todavía el verano cuando llegó a Micenas un embajador de Esparta que confirmó la partida de Menelao hacia Troya. Si todo iba bien, al final del verano estarían de regreso en Esparta.

A partir de ese momento el nombre de Helena estuvo en todas las bocas del Peloponeso. Se comentaba su extraordinaria belleza y para mucha gente ese regalo de los dioses le daba patente de corso para justificar el abandono del hogar. Incuso había quienes elogiaban que la reina renunciara al lujo y comodidades de un palacio esplendoroso para seguir los impulsos de la diosa Afrodita siempre sujetos a incertidumbre. En las grutas del Peloponeso, donde muchas mujeres se reunían para rendir culto a las diosas, la reina de Esparta comenzó a ser vista con simpatía y, en algunos casos, incluso como una heroína.

Este era el lado amable de las bocas peloponesias. Había otro que, al amparo de exactamente los mismos hechos, hallaba piedra de escándalo y motivo de odiosos vituperios. Solo la ambición insensata o la más fatua ensoñación, cuando no el puro capricho, podían explicar la imprudente conducta de Helena. Clitemestra se sentía como navegando por un río de cuyas orillas le llegaban rumores encontrados.

Cuando paseaba por el patio del palacio o por las calles de Micenas se hacía el silencio. Siempre era así, quizá por el respeto o el temor que inspiran las personas poderosas. Ahora al silencio se añadía la curiosa morbosidad de quienes al ver a una hermana pensaban en la otra. Clitemestra escuchaba más ese intenso silencio que las palabras amables que recibía.

Agamenón, y se lo reprochaba a su esposa como si ella fuera la responsable, iba más lejos que nadie en el vituperio a su cuñada. Él no veía mérito alguno en la conducta de Helena, sino la más total desfachatez y una ambición que expresaba el desprecio y la ingratitud a Grecia. Para Agamenón la preferencia de Helena por Paris equivalía a preferir Troya a Grecia.

—¿Es que no le bastaba con ser la reina de Esparta? —peroraba ante Clitemestra—. Quería ser la reina de Troya, Helena de Troya.

Los griegos para ella somos demasiado rudos. Ella aspiraba a ser una asiática refinada, sofisticada. El palacio de Tindáreo apestaba a perfumes. Mi hermano Menelao era mucho más de lo que merecía esa mujer.

–Esa mujer, mi hermana, era la reina de Esparta. –A diferencia de su esposo, Clitemestra había superado ya la fase de la ira–. Menelao es rey consorte. No deberíais los Atridas estigmatizar la ambición de otros.

Al final del verano regresó la embajada de Troya. Sin Helena, como la mayoría temía, con la excepción, quizá, de Menelao.

La embajada se dirigió, tras dos días de descanso en el palacio de Esparta, hacia Micenas. Agamenón había encarecido a su hermano y lo mismo a Ulises que no dieran el menor informe hasta reunirse los notables de las dos ciudades. Debían llegar a una opinión común y defender todos la misma versión de lo sucedido.

Cuando Menelao llegó a Micenas, abrazó a su hermano y, con un esfuerzo hecho de amor propio y una buena dosis de resignación, logró que no resbalara una lágrima por su fatigado rostro.

El palacio de Micenas se convirtió desde este momento en el centro del mundo griego y Agamenón en su caudillo. Se entrevistó a solas con Menelao y Ulises. En esa reunión despejaron todas las dudas. El esposo desairado tuvo que admitir que su esposa lo había abandonado para irse con otro.

–Hemos podido hablar con Príamo y con Héctor –relataba Ulises–. Nos han tratado con respeto. A mí, ya lo sabes, me molesta que nos miren un poco por encima del hombro. Les ha dado un ataque de dignidad y no hay manera de sacarles de la cabeza que ellos se atendrán a la voluntad de Helena.

–Pero es la reina de Esparta. ¿No se lo dejasteis claro? –Agamenón se frotaba las manos para sus adentros al tiempo que crecía su ira y su rencor–. Esa dignidad de los troyanos. En el campo de batalla hablaremos de dignidad.

–Príamo sigue en sus trece. Yo creo –seguía Ulises– que se siente seguro. No pasa por su imaginación que seamos capaces de atacar Troya, y menos aun de derrotarla.

—Esa es su debilidad. Como no cree en nuestro ataque, no estará preparado. Lo sorprenderemos.

—Falta que sepas lo que opina Helena –añadió Ulises.

—Helena ya no tiene la llave de la situación. Da igual lo que piense.

—Podemos resolver el conflicto sin una acción armada –terció Menelao.

—Si Helena hubiera regresado con vosotros, sí, pero ahora ya es tarde –insistió Agamenón.

—Querido hermano, Esparta no irá a una acción armada si antes no escuchas la propuesta de Helena –insistió Menelao–. Creo que Ulises está de acuerdo conmigo.

Agamenón se sorprendió ante la actitud decidida de su hermano. Era una novedad, de la que no se fiaba. Los huéspedes troyanos o los encantos de su esposa, de nuevo descubiertos, debían de haberle ablandado el corazón hasta la cobardía y la indignidad.

—Ahora vamos a tener que tomar una decisión basándonos en lo que diga una mujer irresponsable y frívola. El rey de Micenas no lo aceptará, de ningún modo –rugía Agamenón–. Es Grecia la que ha sido secuestrada. Ni Helena es Helena ni Menelao es Menelao. Sois los reyes de Esparta.

—Debes oír la propuesta de Helena, Agamenón, porque cuenta con el beneplácito de Príamo –insistió Ulises que, por lo que se verá, tampoco deseaba la guerra.

—Habla.

—Helena está dispuesta a regresar, pero insiste en que huyó de Esparta por su voluntad propia, que no fue violentada por Paris y que solo decide regresar por evitar un conflicto entre griegos y troyanos. Ella asume la responsabilidad.

—Y bien, entonces, ¿por qué no regresó con vosotros?

—Príamo exige garantías por parte de los reyes griegos. Quiere que se ratifique el acuerdo y que zanjemos por escrito el conflicto. En resumen, la próxima primavera debemos regresar con el acuerdo y Helena regresará a Esparta. No hay causa, Agamenón. Así se cierra el incidente.

—La cuestión es que yo no deseo que regrese en esas condiciones –apostilló Menelao–. Mi honor ha quedado definitivamente mancillado. Si regresa Helena sabiendo todo el mundo que ella huyó por su voluntad y que ahora regresa forzada por evitar una guerra entre griegos y troyanos, el rey de Esparta queda en entredicho. No, no puedo aceptarlo. Prefiero olvidar. Tindáreo ha muerto. Soy el rey de Esparta. Tomaré otra esposa, todavía soy joven.

—El olvido es una receta para cobardes. Solo la guerra limpiará tu honor –rugió Agamenón.

—Es cierto, hermano, pero es un precio muy alto, un precio que no deseo pagar.

—No, hermano, tu deseo no puede suplantar la voluntad de Grecia, ni el precio lo pones tú. Convocaré a los caudillos griegos y, en la asamblea, confrontando las razones, tomaremos una decisión.

—Es lamentable, pero es lo justo –aceptó Ulises.

Cuando terminó la reunión de los tres hombres, Clitemestra logró saludar a su cuñado.

—Helena está bien. Solo le preocupa la niña, Hermione. Me ha pedido perdón, pero no desea regresar a Esparta. Dice que tú la entenderás y que te quiere.

Menelao no lograba hilar bien sus palabras que salían heridas de su boca. Su ánimo se movía entre la humillación y el rencor. No preguntó por Hermione, ni hizo nada por verla y saber si estaba bien, pero decidió que regresaría con él a Esparta. Le dijo a Clitemestra que él era su padre y se haría lo que él dijera. Parecía que Menelao iba haciendo suyas algunas de las razones de su hermano, que le criticaba su indolencia y su falta de autoridad. Clitemestra se preguntó si no estaba comenzando a escribirse la historia de una nueva fuga de Esparta.

—¿Y qué va a ocurrir? –preguntó Clitemestra.

—Eso ya te lo dirá tu marido.

Clitemestra se sintió invadida por la cólera.

—Mira, cuñado, mi esposo no me cuenta nada. Dice que los asuntos políticos no son cosa de mujeres. ¿A quién quieres que pregunte? Dime cómo está, qué te ha dicho.

—Está embarazada de Paris.

Menelao abandonó la compañía de su cuñada malhumorado. Otra vez Clitemestra sentía caer sobre sus espaldas las emociones que suscitaba el comportamiento de su hermana.

Menelao lloró al ver a Hermione. La niña le recordaba demasiado a la ausente madre. Le cayó una lágrima y no le importó. Del viaje a Troya había aprendido mucho. Le acompañaba uno de los griegos más sabios, Ulises, rey de Ítaca. Los quince años que le llevaba en edad se traducían en un inmenso acerbo de experiencia. Se sintió junto a Ulises como un alma gemela. También el de Ítaca estaba enamorado de Penélope. Le confesó lo mucho que sufría por ella.

—Separarme tanto tiempo de Penélope es lo que me resulta más duro de este viaje. Así que entiendo tu dolor por lo de Helena.

—Pero ella nunca te ha traicionado.

—No. En esto no puedo aconsejarte. No tengo experiencia. Tú debes afrontar tu sino y vivir con lo que los dioses pongan en tu camino. Así podrás aconsejar a otros, por ejemplo, a mí, si un día Penélope se me fuera de casa.

—¿Temes por ello?

Ulises sonrió y se encogió de hombros.

—Helena es extraordinaria, debo reconocerlo. Nunca debí aceptar el trono de Esparta. No podían ir en el mismo paquete. El trono tiene unas servidumbres que Helena no puede asumir. Ella está por encima. Ella es divina.

—Cuanto más grande te la imagines, más difícil te va a resultar superar su ausencia —le aconsejó el sabio Ulises—. Tienes que hacer lo contrario, rebajarla en tu imaginación. Piensa en sus miserias. ¿No es de una madre bellaca abandonar a su hija adolescente? Quizá, compañero Atrida, no era tan divina tu Helena.

Menelao asentía y no podía dejar de dar la razón a su compañero.

—A veces pienso que Helena esperaba la muerte de su padre para hacer lo que ha hecho. En Esparta estaba como enjaulada.

—Pero era su casa. Otra cosa es Clitemestra, su hermana, que está bajo la férrea férula de tu hermano.

—El trono de Esparta me repugna, tanto como a ella. Podría habérmelo dicho. Nos podríamos haber fugado juntos. Yo no soy como mi hermano. A mí no me importa el palacio.

—Pues ahora vas a tener que pensar lo contrario: que es el palacio lo importante y que la divina Helena no es nada. Mucho me temo que la hija de Tindáreo tendrá que saber a distancia lo que significa el trono de Esparta.

Sentados en el banco, arrullados por el balanceo de la nave en medio de una mar plácida, los dos varones, lejos de sus palacios, descargados de la lanza y el escudo, se dedicaron a inusitadas confidencias. Inusitadas sobre todo para un Atrida. Menelao, herido por el desamor, por la perfidia de unos huéspedes, prorrumpía en quejas alentadas por ignotas divinidades que causan o, al menos, toleran el abandono. Ulises sentía el aguijón de la nostalgia tras cuatro meses ausente de Ítaca, implicado y complicado en un asunto que no le concernía, una reina caprichosa y gobernada por la voluble Afrodita. Todo por conseguir la sombra protectora de los Atridas, por conseguir que las naves de muchos remeros de los reinos peloponesios vigilaran las costas de la pedregosa Ítaca frente a los ataques de los pueblos del mar. Lo uno por lo otro, pensaba Ulises, pero la bella reina Helena, como si la belleza fuera el pasaporte para la aventura, podría haber sido fiel a sus compromisos.

Cuando las palabras parecían agotarse en el ánimo, los dos caudillos griegos se recostaban en los bancos o paseaban sus inquietudes por la cubierta del barco. Contaban los días que faltaban para arribar al Peloponeso. En momentos de deliquio, con los ojos cerrados, en una ensoñación que parecía conducirle por las frondosas florestas del palacio de Esparta, Menelao fue sorprendido por su confidente con el rostro bañado en lágrimas. El reflejo del disimulo le hizo cubrir con las manos sus ojos llorosos.

—Con las lágrimas echamos fuera el dolor —le dijo Ulises—. No hay mejor consuelo. No te importe que te vean llorar, aunque dicen que eso es cosa de mujeres. Yo no lo creo, en modo alguno. Es la mejor receta para los males del alma. La he aprendido de una mujer sabia, la noble Euriclea, mi nodriza.

Menelao aprendió mucho de su viaje a Troya. Había partido hacia el reino asiático de Príamo creyéndose Orfeo que se dirigía a los infiernos a rescatar a Eurídice. Regresaba a su país confundido y dolido, pero seguro de que su esposa no deseaba ser rescatada.

El encuentro de Menelao con su hija resultó una sorpresa para los dos. Ella, en apenas cuatro meses que había durado el viaje, había dejado de ser la niña sumisa que su padre recordaba. Prueba de ello es que no aceptó de buen grado regresar con él a Esparta e insistió en quedarse en Micenas con su prima Ifigenia. Menelao sospechó que demasiado pronto afloraba en la hija la vena rebelde y caprichosa de su madre, pero rechazó enseguida la idea. Clitemestra se sumó a la petición de Hermione y, al final, dados los agitados y convulsos sucesos que vislumbraba para el futuro, Menelao accedió a los deseos de su hija.

Hermione también encontró a su padre cambiado. El alegre y confiado Menelao se mostraba ahora hosco. Sus escasas y poco amables palabras se ensartaban con gestos y ademanes bruscos, tras los que Hermione adivinaba la herida, pero por sus pocos años todavía no podía calibrar el amargo dolor que producía.

Tras el encuentro con su padre, Hermione salió corriendo a comunicar la buena nueva a su prima. Sin duda, la tía Clitemestra había cumplido su palabra.

Los dos Atridas, desde el regreso de la embajada de Troya, comenzaron una febril actividad diplomática. Se reunieron con los principales nobles de Micenas, Argos y Tirinte; visitaron a los caudillos del Peloponeso, con Néstor de Pilo, Palamedes, Diomedes y Agapénor de Arcadia. También acudieron a la cita Idomeneo de Creta y Ayante Telamonio, de Salamina.

En la reunión triunfaron las tesis de Agamenón. En realidad era la única tesis. Todas las demás propuestas equivalían para el Atrida a no hacer nada, a dejar que los troyanos se convirtieran en los dueños del Egeo, y, sobre todo, en los amos del estrecho. Las veleras naves aqueas se convertirán en vasallas de Príamo.

—Cualquiera de vosotros dirá: ¡Qué se nos da a nosotros de una mujer por bella que sea! Yo le doy la razón a quien piense así. No moveríamos el dedo por una mujer. Lamento que no esté entre nosotros Ulises. Él sería más persuasivo que yo. Pero un caudillo

37

debe saber convencer a sus compañeros de combate. Lo voy a intentar. Helena, mi cuñada, es el símbolo que Príamo está esgrimiendo entre sus aliados de Asia para demostrar la debilidad de los griegos. «Hasta sus esposas desertan», se ríen los troyanos. Porque esa mentira propalan. No se atreven a decir la verdad, para que veáis lo taimados y pérfidos que pueden llegar a ser esos bárbaros. Porque la verdad yo os la voy a decir: Paris, el hijo de Príamo, fue acogido como huésped por mi noble hermano Menelao. El troyano aprovechó el sagrado deber de la hospitalidad para traicionar a su anfitrión y raptar con violencia a su esposa. El muy taimado y pérfido Paris alega, para desprestigiar a Menelao, que Helena huyó con él por propia voluntad. ¿Quién se fiará de la palabra de un traidor? La mentira es la primera arma de la guerra que los troyanos nos han declarado a los griegos, a todos los griegos, no sólo al rey de Esparta, no solo a la estirpe de los Atridas. Toda Grecia pagará su inactividad con la esclavitud y el vasallaje al rey de Troya. En vuestras manos está el reaccionar contra la traición.

"Micenas no pagará un peaje a nadie por circular por el Egeo, un mar que es tan nuestro tanto o más que suyo.

"Propongo a todos los príncipes y caudillos aquí presentes que nos apresuremos a preparar nuestra flota para dirigirnos a Troya a reclamar lo que nos pertenece. Micenas y Esparta han comenzado ya los trabajos para ampliar nuestra armada. Cada uno de nosotros aportaremos cien naves. Los troyanos probarán la fuerza y la valentía de los griegos".

Así arengaba Agamenón a los caudillos griegos. Su propuesta fue aceptada por todos los presentes y se acordó despachar emisarios a los diferentes reinos para pedir la adhesión a la voz unánime de todo el Peloponeso.

Para Agamenón su tesis tenía una fuerza diamantina. ¿Quién podía creer que Helena se había fugado por propia decisión? Esa, la verdad que Ulises y el propio Menelao habían comprobado con su viaje a Troya, se hacía pasar ahora en Grecia como venenosa propaganda del enemigo.

El programa de construcción de la armada comenzó en todos los reinos griegos. Se elaboró la nómina de las naves que debía aportar cada uno. Se trataba siempre de una estimación aconsejable. Cada príncipe era libre de calcular y programar su escuadra de acuerdo con sus posibilidades. Agamenón propuso a los nobles de Micenas aportar cien navíos, lo mismo que Esparta. Se entendía que los Atridas debían ser el ejemplo y estímulo para los demás caudillos. También era incumbencia de cada reino determinar el número de guerreros que podía reclutar.

Mientras la oleada de entusiasmo por la guerra se extendía por todo el mundo griego, Agamenón hacía sus cálculos. Contaba con un equipo de asesores militares y navales que despejaban sus eventuales dudas. Comenzó a desplegar una febril recaudación de impuestos. Madera, alimentos, sobre todo, grano y aceite, ganado y metales preciosos. Todo el mundo tenía que aportar conforme a sus posibilidades. El palacio registraba minuciosamente las entregas en tablillas de barro. Cada uno sería tratado y apreciado en Micenas conforme a lo que constara en esos registros. Nadie quería quedarse atrás. Para los más avaros se alegaba un argumento irrebatible: el inmenso y mítico tesoro de Príamo sería más que suficiente para recompensar con creces todos los esfuerzos.

Entre sus consejeros, el adivino Calcante ocupaba un lugar preferencial. Se sentaba a su derecha en las reuniones del salón del trono. Agamenón le presentó la lista de los caudillos griegos que iban a ser invitados a sumarse a la expedición contra Troya. Le preguntó si le parecía bien y el adivino contestó que respondería cuando tuviera alguna videncia. El rey creyó que se trataba de una evasiva, pero al día siguiente Calcante pidió la reunión del consejo. Cuando estuvieron presentes la mayoría de sus miembros, el adivino se levantó y recitó como si de un poeta se tratase:

–Un mensaje el dios me encarga que transmita a los nobles de Micenas: que los griegos no tomarán la bien habitada ciudadela de Troya si no interviene en la lucha el insigne Aquiles, rey de los mirmidones.

Los miembros del consejo callaron porque todos estaban al corriente de que Aquiles había rehusado tomar parte en la expedición.

–Yo sé un método para convencerlo de que debe participar –requirió Amiclas, el miembro más anciano del consejo.

—Háznoslo saber —asintió Agamenón.

—Que tú en persona acudas a su palacio y le supliques. No habrá otro modo.

—No sé —se decía el rey dubitativo—. Lo hemos invitado, le hemos dado a conocer las poderosas razones de los griegos.

—Aquiles no renunciará a la gloria —sentenció Amiclas. Y añadió con evidente intención de alentar el viaje del rey a la fértil Ftía—: Pronto llegarán las nieves.

La buena estación estaba tocando a su fin. Si Agamenón quería cumplir el vaticinio de Calcante, debía darse prisa. Para el comienzo de la primavera habían sido convocados todos los príncipes griegos que hubieran aceptado acudir a la expedición contra Troya, la guerra más grande jamás conocida, y tenía que estar confirmada la presencia de Aquiles.

Clitemestra, viendo todos los preparativos en marcha y siendo ya irrefrenable el rumor de la guerra, se tragó el amor propio, la cólera de la esposa humillada y arrinconada, y decidió abrir una estrategia diferente. Quería por todos los medios poder hablar con su esposo. Tenía que intentarlo todo para impedir aquella locura que, de llevarse a cabo, conduciría a la inevitable muerte de su hermana.

Haciendo de tripas corazón, Clitemestra fue recobrando el papel de dulce y solícita esposa, limitó sus pasos a los talleres de las esclavas, prodigaba su atención entre las dos adolescentes, Ifigenia y Hermione, y las hermanas pequeñas y Orestes, todavía un bebé. La reina logró recuperar las apetencias eróticas de su esposo, que desde hacía tiempo se dirigían a las jóvenes esclavas del palacio. ¡Qué fácil le resultaba fingir ante el impetuoso Agamenón cuando llegaba de Tirinte de revisar el trabajo de los astilleros!

—Estás cansado, esposo. Hoy han llegado embajadores de Pisa y apenas los has atendido.

—Tú ocúpate de tus cosas, deja la guerra en manos de los hombres.

—Confío en que Helena recapacite y regrese.

—Siempre andas con tus obsesiones y recelos. Helena está perdida, ha renunciado a ser de los nuestros. Ya no es griega.

Ahora es Helena de Troya, una bárbara, una extraña, peor aún, forma parte de nuestros enemigos.

Clitemestra, al no poder cambiar el corazón de su esposo, meditaba y se daba tiempo para ver por dónde podía seguir. Aprovechaba cuando tenía a mano a Menelao, que pasaba más tiempo en Micenas que en su palacio de Esparta, pero el cuñado tampoco se mostraba receptivo, aunque, a diferencia de Clitemestra, seguía confiando en que, una vez derrotada Troya, Helena regresaría con él a Esparta. Helena sería su más bello trofeo de guerra ya que el amor jamás podría renacer entre ellos. Como tampoco entre Agamenón y Clitemestra aunque continuara el intercambio sexual en medio de los frenéticos preparativos de guerra.

—Esposo mío, debo pedirte un favor.

La noche anterior había sido especial. Parecía que Afrodita, poco afecta a los Atridas, aquella noche hubiera hecho una excepción. Las mañas de Clitemestra se habían ensartado armoniosamente con el ímpetu arrollador de su esposo.

—Cuenta con ello si está en mi mano —respondió complaciente Agamenón.

—Deseo ir a Troya. Quiero visitar a mi hermana.

El rostro del rey se demudó. Un ardiente volcán procedente de sus entrañas vomitaba fuego por su rostro enrojecido. Fijó los ojos en Clitemestra como si fuera una venenosa serpiente y se levantó, dejando sobre la mesa sus viandas y su jarra de vino.

—¡Desdichada! Estoy harto de tus sospechas y recelos. Basta de palabras. Mil veces he intentado hacerte saber tus obligaciones como reina de Micenas y todo ha sido en vano. Nada podrás conseguir sino estar cada día más apartada de mi ánimo. Siéntate en silencio y acata mi palabra no sea que ni todos los dioses del Olimpo puedan socorrerte cuando yo me acerque y te ponga encima mis invictas manos.

Así habló Agamenón. Clitemestra sintió miedo y se sentó en silencio aunque sin doblegar su corazón.

—No te metas en mis cosas, no te metas en asuntos que corresponden a los varones, a los reyes y caudillos de Grecia. Yo soy el rey, el *Wanax*. Tú eres solo la *Potnia*.

No era la primera vez que Clitemestra sentía el vehemente deseo de regresar a casa de su padre en Esparta. Pero Tindáreo había muerto. La casa de su padre era ahora la casa de Menelao, la casa de un Atrida.

—No deseo una prosperidad que desgarre mi corazón –replicó Clitemestra puesta en pie y preparada para recibir en su rostro las manos de Agamenón.

3

A juzgar por las órdenes que daba el rey, habríase dicho que la decisión de atacar Troya estaba tomada. Pero una aventura tan descomunal solo cabía en la mente del Atrida Agamenón. A nadie se le pasó por la cabeza que el incidente de la reina de Esparta pudiera acabar con una Troya asediada por los griegos y mucho menos vencida y derrotada. Pasado un tiempo se olvidaría el tema y Menelao tendría que tragarse su amor propio herido. Pero Agamenón no pensaba así y prueba de ello era la determinación con que impartía sus órdenes.

Un grupo de seguidores, también llamados *equetas*, los varones más notables de Micenas, eran convocados cada mañana, a punto del alba, para organizar el trabajo que el rey diseñaba en su afiebrada cabeza. Agamenón tenía fe ciega en su idea y una convicción tan firme que no toleraba el menor resquicio de duda entre sus colaboradores. Grecia no tenía otra salida que la guerra contra Troya. Era una acción necesaria y lo necesario no puede ser imposible. Ningún rey del Peloponeso había osado oponerse a sus designios. Tibios sí los había, por no decir cobardes, en la terminología del rey de Micenas. Entre ellos se encontraba el astuto Ulises, el rey de Ítaca, que se avenía bien con las misiones diplomáticas, como el viaje en el que acompañó a Menelao, que le gustaba prodigarse en largos y floridos discursos. La pica y la daga no formaba parte de su lenguaje, ni la pedregosa Ítaca había necesitado demasiados esfuerzos bélicos para defenderla. Bastaba vigilar de vez en cuando las costas por si algún pirata despistado se dejaba caer por sus playas de arena y guijarros.

La fe de Agamenón en su proyecto debía de ser proporcional al sentimiento de la injuria recibida, aunque fuera en la persona de su hermano Menelao. Una noche, en medio de aquellas jornadas de febril agitación, tuvo un mal sueño. Al levantarse, reclamó con urgencia al adivino Calcante. Había soñado que estaban alojados en su palacio unos diplomáticos venidos de algún lugar de Asia, encabezados por un joven príncipe, cubierto por una larga capa azul y un turbante rojo. El sueño no dejaba ver si procedían de Troya o de alguna otra ciudad, pero hablaban en griego. El rey de Micenas había dispuesto para los huéspedes unas amplias habitaciones próximas al salón del trono. Les ofrecía las mejores viandas, les daba a beber los vinos más añejos. Llegó la víspera de la despedida y el rey les ofreció un banquete. Los aedos cantaron los himnos patrios, las arpistas deleitaban los oídos de los refinados huéspedes y las bailarinas con sus torsos desnudos y pies descalzos danzaban de forma extraña. Al terminar el banquete, el joven príncipe ofreció su mano a la reina Clitemestra y esta, tras hacer una pequeña reverencia a su esposo, el rey de Micenas, se retiró del salón acompañado por el invitado extranjero. El rey, perplejo en la sala del banquete, comenzó a percibir un pequeño murmullo que fue creciendo hasta que pudo adivinar en las habitaciones contiguas con toda nitidez la risa desatada de su esposa, de la risa pasó a los dulces gemidos y después al pesado silencio, seguramente la antesala del sueño.

Calcante escuchó el relato del rey en actitud meditativa.

—El sueño procede de Zeus, que es quien envía las señales a los reyes.

—No te pierdas en rodeos. Dime qué significa el sueño y qué maquina Clitemestra.

—Tu esposa no te engaña. Ella es la reina de Micenas. Lo que ocurre es que tú ya no eres rey, sino un seguidor del rey. Es el príncipe extranjero el que ha usurpado el palacio y el trono de Atreo.

—¿Qué debo hacer?

—No puedes contar con tu esposa. Ella se alía con el invitado extranjero. Debes vigilarla. Ese es el mensaje.

—¿Y qué significa el príncipe asiático?

—Nada. Ese es el temor que te ronda por la cabeza. Tienes miedo, oh *Wanax*, y es humano tener miedo. Un príncipe extranjero ha raptado a la reina de Esparta, que es hermana de tu esposa. En el sueño se expresa el temor de que a ti te ocurra lo mismo.

—¿Qué palabras dices? ¿Que Agamenón teme a los troyanos?

–No a los troyanos, sino a que tu esposa te abandone.

Agamenón prorrumpió en una sonora carcajada. No se hubiera reído si Calcante le hubiera dicho que los troyanos amenazaban su trono. Incluso estaba convencido de que era así, de que, si los griegos no respondían con bronce y sangre a la perfidia troyana, Grecia sucumbiría y con Grecia todos sus reinos y sus casas reales.

–Adivino de Zeus, dudo que hayas interpretado nunca algo verdadero. Agamenón no teme a su esposa, por mucho que sea hija de Tindáreo, ni teme tampoco a los troyanos ablandados por la molicie, aunque algún respeto me merecen –Esto último parecía decírselo para sí mismo–. Y ahora, vete a los sacrificios y déjame con los seguidores.

Empezó con Kerkos, que había recibido el encargo de organizar el almacenamiento de la madera para la construcción de los barcos. Los madereros habían comenzado a talar los bosques de pino negro más próximos al golfo de Tirinte, donde estaban ubicados los astilleros. Cuadrillas de siervos con caballerías y bueyes arrastraban los troncos hasta el puerto. A medida que iban avanzando con la tala, se iban alejando de la costa. También talaban encinas y robles, madera más escasa, pero muy apreciada por los arquitectos navales. Otros se dedicaban a recoger troncos más pequeños con el fin de construir los ejes de los carros, para los que se utilizaban las hayas y los fresnos. Este árbol era el más idóneo y apreciado para la construcción de lanzas y picas, en cuya cabeza se colocaba una moharra de bronce.

Antánor estaba encargado de reclutar arquitectos navales en las islas del Egeo, donde se encontraban los más expertos. En Micenas pudo contratar a cinco, pero el programa de Agamenón requería por lo menos otros tantos. Ese reclutamiento era difícil pues todos los reyes, en mayor o menor medida, habían empezado o estaban por empezar tareas semejantes. Un arquitecto naval necesitaba doce carpinteros para construir una nave en unos seis meses. Si Agamenón quería una flota de cien barcos, iba a necesitar o muchos años o muchos arquitectos navales. Con veinte arquitectos en dos años podría llegar a ochenta naves, pero tal vez no dispusiera de dos años de plazo. Veinte arquitectos necesitaban más de doscientos carpinteros. Se requerían, además, estos artesanos para la construcción de las lanzas, los remos, los carros, astiles para las hachas y los picos, que podían ser de olivo.

El gremio del bronce estaba encomendado a Eumedes. Agamenón fijaba las cantidades que debían preparar, siempre tirando alto. Los broncistas se ocupaban de producir las moharras, espadas y dagas, los bujes de los carros, anillas para el velamen del barco.

La corte de seguidores que se reunía en torno al rey daba idea de la cantidad de oficios y gremios que había que movilizar para construir la gigantesca escuadra que Agamenón tenía en su cabeza.

Con todas las actividades en marcha, confiadas a los seguidores más fieles, Agamenón emprendió viaje a Ftía. No se fiaba de Calcante o eso al menos daba a entender, pero lo cierto era que el rey de Micenas solía entrevistarse con él cada mañana, antes de despachar con sus colaboradores más cercanos. Había que saber primero la voluntad de los dioses, y Calcante le había dicho que no tendría éxito la aventura troyana si Aquiles no tomaba parte en ella. Para Agamenón, aunque no lo hubiera vaticinado el adivino, valía la inversa: si Aquiles participaba en la invasión, el éxito estaba garantizado.

Los días previos al viaje fueron agitados en el palacio. Junto al *mégaron*, estaba ubicado el depósito donde se almacenaba un arsenal de armas selectas, por su calidad y también por su belleza. Eran las armas del rey. Destacaba entre todas la espada real, tachonada de áureos clavos, obra pulquérrima de los broncistas micénicos y orgullo patrio del que el rey se ufanaba, acompañada por la vaina de plata y el bien cortado tahalí de piel de buey. Agamenón movilizó lo más granado de su arsenal. Quería presentarse ante Aquiles vestido de sus mejores armas: no solo la espada, también las bellas grebas de argénteas tobilleras, la coraza broncínea, obra de los afamados artesanos chipriotas, compuesta de filetes de acero, oro y estaño, y el escudo, de la altura de un hombre, labrado con arte, con diez círculos de bronce en su contorno. El escudo estaba coronado por la Gorgona, monstruo de aspecto salvaje y fiera mirada, y sobre el tahalí, una ancha correa de cuero para transportarlo, incrustada de tachones de plata, figuraba grabado un dragón de tres cabezas nacidas de un único cuello. También incluyó el morrión de doble crestón y provisto de cuatro mamelones, revestido de crines de caballo. Añadió dos fornidas lanzas afiladas, cuyo brillo llegaba hasta el cielo. Asustaban las armas del rey de Micenas.

Además de los víveres para el viaje, aunque pensaba visitar a reyes amigos en el trayecto de regreso que sin duda le ofrecerían su hospitalidad, Agamenón se cuidó de elegir para el rey de los mirmidones un regalo adecuado. Preparó una copa de oro micénico provista de dos asas ancladas mediante bellos roblones. En la superficie, los orfebres habían grabado escenas de toros salvajes y jóvenes micénicos que lograban domarlos con trampas astutas.

Ya estaba todo dispuesto. Zarparían al día siguiente. Agamenón se sentía satisfecho. Los dioses lo ordenaban. Había que cumplir todos los jalones de un periplo que debía terminar con las murallas de Troya arrasadas por el fuego.

–Padre, ¿acaso vas a la guerra?

Tantos habían sido los preparativos que la joven Ifigenia contemplaba el trajín de armas por el *mégaron* como el inicio de alguna de las frecuentes campañas militares.

–No hija, todavía no. Ahora voy a visitar a un noble varón, Aquiles, el rey de los mirmidones.

–Haré una plegaria a la diosa, para que te proteja en el viaje.

–Por si acaso, tu padre ha tomado sus precauciones, por si la diosa se despista y algún pirata insensato intenta apoderarse de los bienes de Agamenón.

–Quería pedirte algo –Ifigenia miraba con ternura a su padre y también un poco temerosa–. Madre ya está de acuerdo, ahora falta que tú me autorices.

–Dime, hija.

–Hermione tiene que volver a casa. Así lo ordena su padre Menelao, pero ella no quiere. Es que, como la tía Helena no está, querría que yo la acompañara y que pasara con ella unos días en Esparta.

Si Ifigenia lo hubiera sabido, tal vez habría evitado citar el nombre de Helena. Pero no sabía que de Helena hasta el nombre le resultaba funesto a Agamenón.

—A la vuelta lo hablamos. Ahora tengo cosas que hacer —contestó el rey en un tono cortante que Ifigenia no pudo comprender.

El viaje a Ftía era un viaje muy especial. El rey iba a ser acompañado por sus seguidores más próximos. Emprendió ruta una fresca mañana de finales de verano. La galera en que viajaba iba bien pertrechada con cincuenta remeros y soldados de élite. Impulsada la nave por los vientos del sur, apenas necesitó cinco días de navegación para llegar a la fértil Ftía, que estaba a mitad de camino entre Micenas y la ciudad de Troya.

Aquiles y Agamenón intercambiaron puntos de vista sobre la empresa común: todos los griegos unidos contra el troyano traidor. El mirmidón quiso asegurarse de que él sería el jefe de sus tropas y que nadie se entrometería en sus competencias. Alegó que no deseaba ser el jefe de la expedición, pero que tampoco sería mandado por nadie. Agamenón aceptó, aunque se guardó de hacerle saber a su aliado el augurio de Calcante. Temía que, si lo llegaba a saber, aumentara sus exigencias e incluso que reclamara el mando supremo del ejército griego. Fue en presencia de Aquiles, el rey de los mirmidones, al verlo en plenitud de vigor y energía, cuando Agamenón cayó en la cuenta del peligro que encerraba el vaticinio de Calcante.

—Mis hombres solo me obedecerán a mí —insistió Aquiles.

—De acuerdo, pero yo seré el caudillo de todos los griegos, yo ordenaré el ataque o la retirada, yo recibiré a los heraldos, yo decidiré en las relaciones con el enemigo.

Los dos caudillos sellaron el acuerdo, brindaron por el éxito y, antes de dar por concluido el encuentro, trataron algunas cuestiones de número. Aquiles se comprometía a movilizar mil guerreros y tener listas cincuenta naves. Agamenón creyó que su aliado fanfarroneaba y para su cálculo se conformaba con que aportara una veintena de galeras que, tal vez, pudieran transportar a unos quinientos hombres.

Cuando todos los detalles estuvieron sellados, Aquiles celebró un banquete en homenaje a sus huéspedes. Corrieron el vino y los versos, y las bailarinas confirmaban las habladurías que decían que aquella era tierra de hermosas mujeres.

—Tengo una hija adolescente, en edad de casarse —dijo Agamenón cuando ya el vino había relajado los protocolos ceremoniales—. Te la ofrezco, está bien educada.

Aquiles miró a su hijo de pocos años, Neoptólemo, que andaba por alrededor, y no contestó. Si la esposa es para engendrar hijos legítimos, para esa finalidad ya no necesitaba a la hija de Agamenón.

—¿Tal vez no es bastante para ti la hija de un Atrida?

—Estamos preparando una flota y un ejército para rescatar a una mujer caprichosa. No es el mejor momento para hablar de un nuevo matrimonio.

—La alianza entre Micenas, gobernada por un Atrida, y el hijo de Tetis y Peleo nos daría un poder formidable.

—Aquiles no persigue fines que se marchitan. Solo la gloria es inmarcesible. El poder es efímero; la gloria, inmortal.

Agamenón comprometió al mirmidón con la empresa común y le anunció que a finales del verano siguiente, dentro de un año, confiaba que todos los príncipes y caudillos aqueos tendrían ya muy avanzada la construcción de la flota para trasladar al ejército hasta la bien amurallada Troya. El proyecto del rey de Micenas era reunir a todos los caudillos en Corinto para tomar las últimas decisiones antes de iniciar la gran aventura.

—Contamos con más de un año para ultimar todos los equipamientos. —Agamenón, satisfecho de la buena disposición de Aquiles, se frotó las manos y añadió—: Habrá un inmenso botín. Anúncialo a tus guerreros mirmidones.

—Espero que se reparta con justicia.

—No te inquietes, hijo de Peleo. Aplicaremos las leyes de los aqueos para estos casos. Son muy claras.

Antes del regreso a Micenas, el huésped y el anfitrión intercambiaron regalos. Agamenón le ofreció la copa de oro y recibió a cambio un hermoso trípode de bronce no tocado por el fuego. El Atrida no podía ocultar su vanidad cuando entregaba su lujoso regalo a su anfitrión. Los que presenciaban la ceremonia se guardaron de hacer comentarios comparativos. El bronce no es un metal indigno.

La desproporción de los dos regalos disgustó a Aquiles, quien, con un reflejo mental digno de sus veloces pies, ordenó detener la ceremonia y con una excusa salió de la sala para regresar poco después.

—Es la diadema de Tetis, mi augusta madre, hecha de oro y ámbar. —Y dirigiéndose al rey de Micenas, agregó—: Es para tu hija, puedes incluirla en su dote. Tal vez así encuentres un esposo a la altura de una Atrida.

Aquiles le dio a entender a Agamenón que, si Micenas es la rica en oro, él, rey de los mirmidones, se sentía orgulloso de su fértil Ftía.

Aunque ya estaban todos los temas acordados, la comitiva de Micenas precipitó el viaje de regreso porque se anunciaban vientos favorables del norte y había que aprovechar la oportunidad. Agamenón se despidió emplazando a Aquiles a la asamblea de los caudillos aqueos el otoño del próximo año en Corinto.

Llegaron a Micenas antes de lo previsto. Fueron cuatro días de navegación rápida y sin riesgos. Clitemestra recibió a su esposo en compañía de sus hijos. Agamenón reunió a los seguidores y despidió un heraldo a Esparta para informar a su hermano. El programa de preparación de la flota debía seguir al ritmo previsto. Con la adhesión de Aquiles, sellada por pactos y juramentos, ya no había marcha atrás. Agamenón se olvidó de cualquier otra iniciativa diplomática. Incluso prohibió todo comercio con Troya. Se le pasó por la mente, pero no se decidió a expulsar a los troyanos que tenían propiedades en el Peloponeso. Quizá esa medida habría tenido el efecto de alertar a los troyanos y era preferible tenerlos confiados en sus murallas indestructibles construidas por Posidón. Si había espías troyanos en las ciudades del Peloponeso, y los había, seguro que habían detectado el entusiasmo embriagador que precede a los tiempos de guerra. Otra cosa es que concedieran crédito a ese entusiasmo o que estimasen que un ejército comandado por decenas de caudillos movidos por el botín pudiese representar un peligro para la bien amurallada ciudad de Troya.

Agamenón, en su calculado plan de ataque, ordenó a los aedos, en particular a Lambros, el más reconocido de Micenas, que compusieran relatos sobre la perfidia troyana y cantaran historias sobre el rapto de Helena. Debían poner el énfasis en la hospitalidad de los griegos y lo que los troyanos daban a cambio. La reina de Esparta debía aparecer como una mujer indefensa, víctima de la violencia raptora de Paris y de sus artimañas para embaucar a una reina griega. El troyano, según recomendaba el rey, había utilizado la violencia y, un arma todavía más vil, la seducción. El pérfido habría llegado a Esparta con el plan bien meditado. Desde el primer momento provocaba a la reina con impetuosas miradas. Escribió sobre la mesa las palabras "Te amo, Helena", escritas con vino. Agamenón ofrecía a sus rapsodas un variado ramillete de motivos todos destinados a convertir el supuesto amor de Paris en un miserable acto de traición. Zeus hospitalario nunca podrá perdonar la felonía del bárbaro troyano. Agamenón se cuidaba bien de descargar de toda culpa a su cuñada, y en verdad no era por sensibilidad hacia su esposa Clitemestra, sino por puro celo patriótico: Helena era griega y como griega no podía ser la culpable.

En el calor del hogar, las cosas eran de otro modo. Agamenón hubiera abofeteado a Helena de tenerla allí presente. Pero era preferible no mentar el tema en palacio, no fuera ser que sus hijos, y en particular Ifigenia, que por edad, ya cumplidos los catorce años, comenzaba a comprender la tensa amargura que podía llegar a producir el hogar paterno, pagasen los platos rotos de los viejos demonios familiares.

Pocos días después de haber regresado la embajada de Ftía, Menón, el sacerdote de Zeus, que ostentaba el rango de primer sacerdote de Micenas, tenía preparado el gran sacrificio de la vendimia. El sacerdote había dispuesto todos los detalles de un ceremonial que se repetía cada año. Agamenón no intervino; dejó que el sacerdote, junto con Calcante, tomara las iniciativas necesarias.

—Hay un pequeño problema, *Wanax* —le dijo el sacerdote que había solicitado audiencia al rey–. El cuchillo sacrificial ha sido robado. Eso creemos, porque ha desaparecido del lugar donde se conservan los utensilios sagrados.

—Busca otro. No veo que el dios vaya a tomárselo a mal.

—El cuchillo debe ser de obsidiana, de color negro, la que procede de la isla de Melos.

—Busca la obsidiana donde quieras. Si no, utiliza una daga.

—Insisto, *Wanax* —El sacerdote hablaba con los ojos fijos en el suelo—. La hecatombe debe ser sacrificada con el cuchillo de obsidiana.

—Manda hacer uno nuevo; sabes que tienes autoridad en esos asuntos.

—Nadie me hace caso. Todos los tallistas están ocupados. He hablado con los seguidores del *Wanax*. Ninguno de ellos me ofrece un tallista. No tenemos ni una pizca de obsidiana en el taller del santuario, tenemos los cinceles y las limas, y además no hay ni un solo artesano disponible. Están todos en los talleres de los astilleros. La construcción de barcos y armas podría esperar, he dicho a los seguidores, pero no me hacen caso. —Guardó un breve silencio a la espera de hallar una repuesta. No se dio por vencido y prosiguió—: Temo la ira de los dioses.

Menón seguía con la mirada clavada en el suelo, sin atreverse a insistir, cuando llegó Calcante para aliviar la tensa situación. Agamenón le encomendó que resolviera el asunto del cuchillo, pero el agorero hizo un gesto de que necesitaba hablar más despacio.

—Es verdad, no hay obsidiana ni talladores para el cuchillo sacrificial. La obsidiana está siendo utilizada para construir armas, venablos y moharras para las lanzas. Nadie se atreve a revocar las órdenes del rey.

—Llama al seguidor encargado del comercio con la isla de Melos —ordenó a Aristágoras, el paje que le asistía en el palacio— y dile que curse nuevos pedidos a nuestros proveedores.

Agamenón se impacientaba al ver que el sacerdote y el adivino insistían en seguir hablando.

—Sería bueno que, cuando el rey se ausenta del palacio, alguien pudiera tomar decisiones. —Calcante se mostraba impaciente y tenso, pero decidido—. Antes era la reina la que decidía en ausencia del rey, pero ahora...

—¿Qué ocurre? ¿Le habéis preguntado a la reina?

—No lo hemos hecho. Ni hemos tenido oportunidad. No nos recibe. Y no es eso lo peor. Hay más cosas que el rey debe saber – dijo el augur.

—Al grano, agorero. ¡Qué pocas noticias buenas salen de tu boca!

—Alguien tiene que decirte lo que no querrías escuchar. Me siento comprometido con la verdad cuando está a mi alcance.

—Basta de rodeos y habla.

—La reina se ha puesto en manos de Erita, la sacerdotisa de la diosa virgen. No existe para ella otra divinidad. Toda la servidumbre del palacio, que en estos momentos es mayoría de mujeres, se ha volcado con los cultos a la diosa. La reina no acude a sacrificar a Zeus Dicteo ni atiende a nuestras demandas, ni nos encomienda que elevemos plegarias al dios.

—Calcante, no deseo seguir escuchando tus augurios.

—He jurado decirte siempre la verdad aunque no te plazca, y te recuerdo que me has ordenado vigilar a tu esposa.

Eufórico tras su exitoso encuentro con Aquiles, Agamenón parecía haber olvidado las órdenes que había dado a Calcante y al sacerdote de Zeus.

4

Antes de salir hacia Ftía, Agamenón había dejado el palacio en orden o eso creía él. A los jerarcas religiosos, Calcante y Menón, les había encomendado la misión de vigilar, aunque el rey decía asistir, a la reina y a la prole real. En esta misión, el adivino no solo actuaba como leal servidor del rey. Se sentía además su cómplice porque creía compartir con el rey un difuso temor.

La curiosidad de Calcante, a medida que vigilaba a la reina, se transformaba en perplejidad. Clitemestra parecía arrastrar su esbelta figura por los salones del palacio, los largos corredores o por las calles plagadas de gente. Iba de un sitio para otro sin un aparente objetivo, como si un extraño aguijón la hiciera mover sus piernas en busca de algo que desconocía o que no esperaba encontrar. La reina no descansaba y solo parecía orientada cuando tomaba el camino de la colina fuera de las murallas y se dirigía a la gruta donde Erita profetizaba y rendía culto a la *Potnia*, la diosa madre.

Al principio, el adivino no prestó atención a los viajes de Clitemestra a la gruta, pero llegó un momento en que aquellas visitas le parecieron excesivas. Envió un espía que no le aportó ningún dato de interés. La reina llegaba a la gruta y permanecía un rato en el interior, de donde salía en compañía de Erita.

Al regreso de Agamenón, Calcante buscó la oportunidad de poder hablar a solas con el rey y, cuando logró su objetivo tras varios intentos, le presentó un informe completo de las actividades de la reina, sus idas y venidas a la gruta, sus entrevistas con algunos seguidores del rey, las ofrendas constantes a la diosa y el escaso interés, por no decir desdén, hacia el culto a los dioses de Micenas, Zeus y Posidón. Al rey debieron de parecerle una sarta de obviedades carentes de interés, por lo que malhumorado despachó a Calcante y al sacerdote de Zeus y tomó la decisión de convocar a Clitemestra con propósito conciliador. Ahora debía poner toda su atención en la guerra. La reina se sorprendió al escuchar al paje que el rey la esperaba en el salón del trono.

"El enemigo es el troyano", pensaba Agamenón. Eso debía entenderlo todo el mundo, desde el paje hasta Calcante, desde el último esclavo del reino al primer seguidor del palacio, y en especial la reina. Clitemestra no podía andar poniendo zancadillas a los proyectos de la casa real. El augur siempre le resultaba odioso al rey, tan odioso como necesario. Cuando no había una mala noticia que transmitir, se inventaba, como ahora, una guerra entre dioses y diosas. No, en su palacio de Micenas no habría tal guerra.

Clitemestra se hizo esperar. Conocía bien a su esposo y sabía que no la citaba para informarle de su viaje a Ftía. Sabía también que, por muchas esclavas que le acompañaran en el lecho, siempre acababa regresando a ella. Convencida de su verdad, se dirigió al tocador, se blanqueó la cara y se perfumó. Se presentó en el salón del trono con gesto de estar ocupada y con ademán esquivo.

Al verla entrar, Agamenón se sintió envuelto por las delicadas redes de Eros como la primera vez en que los dos se habían unido en el amor, cuando ambos acudieron al lecho a escondidas de sus padres.

−¡Clitemestra! Todavía no he podido verte tras mi regreso de Ftía. ¿Por qué estás tan ocupada?

−La sacerdotisa Erita me espera en lo alto de la colina. Allí, en la gruta de la diosa madre, es donde la reina de Micenas halla el consuelo y la paz que el palacio le niega. A ella me dirijo para suplicarle que ablande el duro corazón de mi esposo. En la puerta, bajo la atenta mirada de los leones, me esperan los caballos que han de transportarme, por el camino de carros, a lo alto de la colina. Y a propósito, noble esposo, he de pedirte que ese camino de carros que conduce a la gruta de la diosa sea convertido en camino de doble calzada, para que no sufran atascos las fieles mujeres que, cada día en mayor número, van a ofrendar a la diosa. Pero ahora acudo jubilosa a tu llamada cumpliendo fielmente mi cometido de reina de Micenas.

Agamenón, con Eros redoblando su llamada a través del dulce perfume de la esposa, se olvidó de las palabras de Calcante y de los recelos del sacerdote de Zeus.

—Esposa, ya tendrás tiempo de ir a la gruta más tarde — Agamenón tomó a su esposa por los hombros—. Ahora, nosotros dos, acostémonos y deleitémonos en el amor. Nunca hasta ahora me ha inundado un deseo tan intenso de mujer, y, aun cuando hayan pasado por mis brazos muchas esclavas más bellas que tú, ninguna me ha despertado el dulce y ardiente deseo que ahora me domina.

—¡Qué cosas dices, regio esposo! Si ahora deseas acostarte aquí, en el salón del trono, donde todo está patente y a la vista, ¿qué pasaría si algún sirviente o algún noble seguidor tuyo o el mismo Calcante, de negros augurios, nos descubre en el acto de amor y a otros se lo cuentan? ¿Te imaginas al sacerdote de Zeus, de torva mirada, espiar tus jadeos y mis gemidos tumbados allí donde se sientan los nobles visitantes del rey, los embajadores de otros reinos o los seguidores de Micenas? Mas si eso es lo que deseas, subamos a nuestra habitación donde el bien labrado tálamo nos espera.

Clitemestra dejó que su esposo soltara la fíbula áurea que sujetaba su túnica de lino y quedó desnuda. Sus perfumados cabellos caían sobre sus pechos turgentes. Agamenón se desprendió de todas sus corazas con la ayuda del Eros liberador y, tendido sobre el alfombrado suelo del salón del trono, dejó que su esposa derramara su gracia hasta hacer de los dos una unidad intensa aunque efímera. La reina de Micenas comprobó una vez más que nadie se resistía a las artes del maestro perfumista chipriota, el más afamado en todo el Peloponeso. Era, sin duda, el mejor aliado de Eros para conseguir que los regios disensos se disolvieran por efecto del graso aceite perfumado y que la unidad perdida se recuperase por unos instantes sobre el alfombrado salón del trono de Micenas. En esos intensos instantes del acto amoroso, incluso Agamenón podía ser dulce.

Visto que los planes de guerra contra Troya iban viento en popa, que todos los príncipes y caudillos aqueos aceptaban entusiastas el proyecto común, Agamenón recuperó su antigua pasión, tal vez acuciado por el largo tiempo de desencuentro con la esposa y de ausencias del palacio. La estrategia de Clitemestra reclamaba también una fluida relación con su esposo. La diosa Afrodita hacía el resto con ayuda del perfumista chipriota y la despensera del palacio que, atendiendo a la reina, había desplazado a las más bellas esclavas a otras dependencias. Los planes del rey y de la reina seguían senderos diferentes. Ninguno de los dos pensaba en alguna posible interferencia.

Tras consumar el acto de amor en el palacio, Clitemestra se dispuso a cumplir su propósito. Agamenón la retuvo aún durante un tiempo. La despensera vigilaba en la puerta que nadie pudiera acceder al salón.

—Ahora debo visitar la gruta —dijo Clitemestra.

—Espera. Quiero preguntarte algo. Me dice Calcante que no prestas atención al sacerdote de Zeus, que no vas a los sacrificios.

—¿Te fías de un adivino que solo augura desgracias?

—También lo dice el sacerdote. Es más. Ha dicho que teme la ira de los dioses.

—No te dejes embaucar. Zeus tiene los sacrificios que merece. Se le dedican las sagradas hecatombes que ordenan nuestros ritos.

—Entonces, ¿por qué se quejan?

—Tienen celos de Erita, la humilde y sencilla Erita. Es la sacerdotisa de la diosa madre, la *Potnia*. Entre Calcante y el sacerdote de Zeus la tienen arrinconada en la gruta de la colina. Yo solo he decidido que los ritos a la diosa en el santuario del palacio recobren el esplendor de antaño, de cuando yo llegué a Micenas. Erita me ha contado los solemnes festivales y los sacrificios a la diosa madre. Ahora siguen, es verdad, pero el sacerdote de Zeus y ese adivino metomentodo se empeñan en que los cultos a la *Potnia* deslucen el culto de Zeus y acusan a Erita de ser la culpable. Espero que no les hagas caso.

Agamenón, con sus miembros relajados, parecía recobrar el amor por su esposa. Tal vez había dado excesiva confianza a Calcante.

—Quería hablarte de algunos planes míos sobre Ifigenia —dijo Clitemestra con determinación.

Agamenón se inquietó. Por un momento la imagen de la díscola y rebelde esposa volvió de nuevo a su memoria.

–Se avecinan malos tiempos o tiempos difíciles –puntualizó la reina para disgusto de su esposo–. Eso todo el mundo lo sabe y lo dice. El Peloponeso entero es un hervidero.

–No sé a qué viene tu inquietud. Habrá guerra, eso es seguro, pero será en Troya, en Asia, muy lejos de aquí. Al Peloponeso y sus reinos, Micenas, Pilo, Esparta, nunca les ha esperado un futuro mejor. Es posible que algunos de nosotros nos dejemos la vida en ello, pero eso es un rey, el que va delante de sus huestes en defensa de su tierra y de su pueblo. No abdicaré de la dura y pesada responsabilidad de un rey, y espero que mi familia, la reina, en primer lugar, y los hijos y las hijas, todos estéis a la altura.

–Agamenón, hijo de Atreo, rey de Micenas –respondió solemne Clitemestra–. No otra cosa me mueve que el amor a mi tierra y a mi casa. Deja que te explique mis planes y verás que en nada chocan con los tuyos. Nuestra hija Ifigenia, bajo la guía de Erita, desea seguir el camino del sacerdocio de la diosa. Es todavía una niña, me dirás, con razón, pero también lo es si, por un azar de la conveniencia, decides entregarla como esposa a un príncipe griego. Ya tiene la edad que aconseja la ley.

Agamenón quedó tranquilo al escuchar las palabras de Clitemestra, que en nada interferían en sus propósitos. Podía dedicarse al sacerdocio de la diosa, pero eso no impedía, llegada la ocasión, entregarla en matrimonio a un príncipe griego si eso convenía al reino de Micenas.

–Quiero que, cuando Erita ya no esté, y eso puede ocurrir en cualquier momento, dada su muy avanzada edad, Ifigenia sea la sacerdotisa de Ártemis. Eso la compromete a la virginidad.

–Solo mientras siga siendo *hierea* y por el tiempo en que lo sea –replicó Agamenón.

–Sí. ¿Qué mal hay en ello?

–No veo ninguno.

–Eso es, ninguno. No hay mejor destino para nuestra hija que el sacerdocio. ¿Has visto que alguien mate a una sacerdotisa o que la viole o que la desprecie?

Clitemestra solo le contaba a su esposo la mitad de la verdad. La otra mitad se la guardaba para ella, aunque esa media verdad que se reservaba era la verdad completa, la que importaba. Ifigenia, siendo *hierea* de la *Potnia*, se vería libre del odioso matrimonio. Ni la ley ni las costumbres impedían que la sacerdotisa contrajera nupcias. Era habitual que las muchachas antes del matrimonio ejercieran el sacerdocio y que las mujeres casadas se abstuvieran de relaciones sexuales durante los días en que estaban al servicio a la diosa. Para ello, en algunos santuarios había una casa contigua donde la sacerdotisa pernoctaba mientras se hallaba en el ejercicio de su ministerio.

A Clitemestra le bastaba de momento el compromiso de su esposo para este cometido. Si el rey bendecía el sacerdocio de Ifigenia, Calcante tendría las manos atadas en su ataque a Erita. Eso le daría tiempo para afianzar en el palacio de Micenas, y de paso también en el de Esparta y el de Pilo, el culto a la diosa Ártemis, la Señora.

Ifigenia estaba encantada con el proyecto de su madre. Erita, que se veía viviendo los últimos días de su vida, había aceptado con gozo transmitir todos sus saberes a la princesa, que eran muchos, algunos no previstos por una piadosa adolescente, como el saber sobre los perfumes. Erita decía haberlos aprendido de una sacerdotisa cretense, según ella, la más sabia, dedicada al culto de Ilitía. Erita decía que la Ilitía de Creta era la misma que la Ártemis de Micenas, que llaman la *Potnia* o la Señora, y a la que ella llamaba a veces Ártemis Ilitía y la nombraba así invocándola, como deidad de múltiples advocaciones, protectora de los partos, única salvadora de las mujeres, ayuda para las jóvenes mortales, guardiana acogedora, afectuosa con todos.

Los encuentros entre Erita e Ifigenia tenían lugar en el santuario del palacio dedicado a la diosa, en ocasiones también en la gruta. El santuario del palacio era accesible a la población de la ciudadela amurallada, la mayoría al servicio del rey, pero fuera de las murallas se desplegaba una vasta superficie de pequeñas y humildes moradas de los labriegos y los artesanos menos cualificados. Los orfebres, perfumistas, carpinteros o ebanistas de mayor renombre entraban a diario a trabajar en los talleres del palacio. Esa vasta masa de población solía acudir a lugares donde tradicionalmente se rendía culto a los dioses, en las colinas, junto a grandes árboles y, sobre todo, en cuevas o covachas, en las que se guardaban sin ninguna necesidad de vigilancia objetos cultuales sencillos, como botellas de aceite, palmatorias para los rituales, pequeños recipientes con aromas o vasos y copas de arcilla para las libaciones.

Erita inculcaba a la joven princesa la necesidad de que también las mujeres sencillas de Micenas tuvieran acceso a la *Potnia*, a elevarle plegarias y a formularle deseos.

–Tu madre, la noble y pía reina de Micenas –decía Erita con admiración–, no deja de visitar a la diosa en la cueva de la colina. Allí sube con las sirvientas y no le importa mezclarse con ellas.

Las lecciones de Erita a la aspirante Ifigenia se repartían entre la gruta y el santuario del palacio, donde se conservaban los objetos sagrados más valiosos bajo la responsabilidad de la sacerdotisa.

–Tú eres la hija del rey –decía Erita en su lección–. Ya conoces a tu padre. Si el viento no sopla como él desea, echa la culpa a "la sacerdotisa de los vientos". Sabes que ese es uno de los nombres de la sacerdotisa de la diosa virgen Ártemis. He tenido que aguantar incontables desprecios. La mano encima, nunca, a eso no ha llegado. Tu padre puede incluso rozar la blasfemia en su arrogancia. Si desea ir a Creta tiene que soplar el Bóreas; si se dirige a Atenas o Salamina, necesita el Noto del Sur. Si los vientos soplan en sentido contrario, "la sacerdotisa de los vientos" puede echarse a temblar.

–No había reparado.

–El que seas su hija no creo que te libre de algún improperio. Debes estar preparada. Él cree que "la sacerdotisa de los vientos" está a su servicio y es verdad, al menos en parte. Y lo que es peor, cree que los dioses también lo están. Cada vez que sale de viaje en barco, se nos ponen los pelos de punta.

Ifigenia no le daba importancia a los exabruptos de su padre de los que le hablaba Erita ni tampoco podía comprender que las relaciones con él pudieran resultarle conflictivas en el ejercicio del sacerdocio. Estaba segura de que podría hacerle entender que la voluntad de los dioses no siempre se ajusta a los deseos humanos.

Entre las actividades de aprendizaje, Ifigenia recorrió el reino de Micenas para visitar todos los santuarios dedicados a la *Potnia*. Ella sería la primera sacerdotisa. Todos los cultos a las diosas dependerían de ella.

–Debes tener cuidado con Calcante y Menón, el sacerdote de Zeus. Son ambiciosos y lo quieren todo para ellos. He tenido que reclamar ante el *Wanax*, tu padre, ya en varias ocasiones. No sólo por las donaciones de aceite o miel, sino también por defender las propiedades de fincas que corresponden a la diosa. Ese capítulo todavía no te lo he explicado. Yo guardo las tablillas en el santuario, en las que expreso al rey mis quejas. Hasta ahora, siempre se me ha dado la razón, pero Calcante y Menón siguen en sus trece. Yo sé escribir y además la diosa tiene a su disposición un escriba, que anota los ingresos y pagos y que archiva las peticiones que recibimos o las que yo envío al rey.

–Yo no sé leer. Debería aprender, ¿verdad?

–Tu padre se equivoca, cree que le basta con mandar, pero ¿y si alguien le engaña cuando lee una carta de un rey extranjero o cuando manda al escriba que la redacte?

–Mi padre no sabe leer. Bueno, sabe lo justo. Los números y los dibujos, los pictogramas, pero las sílabas no muy bien.

–Deberías pedirle a tu madre que te envíe todos los días al taller de escritura, la casa de las tablillas. Allí el maestro de escribas da lecciones. Es muy severo, ya te lo digo. Todos tienen que escribir como él. De su escuela salen todos los escribas del reino, incluso algunos han sido llevados a Pilo o Esparta. Ha dispuesto una larga serie de ideogramas, para que no haya confusiones y lo mismo las sílabas y los números.

–Le diré a mi madre que me lleve al taller –asintió Ifigenia.

–Mira. Aquí tienes la última tablilla que presenté ante el *Wanax*, de hace dos años. Escucha, que alguna vez tendrás que hacerlo tú: "Erita la sacerdotisa tiene y asegura que la divinidad es dueña de esta propiedad, pero la comunidad dice que ella tiene un arriendo de tierras públicas".

El conocimiento de los utensilios sagrados no llevó mucho tiempo a la aspirante. Todas las fieles conocían las copas de la libación, la última y más bella fue la donada por la reina en la fiesta de cumpleaños de Ifigenia, las vasijas de los aromas y del aceite, los quemadores de perfume y los recipientes de hierbas aromáticas, que se usaban para la fabricación de aceites aromatizados.

El apartado de los perfumes era muy importante, porque en los santuarios se fabricaban pequeños frascos de aceite perfumado. Se utilizaban árboles y plantas muy variadas, todas propias de Micenas. La resinas de los pinos, del ciprés y del enebro, la almáciga del lentisco, el mirto o el laurel, la hoja de la mejorana, y multitud de flores como el lirio, el nardo o la rosa. Se utilizaban también plantas para obtener diferentes coloraciones. Cuando se trataba de bálsamos o ungüentos, se recurría a la coloración roja, que se obtenía de la rubia o de la onoquiles.

—Los aceites balsámicos han de ser de color rojo, porque tienen que parecerse a la sangre que es la que da la vida y la fuerza —le explicaba la maestra herborista a Ifigenia.

En un amplio almacén, que servía también de laboratorio, instalado en el sótano del santuario, se apiñaban los pequeños frascos, clasificados por aromas y colores, en alacenas abiertas sobre la pared. Una servidora de la diosa añadía el nombre del comprador bajo la etiqueta que indicaba el tipo de producto. Mediante esta venta, los diversos santuarios obtenían cuantiosos ingresos, cuya mayor parte debían entregar a los funcionarios del palacio. También se vendían jarras de aceite aromatizadas para uso culinario. Se podía adquirir aceite a la salvia, a la chufa o a la rosa.

Ifigenia constató con cierta sorpresa cómo en torno al santuario de la diosa pululaba un ejército de sirvientas con oficios que hasta la fecha no había podido sospechar. En el ergasterio del sótano trabajaban más de diez empleadas.

—Hay que vender muchos frascos de aceite para alimentar a todas las sirvientas —le decía la encargada de los aceites, la segunda en jerarquía tras Erita—. Los sacerdotes de Zeus tienen una dotación el doble que nosotras.

El santuario contaba además con los proveedores de cada uno de los productos, desde el aceite al cilantro, desde los frascos de arcilla hasta la mecha para las lámparas.

En unos meses de aprendizaje, Ifigenia se hizo una idea precisa de la compleja realidad del santuario. Recibió incluso instrucciones sobre incendios. Ocurría que, sobre todo en los festivales veraniegos, las fieles traían multitud de coronas y guirnaldas de flores dedicadas a la diosa virgen, obras de arte en las que las flores se trenzaban con pequeñas ramas de tamarisco, hierbas, hojas de lirio o espigas de trigo. Como las ofrendas florales se acumulaban en torno al altar, sobre el que ardía la lámpara de aceite, cualquier pequeño descuido podía originar un incendio. Erita contaba una historia de una sacerdotisa que, tras haber encendido una lámpara junto a las guirnaldas, se quedó dormida. El santuario entero ardió junto con las imágenes y los objetos sagrados. La sacerdotisa, presa del pánico, temiendo un horrible castigo, huyó de Micenas y nunca más se la volvió a ver.

–La *Potnia* es la diosa madre, pero es también la diosa pura, virginal. Tú serás la encargada de elevarle las preces. Debes saber hacerlo.

Le recitó muchas plegarias, según cada caso: si era de acción de gracias o si pretendía que se cumpliera un deseo. Le enseñó cómo debía hacer las libaciones y el ritual de los sacrificios.

La sacerdotisa cumplió fielmente la misión que la reina le había encomendado. Tras varios meses de intenso aprendizaje, Ifigenia podía ejercer como ayudante en el culto. Solo cuando Erita muriese, Ifigenia sería proclamada por el rey nueva sacerdotisa de la *Potnia*, con todos los honores y privilegios que el cargo conllevaba.

Mientras el aprendizaje de Ifigenia seguía su curso, Hermione, disgustada con la nueva vocación de su prima, se aburría en Micenas. Pensó en regresar a Esparta con las viejas amigas de infancia. No entendía que una princesa tuviera que rebajarse a realizar las funciones de una sacerdotisa. Clitemestra no podía ser del todo clara con su sobrina, así que hacía lo que estaba en su mano por evitar cualquier posible conflicto.

Agamenón, tras el regreso de Ftía, se había guardado para sí el pequeño secreto de la diadema que Aquiles le había regalado. Se limitó a depositarla en el tesoro del palacio, pero no comunicó ni a Clitemestra ni a Ifigenia la intención del donante al hacer el regalo. Tal vez le pareció que el propio Aquiles había sido ambiguo, y que su regalo podría interpretarse como un rechazo a su oferta más que como puerta abierta a la aceptación.

Calcante y Clitemestra se convertían en pesadilla el uno para el otro. El adivino había tentado una táctica más conciliadora. Incluso se ofreció para enseñarle el arte de la adivinación a Ifigenia. Había casos, aunque no era el suyo, en que el adivino y el sacerdote coincidían en la misma persona. Calcante le explicó a Clitemestra por qué él había rehusado siempre ser sacerdote.

—La adivinación requiere el trance, el paso al mundo del dios, y eso exige mucho esfuerzo. Primero, abrir los ojos hacia el exterior para captar las señales que nos envían los dioses. Luego hay que mirar al interior, para ello es necesario un enorme poder mental, que se parece a la manía, la locura. ¡Cuántas veces me han llamado loco! Necios insensatos, que ignoran todo lo que los dioses nos anuncian.

El discurso de Calcante iba ganando en intensidad. Las manos extendían sus dedos con fuerza figurando la mirada abarcante del adivino y de repente se contraían con violencia hasta quedar apuñadas como si hubiera capturado una presa invisible. Sus ojos linceos acompañaban sus precisas palabras, pausadas unas veces, otras, arrogantes y subidas de tono. Calcante se tomó la libertad de explicar a la reina su arte adivinatoria, pero la reina, lejos de sentirse ofendida por la confianza del adivino, se sintió atrapada en su vehemente discurso.

—Mi padre fue Téstor, de los augures el más sabio. De él lo he aprendido todo. Lo primero, a interpretar los sueños. Los dioses se nos revelan cuando el sueño paraliza nuestro cuerpo. Pero debes saber, noble reina, que hay sueños inescrutables y de lenguaje oscuro, y no se cumple todo lo que anuncian. Hay dos puertas para los leves sueños: una construida de cuerno, y otra, de marfil. Los que vienen por el bruñido marfil nos engañan, trayéndonos palabras sin efecto; y los que salen por el pulimentado cuerno anuncian, al mortal que los ve, cosas que realmente han de verificarse.

A Clitemestra se le ocurrió preguntar por esas extrañas puertas que ella nunca había visto en sus sueños, pero la audacia no le acompañó y permaneció en silencio. Calcante seguía su discurso, confiado y convincente.

–Seguro que la reina me ha visto más de una vez en la terraza de la casa de las lanzas, en lo alto de la acrópolis. –Clitemestra quiso dar su asentimiento, pero el adivino no se dejó interrumpir–. Es mi ornitoscopio particular, el observatorio desde el que contemplo el vuelo de las aves. No sólo cuenta el vuelo, también escucho el canto, que no es lo mismo cuando pían en una algarabía nerviosa y malsonante que cuando entonan sus cantos melodiosos a los dioses.

La reina accedió a la petición del adivino para salir del patio del *mégaron* y dirigirse al exterior, desde donde podía ser observada la vasta y fértil llanura de Micenas.

–Desde aquí se contempla el anchuroso cielo. De entre todas las aves, el águila es el ave augural por excelencia, aunque Zeus también puede servirse de un tímido ruiseñor. Un águila en el cielo sobrevolando el espacio es el ojo de Zeus escudriñando el mundo. Nada escapa a su aguda mirada. –El adivino oteaba hacia uno y otro lado del horizonte–. Ahora no hemos tenido suerte. En esta época del año raro es el día que alguna pareja de águila real no gira una visita a la ilustre ciudad de Micenas.

Por fin apareció una pareja de águila real por el horizonte. Clitemestra quedó sorprendida, casi atemorizada. Sobrevolaron el cielo de Micenas con un vuelo armonioso y sosegado hasta ocultarse tras las colinas que se erguían al norte de la ciudadela.

–Anuncian prosperidad para vuestro reino –vaticinó el adivino en ejercicio de su arte.

Una sirvienta se acercó a Clitemestra. Su hija Ifigenia la reclamaba. Se alejó de Calcante dejándolo con la palabra en la boca. Mientras se dirigía al santuario de la diosa, la reina recordó una advertencia de Erita: "Ten cuidado con Calcante. Es capaz de poner el divino arte de la adivinación al servicio de su avaricia. El afán de lucro le lleva a envolver en hermosas palabras vergonzosas razones".

5

Para su programa de construcción de la gran flota micénica, Agamenón había movilizado los mejores artesanos del Peloponeso y de las islas próximas del Egeo, donde se encontraban los ingenieros y arquitectos navales más expertos. El programa avanzaba en Micenas al ritmo previsto. De otros reinos llegaban informaciones semejantes. Agamenón no se fiaba de los informes que recibía de sus colegas. Por eso a partir de la primavera, con pretextos distintos, comenzó a enviar embajadores de su confianza a los principales puertos griegos. Quería saber de buena tinta si los trabajos avanzaban al ritmo adecuado. Sus diez arquitectos navales estaban a punto de cumplir los diez primeros navíos nuevos, aparte de los que ya habían reparado. Esgrimía con orgullo ante los otros príncipes que Micenas podía fletar ya cuarenta barcos de guerra, aparte de tres cargueros, y a fin de año dispondría de otros veinte. Sería sin duda Micenas el reino que aportaría la flota más numerosa y fuerte, lo que era una condición necesaria para que Agamenón, su rey, pudiera reclamar el mando de todo el ejército. Había muchas reticencias más allá de que, siendo un Atrida el agraviado, correspondiera a un Atrida el mando del ejército.

Como el invierno no fue muy frío, los astilleros pudieron seguir con su actividad, aunque, al ser los días más cortos, cundía menos el trabajo. Al inicio del mes de la navegación, a comienzos de la primavera, Agamenón se entrevistó en Corinto con los reyes y príncipes aqueos. Aquiles volvió a faltar: se apuntaba el segundo tanto. ¿Por qué no viene Aquiles?, se preguntaban los reunidos. Comenzó a surgir inquietud y desconfianza hacia las palabras de Agamenón que aseguraban que el Pelida se había comprometido con la empresa común de los griegos. Una de dos: o el rey de Micenas no era muy fiable o Aquiles dudaba en adherirse a la aventura asiática.

El Atrida se hallaba atenazado entre el vaticinio que exigía la presencia de Aquiles para el éxito de la empresa y la dudosa voluntad del rey de los mirmidones. Presa de la incertidumbre, aprovechó un momento antes de la cena para ordenar a Calcante que no difundiera su vaticinio entre los caudillos griegos.

—El mensaje de los dioses no puede ser silenciado —se apresuró a replicar el adivino.

No es que el adivino quisiera mortificar al rey, pero sabía que la voluntad de los poderosos era voluble y que, si quería conservar el prestigio de su arte, no debía plegarse a sus caprichos. Cuando la tensión entre los dos subía de tono, Calcante amenazaba con volver a la casa de su padre, que nada tenía que envidiar al más lujoso palacio de cualquier rey aqueo, o ponerse al servicio de otro rey. El propio Agamenón lo había contratado ofreciéndole una importante cantidad de oro. En el contrato estaban incluidos los exabruptos del rey, pero no adaptar los vaticinios a sus miopes y tornadizos antojos.

—Si yo vaticinara lo que mis clientes desean oír, no sería famoso entre todos los aqueos por mis augurios. —Calcante adoptó un tono pedagógico y conciliador—. No es un capricho de Zeus que Aquiles vaya a Troya con todos los griegos.

—Está bien. Haré lo que sea necesario, pero, si se entera de que sin su participación no tendrá éxito el cerco y acoso a Troya, se crecerá y exigirá condiciones inaceptables.

—No lo creo, el rey de los mirmidones no busca el oro de Príamo, busca la gloria, la fama inmortalizada por el canto de los aedos.

Como la profecía de Calcante se había difundido entre todos los caudillos, convencer al Pelida se convertía en una preocupación para todos. Por fortuna, antes de tomar una determinación, llegó un emisario de Ftía con un mensaje alentador. Los vientos impedían el viaje de Aquiles. Soplaba el Bóreas, pero con tanta intensidad que amenazaba con estampar cualquier nave contra los arriscados peñascos que flanquean el estrecho del Euripo.

—Nuestro rey confirma los acuerdos que alcanzó con Agamenón de Micenas —reiteró el emisario en presencia de todos los caudillos reunidos–. Ha jurado que de la bien amurallada Troya no ha de quedar piedra sobre piedra.

Agamenón celebró la noticia como si se tratara del primer embate militar ganado al bárbaro troyano. Cambió de planes y preparó hecatombes para el día siguiente, antes de que los caudillos regresaran a sus reinos. Si Agamenón se sentía satisfecho, el verdadero ganador de aquella reunión, donde por un tiempo planeó el temor de una negativa de Aquiles, fue el adivino Calcante. Todos los príncipes aqueos abandonarían la reunión en Corinto convencidos de que los dioses estaban con ellos y de que su aventura en la Tróade contaba con su benevolencia. Algún descreído había entre aquellos caudillos, y entre ellos el más notable era el astuto Ulises, rey de Ítaca, que dejaba la voluntad de los dioses al cuidado del adivino y de los sacerdotes y él se dedicaba a manipular o embaucar la más próxima y más voluble voluntad de sus compañeros.

El sacrificio anunciado por el gran timonel, Agamenón de Micenas, estaba celebrándose con el boato anticipado de los gloriosos debeladores de la ciudad de Príamo. El entusiasmo, zurcido con copiosas jarras de vino, hinchaba los ánimos de los caudillos aqueos como el Bóreas hincha las velas de las naves que navegan hacia el sur. Cuando los trípodes y los espetones ya estaban vacíos, Agamenón ordenó silencio por medio del heraldo.

–Reyes y caudillos de los aqueos –comenzó su discurso–. Seré más breve de lo que tengo por costumbre. El vino de Corinto, que merece todos mis elogios, me impide hablar en demasía y adornar con palabras poéticas lo que deseo deciros. Grecia en pleno está unida en torno a una causa justa: la destrucción de Troya y el oportuno saqueo de sus riquezas. –Tumultuosos bramidos asentían a las palabras del rey de Micenas–. A finales de otoño, cuando nuestras flotas estén ya construidas y nuestros ejércitos reclutados, nos reuniremos de nuevo aquí, en esta hospitalaria ciudad de Corinto, para ratificar el Gran Juramento. Quedáis convocados. – Tras nuevas salvas de aplausos continuó–: Esto es lo que hemos acordado. Y para que todos estéis prevenidos, sabed que la primavera siguiente, el décimo día del mes de la navegación, todos los ejércitos griegos nos reuniremos en Áulide, el puerto de Beocia más favorable para agrupar todas nuestras naves. De allí, levaremos anclas hacia la ciudad de Príamo, que a partir de ese momento tendrá las horas contadas. Debo recordaros la obligación de ofrecer sacrificios y elevar plegarias en nuestros reinos para que el favor de los dioses esté con nosotros.

Los caudillos y príncipes aqueos se llevaron de Corinto entusiasmo a raudales y una fecha en el horizonte: el gran juramento del próximo otoño. Tenían seis meses por delante para intensificar la fabricación de las naves y alistar a sus guerreros.

En Micenas, un entusiasmo semejante, no suscitado por Ares, la belicosa deidad, sino por Ártemis, la diosa virgen, permeaba el alma de Ifigenia a medida que avanzaba el tiempo de su aprendizaje con Erita. La *hierea* se sentía más feliz que nunca, pese a sus canos cabellos, pese a su cuerpo enjuto, pese a las crueles huellas del tiempo. Había dedicado toda su vida a la diosa. Por ella se había apartado del matrimonio y del mundo compulsivo de los hombres, que cada día le resultaba más extraño, y había forjado una comunidad de mujeres que se reunían en grutas o en la cima de los montes o a la sombra de frondosas encinas. Ella había recibido la misión de mantener el culto a la diosa en el santuario del palacio de Micenas. Otras habían recibido una misión semejante en los palacios de Pilo, Tirinte o Esparta y todas juntas constituían el colegio de sacerdotisas de Ártemis. Cada año, por turno, una de ellas ejercía como presidenta.

–Ahora ya lo sabes todo, pequeña Ifigenia –le decía Erita satisfecha–. Debes prepararte para la ceremonia de dedicación.

–Hay algo que querría saber antes del paso decisivo. ¿En qué me afectará a mí el servicio a la diosa?

–En todo, te afectará en todo. Vivirás para ella, para tus compañeras del colegio sacerdotal, para las mujeres que vendrán a pedirte ayuda y consejo.

–¿No podré un día contraer matrimonio?

–Eso debes aclararlo con tu padre, que ya sabes cómo es. La diosa virgen requiere una sacerdotisa pura y santa. Ejercer el sacerdocio y ser al mismo tiempo reina de Micenas o de Ftía es muy difícil.

–¿Y ser virgen?

—No es necesario ser virgen. Yo estuve casada en mi juventud, pero la guerra me arrebató a mi esposo y a mis dos hijos.

Tras regresar los reyes del cónclave de Corinto, Hermione aceptó volver con su padre a Esparta. A diferencia de su prima Ifigenia, ella no sentía ninguna inclinación por el servicio a la diosa. Tampoco su madre se lo había tratado de inculcar. Clitemestra era diferente, quizá por la pesada carga de dos matrimonios impuestos a la fuerza. Admiraba la valentía de su hermana Helena, al fugarse con el hombre del que se había enamorado, y con la misma convicción la detestaba. Se puede al mismo tiempo, aunque con dos partes distintas de uno mismo, admirar y detestar a la misma persona. Clitemestra sabía que ella, por mucho que lo gritara en sus entrañas, nunca sería como Helena. Nunca sería capaz de romper los lazos con tanta fuerza, sin dejar nada en pie, ser capaz del olvido completo, de borrar de un plumazo el pasado y comenzar una vida nueva. ¿Qué tendría que suceder para que fuera capaz de algo semejante?

Llegado para Hermione el momento de regresar a Esparta, las dos primas se despidieron con más paz y serenidad de la esperada. Ifigenia le prometió que en unos meses, cuando llegara el verano, le devolvería la visita y pasarían juntas todo el tiempo que quisieran. Sus padres estaban enceguecidos y obsesionados con la flota y la guerra, con la recaudación de impuestos y con el alistamiento de los guerreros, lo que redundaba en una mayor libertad doméstica, tanto para la esposa como para la prole.

Erita tenía previsto dar por concluido el proceso de iniciación de la princesa. Había llegado el tiempo de poner en práctica las enseñanzas. En todos los ritos importantes, incluso en santuarios alejados del palacio, Ifigenia fungía como ayudante. Se adaptaba con buen ánimo a los sacrificios del cargo, como cuando tenía que ascender por pedregosos senderos a las colinas o a las grutas del territorio de Micenas. Podría tomar, si lo deseaba, un carruaje del palacio para los trayectos más largos, pero prefería el jadeo de los senderos y alcorces empinados que Erita escalaba con el vigor de una adolescente.

La anciana sacerdotisa, tras una ceremonia en el santuario del palacio, solicitó hablar con Clitemestra. Ifigenia estaba presente.

—Mi reina, tu hija es ya depositaria plena de la sabiduría de la diosa, a falta de los alumbramientos. Eso no puede hacerlo una adolescente. El *Wanax*, cuando lo estime oportuno, puede efectuar su nombramiento como *hierea* de Ártemis, la Señora de los vientos.

—¿Estás decidida? —le preguntó Clitemestra, con un punto de duda.

—Sí, madre, lo estoy, y lo estoy deseando.

—¿Y qué ocurre si tu padre decide entregarte en matrimonio a un hombre, lejos de Micenas?

—No lo consientas, madre —respondió con plena determinación. Y tras un silencio, añadió—: A menos que... sea inevitable.

Ifigenia ya sabía que lo inevitable era la terca voluntad de su padre y que lo inevitable sucedería si Clitemestra y Agamenón no se ponían de acuerdo en una propuesta de matrimonio. Confiaba en que eso nunca llegara a ocurrir.

En las festividades de la primavera, el palacio de Micenas nombró a Ifigenia suma sacerdotisa. La ceremonia se llamaba *dedicación*, porque a partir de ese acto la postulante quedaba dedicada a la diosa. Agamenón no presentó objeciones y accedió sin molestarse en preguntar por ningún detalle. Ni tan siquiera asistió a la ceremonia. Tanta era su obsesión con los astilleros y los barcos, los impuestos o los troncos de roble y abeto que afluían al puerto de Tirinte como las aguas de un torrente tras una asoladora tormenta. Y asolados quedarían los bosques del Peloponeso para levantar la gigantesca flota que habría de transportar a Troya al ejército más grande que hubiera visto jamás el mundo.

Clitemestra sentía al mismo tiempo alivio y desasosiego ante la indiferencia de su esposo por el sacerdocio de Ifigenia. Desasosiego porque se temía que, si mediaba un hado funesto, podía arrancar a la hija del hogar y entregarla a un hombre sin que terciara el tiempo necesario para averiguar la cualidad del pretendiente. La fiebre de la guerra podía traer consigo cualquier decisión intempestiva. Clitemestra había lamentado más de una vez no haber dado a su primogénita el nombre de Alejandra, la *espantahombres*, por aquello de que tal vez la palabra surtiera efectos de manera automática. Su amiga Karpatia, esposa de uno de los seguidores del palacio, tuvo el coraje de poner ese nombre a una de sus hijas. Clitemestra prefirió llamarla Ifigenia, *la nacida fuerte*, porque Alejandra le parecía que era un burdo plagio de Alejandro, un nombre marcial que tanto gustaba para los hombres tanto en Grecia como en Asia y que habría de ser de aciago retumbo por el príncipe troyano que lo llevaba y que, como todo hacía suponer, se había convertido en su cuñado y en el enemigo número uno de los griegos. Ifigenia era un nombre bien puesto.

Absorta en esos temores, le vino a la cabeza la misteriosa diadema de Tetis. No por la belleza de la joya, sino por la intención de Aquiles al regalarla al rey de Micenas. Agamenón había dicho que formaba parte del intercambio formal de regalos. Pero uno no regala, por el mero afán del regalo, la diadema de su madre. ¿No sería –se preguntaba Clitemestra poniéndose en lo peor– que Agamenón y Aquiles habían llegado a un pacto de matrimonio y que, por alguna extraña circunstancia, su esposo no quería que ella lo supiera?

Cuando encontró la primera oportunidad, quiso despejar la duda. Fue una mañana en la que Agamenón aparecía extrañamente tranquilo. Era el descanso del guerrero después de varios días de frenética actividad. Tras un copioso almuerzo, el resto lo aportó el balsámico Eros, el dios que afloja los músculos y relaja los ánimos.

–La diadema de Tetis es un regalo que no entiendo.

–Yo tampoco. Sabes que le regalé a Aquiles una copa de oro, de oro de Micenas, que no es cualquier cosa. Quizá fue excesivo por mi parte, pero lo hice movido por el afán de hacer que se comprometiera. Por lo demás sabemos que el hijo de Peleo es muy sensible a la gloria y también al brillo del oro. Creo que no se esperaba tanta munificencia por mi parte y quiso responder con un regalo que no fuera inferior. Él me tenía preparado un trípode de bronce como regalo. Debió de darse cuenta de que por los entresijos del broncíneo trípode asomaba su tacañería. Seguramente no tenía a mano otra alternativa.

–Alguna explicación te daría. No es un regalo habitual entre reyes.

–Yo no encuentro otra explicación –concluyó Agamenón apurando la copa que tenía sobre la mesa.

–No hablasteis para nada de Ifigenia.

–Los hombres siempre hacemos bromas con estas cosas. – Parecía que el buen vino desataba su lengua–. Sí, yo le dije que tenía una hija casadera. Eso todo el mundo lo sabe, pero ahí acabó todo.

–Bueno, Aquiles no tiene esposa.

–No, murió siendo casi una niña, en el parto de su primogénito, Neoptólemo.

–Podría ser un pretendiente para Ifigenia.

–Claro, podría, pero te he prometido que siempre serás la primera en saberlo y, además, que no tomaré una decisión sin conocer tu punto de vista.

–Sin mi consentimiento –atajó Clitemestra. Y añadió expectante–: ¿No habrás comprometido a Ifigenia con Aquiles?

–No, pero no me parece una mala opción. Bueno, eso vamos a dejarlo para después de la guerra.

Clitemestra se quedó tranquila, aunque convencida de que su esposo no le había contado toda la verdad, al menos no en todos sus detalles, pero no sabía si eso era debido a falta de sinceridad por parte de su esposo o más bien a falta de sutileza. Que Aquiles pudiera tener algún interés por Ifigenia era algo que le despertaba una cierta curiosidad. Tal vez seducida por la fama de valiente y generoso que acompañaba al hijo de Peleo y Tetis, empezó a pensar que podía ser un matrimonio aceptable. Se despertó en ella un interés por conocer a Aquiles, pero en medio de la fiebre de la guerra iba a ser difícil que se diera una oportunidad. Clitemestra rechazó la idea como si de una tentación se tratara y volvió a su plan de convertir a Ifigenia en sacerdotisa virgen de la diosa virgen.

–Bueno, por decirlo todo –dijo Agamenón como recobrando la memoria–, que eres un poco quisquillosa. Aquiles, al entregarme la diadema, dijo: "Toma. Para la dote de tu hija Ifigenia".

–¿Y tú qué le contestaste?

–Nada. No dijimos nada más, ni él ni yo.

Clitemestra agradeció el detalle. Ahora quedó convencida de que su esposo no se dejaba nada en el tintero.

La relación de Ifigenia con Erita era cada vez más estrecha. Clitemestra había pensado en el sacerdocio como el modo de librar a su primogénita de la esclavitud del matrimonio. Ifigenia, más allá de otros cálculos, se sentía seducida por la piedad a la diosa que Erita le transmitía.

—Me preguntas en qué afecta a la vida de una el ser sacerdotisa de Ártemis. No es la primera vez que una postulante me hace esa pregunta. Yo siempre respondo de la misma manera, contando el cuento de Acteón.

—Cuéntamelo, Eri.

—Lo habrás oído mil veces.

—Quiero oírlo otra vez.

—Nuestra diosa es la diosa de los animales, la Señora de las cosas salvajes, como dicen nuestros vecinos de la isla de Creta. Vive en las montañas y allí goza de la vida natural en compañía de sus ninfas. Es una diosa virgen y exige la misma virginidad a sus acompañantes, que la siguen libremente. Pueden abandonar el séquito, si ellas quieren, y entonces quedan libres para tener la relación que deseen, sea con los dioses o con los hombres. Puedes imaginarte que una diosa con esa forma de vida será objeto de mil asechanzas y celadas, tanto de los inmortales dioses como de los hombres efímeros. Más de los primeros, que ansían deleitarse en su inmaculada belleza. El dios fluvial Alfeo, hijo de Océano y Tetis –por cierto, hermanastro de Aquiles, el rey de los mirmidones, aliado de los Atridas en la presente guerra–, se enamoró de ella y la persiguió por toda Grecia. La diosa aterrorizada lograba evadirse con toda suerte de estrategias hasta que Alfeo desistió al verse ridiculizado por el séquito de la diosa. ¿Cómo lo consiguió? Como Alfeo no lograba su objetivo, cuando comprendió que no la conseguiría mediante la convicción y las súplicas, se atrevió a intentar forzarla y fue a Letrinos, ciudad de la Élide, a la fiesta nocturna que celebraban la propia Ártemis y las Ninfas que eran sus compañeras de juego. Pero ella, sospechando la maquinación de Alfeo, embadurnó su cara y la de todas sus ninfas con lodo blanco para que nadie pudiera distinguirla. Al llegar Alfeo y no poder reconocerla, abandonó el lugar perseguido por un insufrible zumbido de risas burlonas.

Ifigenia ponía cara de haberse quedado con ganas de más. Porque de Ártemis se contaba sobre todo una historia mucho más cruel.

—Mal le fue a Alfeo —prosiguió Erita respondiendo a la curiosidad que se reflejaba en el rostro de Ifigenia—, pero mucho peor al mortal Acteón. Ocurrió en Beocia, en las faldas del monte Citerón. El hijo de Aristeo, de nombre Acteón, se hallaba cazando. Había junto al camino una fuente y, un poco apartado de ella, una gran roca, coronada por una pequeña planicie. Allí dormía el cazador cuando, acuciado por el sol de la tarde, despertó. Vio a Ártemis bañándose en la fuente próxima y permaneció inmóvil y contenido su aliento ante la deslumbrante visión de una diosa desnuda. La diosa temió que un mortal alardease por toda Grecia de haber contemplado desnudo su cuerpo virginal. De inmediato, todavía con el éxtasis en sus ojos, Acteón quedó convertido en ciervo y su propia jauría, compuesta de cincuenta sabuesos, lo despedazó, siendo vanas las voces del dueño ante sus canes rabiosos.

—Dice Menón —añadió Ifigenia— que en realidad los perros mataron a mordiscos a Acteón porque estaban afectados por la rabia.

—Tiene su parte de razón. Las historias se cuentan de muchas maneras. Pero no está bien que alguien espíe y vea lo que uno no quiere enseñar, ¿no te parece? ¿No crees que pudo ser la diosa la que infectó la rabia a los perros?

—Parece un castigo muy cruel.

—¿Te has imaginado lo que vendría después de espiar y contemplar el cuerpo desnudo de la diosa?

Ifigenia meditaba con temor contenido.

—El asalto —respondió Erita—, sí, el asalto. Todavía hoy se llama el "lecho de Acteón" a la roca desde donde contempló a la diosa desnuda. El cuento puede parecer cruel, pero es una advertencia. Los cuentos siempre van en serio, hija. Hay quien cree que se cuentan a humo de pajas, como Menón, pero se equivoca.

Ifigenia, al compás de las palabras de Erita, iba atando cabos.

—Acteón es un inocente al lado de tantos otros, al lado de nobles seguidores del palacio, con los que puedes cruzarte en cualquier esquina.

Erita intentaba que la historia de los Atridas, Agamenón o Menelao, no afluyera a la conversación. Hubiera sido lo más natural, pues estaba a punto de iniciarse una guerra porque Helena, la esposa de un Atrida, había decidido librarse de la esclavitud de un matrimonio impuesto. Ifigenia se sentía fuertemente unida a su padre, aunque con sombras. No se lo habría reconocido a nadie, pero en el fondo guardaba un difuso recelo hecho de retazos de frases entrecortadas o gestos indecisos que tenían que ver con su condición de primogénita. Nunca se lo había expresado con claridad ni su padre ni tampoco su madre. El que estaba destinado a empuñar el mando en el palacio y en el reino de Micenas como sucesor del *Wanax* sería Orestes, porque era varón, el único hijo del Atrida Agamenón. Ifigenia era como una intrusa. Había ocupado el puesto que le correspondía a Orestes, se había anticipado. Era mujer, pero debería haber nacido hombre, para empuñar el cetro, para suceder a su padre, para ejercer como *Wanax*, señor y rey de Micenas. Como era mujer y por serlo, su destino era ser entregada en matrimonio al servicio de los intereses del palacio.

Agamenón no podía mirar con los mismos ojos a Ifigenia y a Orestes, y esa mirada se interponía en las relaciones de la hija con el padre aunque sin producir fricciones. Muy distinta era la mirada de la madre, Clitemestra, que arrastraba entre sus amargos recuerdos una cruenta historia de terror: el asesinato de su primer esposo a manos de Agamenón, la muerte del bebé en sus brazos durante el asalto al palacio, la violación por parte del vencedor de la esposa del vencido, como mandaban los cánones del guerrero victorioso; y para rematar, la imposición del brutal asesino como nuevo esposo, con la bendición del padre, Tindáreo de Esparta. Muchos recuerdos sangrientos que ahora, con los cuarenta años recién cumplidos, temía que se repitieran en las carnes de la primogénita Ifigenia y las otras dos hijas, todavía niñas, que le seguían.

Los aedos tenían prohibido cantar las hazañas fratricidas de los Atridas. Pero eso ocurría allí donde Agamenón y Menelao tenían autoridad, en Esparta y Micenas y en los reinos colindantes, sobre todo aquellos que les pagaban tributo. Cuando se dejaba atrás el Peloponeso, cruzado el istmo de Corinto, uno podía escuchar a los aedos cantar las sangrientas hazañas de la familia de los Pelópidas, historias llenas de horror y crueldad.

Erita evitaba hablar de los Atridas, pues bien sabía que Agamenón había decretado la pena de muerte para todo aquel que cantara o simplemente contara lo que para él eran calumnias y groseros engaños. Había que ser cuidadosa porque era precisamente en la historia de los Atridas, por mucho que fuera silenciada, donde las mujeres eran tratadas como perras, en particular, la propia Clitemestra, un botín de guerra para Agamenón, la viuda de un rey asesinado, obligada a casarse con el asesino. Clitemestra había encontrado en Erita la cómplice perfecta para sus confidencias.

Porque la *Potnia*, Ártemis, era de hecho la diosa de las mujeres. Las sacerdotisas seguían antiguas tradiciones que se transmitían como se transmite cualquier otro oficio. Por encima de todo Ártemis era honrada como la diosa de los nacimientos. Cualquier mujer que había dado a luz, tras la purificación, depositaba en acción de gracias una pequeña estatuilla de la diosa en el santuario más próximo a su domicilio. Así los santuarios estaban llenos de esas estatuillas. La mayoría, las más humildes, hechas de arcilla cocida, eran modeladas por la propia mujer que había dado a luz; las había también de madera de boj o de codeso, dos arbustos autóctonos muy utilizados en la fabricación de mobiliario doméstico. Todas remedaban la forma de la *xoana* que presidía cada uno de los santuarios, y que casi siempre estaba en posición sedente, como la señora que se dispone a recibir a sus fieles, escuchar sus cuitas y recibir sus ofrendas.

La *xoana* de la gruta de la cima de los álamos negros tenía una unción especial. Era sin duda la más antigua de Micenas y, tal vez, de todo el Peloponeso. Nadie podría decir con certeza su origen ni quién ni cuándo la había ofrendado. Estaba tan vinculada a la tierra de Micenas que algunas sacerdotisas decían que había sido entregada en la gruta por la propia diosa. Otras relataban que la imagen había sido traída de Asia por las amazonas y que habían dedicado a la diosa esa bella imagen construida en madera de peral silvestre. Según contaban otras, había sido traída de Creta en tiempos remotos por una sacerdotisa de la *Potnia*.

A punto de terminar su iniciación en los misterios del sacerdocio, Ifigenia le preguntó a Erita por qué sentía tanta devoción por la *xoana* de la gruta. Erita enarcó las cejas al tiempo que tomaba aliento como preparándose para una larga explicación.

—Puedes observar que la diosa está sentada sobre un trono y exhibe un cetro en la mano derecha y en la izquierda una granada.

—Sí, sí, ya me he fijado, pero no sé qué significan.

—De la granada me callo, pues es un secreto; el cetro es la muestra de la realeza de la *Potnia*. —Erita suspiró con resignación—. Eran otros tiempos. Entonces la diosa tenía un lugar de honor en el palacio y en los cultos religiosos. Ahora, ya ves, apenas quedan unos santuarios en las cuevas de las montañas.

—En nuestro palacio, hay un santuario de la *Potnia*.

—Claro, tú no has visto el antiguo, su esplendor, su alegría, el júbilo de las mujeres en los ritos —Erita parecía reprimir sus palabras incluso en presencia de Ifigenia. Seguramente no quería hablar de los Atridas y su influencia en asuntos de religión—. Ahora el santuario de Zeus, sus ritos, sus sacerdotes, están ocupando su lugar. La *Potnia* está siendo desalojada de Micenas. Soy vieja y puedo contemplar el largo camino que ha conducido hasta aquí.

Callaron por un momento las dos mujeres. El silencio de Erita era la expresión de su impotencia, solo mitigada por el gozo que sentía al ver a Ifigenia tomar las riendas del culto a la *Potnia*.

—Pero ¿qué es lo que lleva grabado en el cetro? Me parece observar un avecilla —preguntó Ifigenia.

Erita dudaba en cómo debía responder.

—El significado de la granada te lo diré más adelante; aunque es un secreto, tú debes saberlo y lo sabrás cuando desempeñes el sacerdocio en plenitud. —Ifigenia sabía que no debía insistir cuando la sacerdotisa hablaba de esa manera.

—¿Y la avecilla del cetro?

—Eso debemos saberlo tú, yo y todas las mujeres —la anciana sacerdotisa recuperó su habitual vivacidad—. Es una historia que se cuenta desde siempre. Zeus estaba enamorado de la *Potnia* y no sabía cómo acercarse a ella. Y ¿qué hizo el muy cuco? Se transformó en cuco, con la pretensión de poder abordar a la diosa bajo ese disfraz. Pero le salió mal la jugada: la *Potnia* lo cazó y lo convirtió en su juguete. Recuerdo que, en mi infancia, las niñas jugábamos con figurillas de la diosa correteando entre cucos.

Ifigenia sonrió.

—Nunca habías escuchado esta historia, ¿verdad?

—No, nunca.

—Pues es la que yo aprendí siendo niña. Pero ahora se cuentan de otro modo los encuentros de la *Potnia* con Zeus.

Ifigenia con su mirada expectante pedía a Erita que continuara el relato.

—Encuentros violentos, donde la fuerza física arrasa con todo lo demás. La delicadeza y la ternura ya no son barreras contra el impulso de los músculos. Se dice que Hera, al ver un día al cuco lleno de barro y con las plumas mojadas tras ser vapuleado por una violenta ventisca, lo acogió y lo calentó cariñosamente en su regazo. Zeus abandonó su disfraz de avecilla inofensiva, recuperó su forma de musculoso guerrero y consumó la violación.

El rostro de las dos mujeres se demudó.

—Hay quien dice que la *Potnia* se vio obligada a casarse con Zeus por vergüenza. Yo sentiría vergüenza de aceptar casarme con el que me ha violado. Pero qué puedo decirte, son las historias del dios de los hombres, en el cual yo no creo y del cual nada espero —sentenció Erita con gravedad.

Ifigenia contemplaba con delectación el cetro de la *Potnia* y se quedó con el misterio de la granada.

—Bueno, ten cuidado si un día se te cruza en el camino un cuclillo enlodado —concluyó Erita. Y añadió con buscada solemnidad—: Pero, sobre todas las cosas, y fíjate bien en lo que digo, cuida cuando un cuco apele a tu compasión. Es el modo que tiene de desarmarte para atacar después sin piedad.

Erita hablaba como si ella misma hubiera sido víctima alguna vez de esa fingida compasión.

—Las historias cuentan que Zeus se apoderó del cetro de la *Potnia* y que ahora es él el que tiene la supremacía y el poder. Esta pequeña y humilde estatua que se conserva aquí es el mejor testigo de nuestra vieja y verdadera religión. Temo por ella.

—¡No! —exclamó Ifigenia con incrédulo asombro.

—Menón y Calcante son malvados. Están empeñados en borrar el pasado. La religión de las mujeres acabará convertida en la historia que nunca existió. Solo tú y tu madre, la piadosa reina Clitemestra, podéis frenar la arrolladora ambición de los sacerdotes de Zeus.

—Y padre, ¿qué piensa?

—Es un hombre, peor aún, un Atrida. Bueno, déjalo.

—No, Erita, no puedo dejarlo. Me afecta, mi padre y mi madre son como Zeus y la *Potnia*, ¿no es verdad?

—Espera a que seas mayor y puedas hacerte una opinión por ti misma.

—¿Y la granada en manos de la *Potnia*?

Ifigenia se dio cuenta de que no debía preguntar por lo que estaba sometido al misterio sagrado, así que aceptó el silencio de Erita por más que en su mente nunca cesaría de aletear lo indecible.

6

La obsesión de Agamenón en los últimos meses era su propia nave, que habría de ser el buque insignia de la flota aquea. A su construcción había dedicado el mejor equipo, dirigido por Neóbulo, un afamado ingeniero naval de la isla de Tera. Además de buen artesano, tenía fama de exigente hasta la crueldad. Era implacable con sus empleados. En la construcción de la nave de Agamenón había ordenado lapidar al encargado de los calafateadores, porque en las pruebas de botadura había encontrado una pequeña filtración en las bodegas del barco. Lo acusó de sabotaje y traición, un delito penado con la muerte por apedreamiento.

Neóbulo dejó la nave impecable y, cuando todo estuvo ya listo, la puso en manos de los artistas. Tenía que saltar a los ojos que era la nave del comandante en jefe de la escuadra. Ordenó atender en primer lugar la cubierta. Los remeros ocupaban los asientos laterales de los bancos y en los interiores se sentaban los pasajeros, que en el caso de la flota de guerra incluía al personal de servicio y también a los remeros de refresco.

En la popa se encontraba el puesto de mando, con el capitán, el timonel y algún otro oficial de navegación. De Calcante se decía que, además de adivino, era también un experto navegante. En esta parte trasera del navío se ubicaba una cabina de pequeñas dimensiones y de altura reducida para evitar que pudiera ser fácilmente abatida por los vientos. El capitán podía acoger en ella a personas de prestigio o de su especial estima, como podía ser su esposa, su amante o el adivino de turno.

Era una estructura portátil, una especie de cubo formado por tres listones verticales por cada uno de los lados. Los listones se anclaban a la cubierta del barco y por la parte superior y la intermedia dos travesaños, también de madera, unían los cuatro lados y armaban la cabina. En caso de vientos fuertes o tormenta, la estructura se abatía y quedaba recogida en las bodegas. En realidad, se montaba sobre todo para el momento de arribar la nave a puerto. Daba solemnidad y creaba una expectación en torno al capitán y los viajeros que allí se alojaban. Los parámetros verticales, en la mitad inferior, estaban recubiertos de pieles de buey y la mitad superior quedaba abierta, dejando ver desde fuera los bustos de quienes se encontraban en la cabina.

Agamenón había ordenado a sus artesanos que se esforzasen por dar con una decoración esmerada para esta pieza. Ningún otro navío griego podía superar en belleza al del Atrida, tampoco en potencia marinera, pero de esto ya se había ocupado Neóbulo. Los bastidores verticales habían sido pintados de color dorado, imitando el preciado metal, la riqueza más elogiada de Micenas, y estaban rematados por una filigrana que simulaba una flor de lirio. Esa parte había sido pintada de azul. Los listones horizontales habían sido decorados con pequeñas espirales también de color azulado. Bajo el listón horizontal de la parte superior y entre los bastidores verticales se anudaba una ligera cinta blanca, que adoptaba una forma combada y de la que pendían pequeños brillantes que imitaban a la flor del azafrán. Las pieles de la parte inferior no comenzaban en línea recta, sino curva, guardando simetría con el cordón de brillantes, y estaban ribeteadas por una franja de caprichosas espirales, igual que los listones horizontales.

Las pieles de la parte inferior de la cabina habían sido decoradas con escenas de la vida de Micenas. Los artistas habían dibujado flores, aves y pequeñas figuras humanas.

El resto de la nave dejaba ver su pulido maderamen de roble, cuyo claro tostado inicial estaba destinado a derivar hacia el oscuro a medida que pasaba el tiempo hasta reducir la nave a un color negro semejante a la brea que taponaba las junturas. La proa del barco era una excepción. Desde la amuras, donde se dibujaban los ojos, que nunca faltaban en una embarcación, había sido pintada de azul y sobre la capa de esmalte, tanto en la proa como en el bauprés y en el mástil, Agamenón había ordenado representar los motivos alegóricos que solían acompañar a la familia de los Atridas. El león era el animal con el que se identificaba el rey de Micenas, no solo porque fuera el guardián de la ciudadela, como podía verse en la puerta de entrada, sino porque era la más patente expresión de la fuerza y del poder. También el toro, el contrapunto de la débil fuerza humana compensada por la astucia, pero era menos micénico, porque la gente lo asociaba más con la vecina isla de Creta.

Los artistas se esforzaron para complacer a Agamenón, aunque bien sabía que los esmaltes y colores de nada servirían sin la fuerza de los remeros y el ímpetu de los paladines argivos.

Se aproximaba la hora del gran juramento.

—Confío en que tus augurios estarán preparados —le dijo Agamenón a Calcante.

—Los dioses hablarán.

—Es obligación tuya —ahora se dirigía a Menón, sacerdote de Zeus Dicteo— que la voluntad de los dioses esté a nuestro favor. Prepara hecatombes perfectas en honor de los inmortales.

La guerra estaba cada vez más próxima. La flota se hallaba dispuesta, los aliados ultimaban sus picas y afilaban sus moharras. Los sacerdotes y adivinos elevaban sus preces a los dioses. Solo Erita, y con ella Ifigenia, y Clitemestra, y las mujeres de Micenas, quedaban al margen de la seductora serpiente. Si la guerra era asunto de los hombres y de los dioses, poco tenían que ver las diosas y sus sacerdotisas.

Agamenón ni tan siquiera requirió a Erita para que elevara sus plegarias a Ártemis y le ofreciera primicias. Claro que la serpiente de la guerra dejaba sus huellas y sus despóticas exigencias en los hogares, desde el palacio de Micenas a la más humilde de las chozas. Había que preparar para los guerreros arcas repletas de túnicas, de capas que abrigan del viento y de lanosas mantas. La exigente sierpe de la guerra era ambiciosa y antojadiza. Había que ofrecerle lo necesario y lo innecesario. Prometía a cambio cuantiosos y dorados botines.

Las fuerzas de Erita un día se apagaron, con la calma con que se apaga la luz del candil cuando se acaba el aceite. La diosa la llamó cuando estaba ocupada con el nuevo manto para la sagrada *xoana*. Muy de mañana, con la brisa fresca del céfiro había ascendido por la senda hasta la colina. El camino se le hizo inacabable. Penetró en la gruta y tuvo la sensación de que había llegado a su casa. Siempre tenía esa impresión, porque la gruta, más que el rutilante santuario del palacio y su polícroma sala, era el verdadero lugar de la diosa. La casa es ante todo el lugar del descanso, de estar a solas con uno mismo o en la compañía de quien te es afín. Allí se sentía Erita en la intimidad de sí misma y de su diosa, su otro yo afín y semejante. Allí residía la divinidad. Lo sintió de manera más intensa esta vez cuando llegó exhausta empujada por la brisa fresca de la mañana.

Ifigenia, después del mediodía, comenzó a notar la ausencia de Erita. Buscó en el santuario, en el sótano, donde se guardaban los objetos sagrados, subió a la azotea. Mandó a las sirvientas que la buscaran.

–La he visto salir hacia la gruta –afirmaba una.

–Vamos allá–dijo Clitemestra con gesto de preocupación.

Presas de un ansioso presentimiento, un grupo de mujeres tomaron el camino hacia la cima de los álamos negros. En el santuario, todas las lámparas estaban encendidas. Erita se hallaba sentada junto al altar sobre el arcón que contenía ropas de la *xoana*. Había querido morir sentada, como quien descansa satisfecha tras una larga y laboriosa jornada. Tenía las dos manos sobre sus rodillas y en ellas guardaba la granada, primicia del recién comenzado otoño. Ifigenia descifró el secreto: la granada simboliza la muerte, como el cuco anuncia el principio de la primavera, la vida y la muerte en las manos de la diosa.

Erita recibió las honras fúnebres adecuadas a su rango de suma sacerdotisa. Fue enterrada en el círculo de tumbas próximo a la gruta de la colina. Los oficiales del rey habían confiscado todos los objetos de oro que había en los santuarios. Alegaban que los dioses habían ordenado venganza contra los pérfidos troyanos. Junto con las copas de las libaciones, arramblaron también con la mascarilla de oro que estaba destinada para el entierro de la sacerdotisa. Clitemestra no tuvo conocimiento de este atropello hasta el momento mismo del funeral, aunque era de todos conocida la orden del rey de entregar los objetos de oro y plata. Los escribas anotaban las entregas de cada ciudadano con la promesa de resarcirlos con el botín de la dorada ciudad de Príamo. La mayoría entregaba sus posesiones de metales preciosos con renuencia y los más incautos con la esperanza de hacer una próspera inversión.

Erita iba a ser enterrada sin la preceptiva mascarilla de oro. Las servidoras de la diosa, ayudantes de la sacerdotisa, improvisaron una máscara de lino teñida de color dorado, pero la reina, apercibida de la situación, no toleró esa afrenta y ella misma ordenó sacar del tesoro real una de las muchas mascarillas que se almacenaban en sus vitrinas. Por fortuna Agamenón se hallaba en los astilleros de Tirinte contemplando los febriles trabajos de construcción de la flota. Como ordenaba la tradición, fue la nueva sacerdotisa, en este caso, Ifigenia, la que colocó la mascarilla sobre el rostro de Erita antes de que las servidoras de la diosa cubrieran su cuerpo con flores y vertieran libaciones de leche y miel.

Las mujeres de Micenas se sintieron orgullosas de su reina. Pasaron de la tristeza al entusiasmo al ver que la propia familia real ofrecía a su primogénita como sacerdotisa. La sucesión abría una época de esplendor para la religión de las mujeres de Micenas.

La ausencia de Agamenón, ausencia física porque se hallaba fuera del palacio supervisando los trabajos de construcción de la flota, y ausencia mental también porque no mostraba energía ni interés si no era para pensar en la guerra contra Troya, dejaba las manos libres a Clitemestra para tomar decisiones.

Tras la muerte de Erita, siguiendo la costumbre, se celebró una solemne ceremonia en el santuario de la *Potnia* en el palacio destinada a festejar la dedicación de la nueva sacerdotisa. El rey debía estar presente para que el acto tuviera el brillo que merecía la hija primogénita de la familia real. Agamenón accedió a la petición de su esposa y esta ordenó llevar a cabo los preparativos para la celebración. Todos los santuarios de la diosa, en el palacio, en las grutas y en los altares de las cumbres, fueron decorados, se elevaron plegarias por la nueva sacerdotisa y se cantaron canciones de alabanza a la *Potnia*.

La ceremonia gozó de un esplendor inusitado. El altar había sido decorado con lujosos jarrones y sobre las paredes florecía una pradera de fragantes guirnaldas trenzadas con narcisos, jacintos y azucenas sobre ramas de acebo brillante y tallos de helecho. En el altar ardían en pequeñas navetas aromas que ascendían como varitas de humo hacia la estatua de la diosa.

Ifigenia ofreció a la *Potnia* un vestido blanco radiante, bordado con flores de lirio y azafrán. La ofrenda de un vestido era una costumbre cada vez que tomaba posesión la nueva sacerdotisa y la sorpresa quedaba reservada a la calidad de la tela y al arte de los espléndidos bordados. Pero Ifigenia sorprendió al dedicar a la diosa una diadema de oro y ámbar, de cuya existencia nadie tenía conocimiento salvo la familia real. Agamenón miró sorprendido, estupefacto, a su esposa. Sabía que era osada y contumaz, pero nunca hubiera imaginado que pudiera llegar a tanto. Algo extraño, tal vez el respeto al recinto sagrado o el cariño a su hija, mantuvo al rey de pie hasta que terminó la ceremonia ritual. Ya fuera del santuario, ordenó a su esposa que se personara en el salón del trono. Clitemestra se esperaba su furiosa reacción. Aunque acudía dispuesta a soportar los truenos y los rayos de Zeus, ella también disponía de armas bien aceradas.

–¿Qué pretendes? ¿Qué urdes a mis espaldas?

Clitemestra tenía bien meditado que no podía justificarse alegando que había sido idea de Ifigenia. Primero, porque era falso. Había sido ella la que había puesto a su hija sobre la senda de la diadema como ofrenda a la diosa. Ifigenia nunca se hubiera atrevido, pero, cuando oyó la sugerencia de su madre, acogió la idea con entusiasmo, y, aunque hubiera sido idea de Ifigenia, Clitemestra nunca lo habría reconocido.

–Noble esposo, hijo de Atreo, rey de Micenas –respondió tras escuchar cabizbaja el iracundo torrente de Agamenón.

Con estas palabras, llamándolo con todos sus nombres, la ira de Agamenón comenzó a calmarse. A continuación entonó encendidas alabanzas a su hija.

–Nuestra hija primogénita, la que te ha hecho a ti padre. Lamento tu disgusto, ahora que te hallas empeñado en una heroica empresa. Ifigenia tendrá la seguridad y la felicidad que le otorgará su dedicación a la diosa. Me dijiste que Aquiles te entregó la diadema para que la agregaras a la dote de Ifigenia.

–Conozco al rey de los mirmidones. Es avaro y tacaño –replicó Agamenón más calmado–. No ha aceptado participar en la guerra contra Troya hasta recibir garantía de que sería el segundo en el reparto del botín, después de mí, antes de mi hermano. Ha tenido suerte con el augurio de Calcante.

—Yo lo veo todo lo contrario, lo veo espléndido. Nadie te ha entregado nunca un regalo tan valioso.

—El muy taimado cree que la diadema volverá a su palacio por la misma senda por la que salió. A mí no me engaña.

Clitemestra miró sorprendida a su esposo, con rostro de incredulidad.

—¿Qué sugieres? ¿Acaso Aquiles puede pedir a Ifigenia en matrimonio?

—Exacto, y yo estaría encantado, aunque con condiciones.

En realidad, Agamenón no tenía ningún motivo de preocupación más allá de la excesiva libertad que se tomaba su esposa en tomar decisiones que solo incumbían al *Wanax*. La diadema quedaría incorporada al tesoro de la diosa en el santuario del palacio, pero en el palacio había un solo *Wanax* y ese era Agamenón, el rey de Micenas. Los santuarios, tanto los del palacio como todos los que se extendían por sus anchos dominios, dependían del rey. Aunque fuesen los sacerdotes y las sacerdotisas quienes administraban los bienes y las donaciones que recibían, estaban obligados a llevar una minuciosa contabilidad y a entregar al palacio una parte de sus ingresos.

A diferencia del rey, Calcante y Menón observaban con inquietud los últimos acontecimientos. La religión de la *Potnia*, la diosa de las mujeres, cobraba fuerza y con el sacerdocio de Ifigenia, ellos y su dios, Zeus, quedaban en segundo plano. A diferencia de Menón, Calcante se sentía seguro porque las sacerdotisas de la *Potnia* no solían ser expertas en adivinación, el arte que le permitía tener bien atado al rey, que no era capaz de tomar una decisión importante sin consultarle previamente. Menón resultaba más perjudicado por el protagonismo de Ifigenia y por la delantera que los cultos a la diosa tomaban en el palacio.

Aun cuando Calcante no veía peligrar su puesto, tampoco miraba con buenos ojos el auge de la religión de las mujeres. A la larga la posición de los sacerdotes quedaría debilitada y quién sabe si en el futuro no se vería forzado a competir no ya con Mopso o Tiresias, los dos grandes adivinos, sino también con alguna pitonisa. De hecho la *Potnia* profería oráculos en Delfos, en Pagas o Egeria. Calcante, que se sentía inquieto aunque no alarmado, creyó que debía utilizar su influencia ante el rey para neutralizar el poder de las sacerdotisas en la vida del palacio y del reino de Micenas. Clitemestra y no la frágil adolescente Ifigenia era el problema.

El adivino gustaba subir de vez en cuando a la terraza más alta del palacio y observar desde allí el vasto territorio del reino. En la terraza, contemplando el mundo a sus pies, era donde vislumbraba el futuro con más claridad. Allí se encontraba frecuentemente con Agamenón, que tenía dispuesto un pequeño trono cubierto con un toldo para protegerse del sol.

Habían pasado ya unos días de la ceremonia de dedicación de Ifigenia y Calcante le había dado vueltas en la cabeza a una idea. Se trataba de Egisto.

Las familias de los Atridas, Menelao y Agamenón, habían disfrutado un largo tiempo de calma hasta el sobresalto de Helena, que afortunadamente no tenía nada que ver con odios y resentimientos internos. Que el causante del sobresalto hubiera sido un príncipe bárbaro daba una buena oportunidad para unirse toda la familia contra el enemigo exterior. Pero Egisto era primo de los Atridas y un primo peculiar.

Era hijo de Tiestes, hermano de Atreo, unos años más joven que sus primos. Por primera vez el adivino, conversando en la terraza del palacio con Agamenón, se decidió a plantearle el problema. Ante la cada vez más inminente partida de los caudillos griegos a Troya, Agamenón tenía que tomar precauciones, pues cabía adivinar –y la adivinación era el arte de Calcante– que Egisto trataría de tomarse venganza por el estado de humillación a que lo había sometido su primo el rey de Micenas. Cabía vaticinar igualmente que Egisto tendría aspiraciones al reino como su padre Tiestes las había tenido frente a su hermano Atreo. El arte adivinatoria de Calcante le decía que los hijos solían reproducir las tensiones y conflictos de sus padres. Un adivino profesional al servicio del rey estaba obligado a estudiar el asunto y recordarle a su señor que debía tomar alguna precaución.

Egisto vivía en una pequeña granja cerca de Tirinte, junto con algunos sirvientes que lo habían sido ya de su padre Tiestes. Tenía prohibido presentarse en Micenas. Agamenón, que lo había amenazado con quitarle la vida si osaba quebrantar las condiciones que le había impuesto, cometió el error de permitir que vivieran con Egisto algunos viejos servidores de su padre, los cuales se habían encargado de hacerle saber los derechos que tenía sobre el trono de Micenas.

¡Cuánto más preferible no habría sido el olvido! Egisto maldecía a los sirvientes de su padre que le recordaban su historia funesta. Le contaban cómo Atreo había llegado a matar a los hijos de Tiestes y se los había servido cocidos y gratinados en un banquete al que lo había invitado con la excusa de la reconciliación y, no contento con el monstruoso crimen, para que pudiera reconocerlos, le presentó tras la cena en una bandeja de plata las cabezas, pies y manos de los hijos que tenía en el estómago.

Ante un crimen tan abyecto y cruel, Tiestes se sintió legitimado para la represalia y concibió a Egisto como un instrumento de venganza.

Calcante esperaba una pregunta de Agamenón, pero en este caso sentenció:

—He sido muy generoso. Le he permitido que viva en Argos. No creo que deba temerlo.

El adivino por el momento no fue más lejos, aunque en su ánimo temía que, ausente Agamenón, no faltaría quien alentara a Egisto a reclamar sus derechos dinásticos.

—¿Sugieres, tal vez, que debería unirse a la expedición?

—De ese modo no conspiraría en Micenas. Sería una buena medida —respondió Calcante sin mostrar ninguna convicción.

—Eso jamás. No quiero cizaña en las filas griegas.

El adivino, en su obligación de anticiparse, se había preguntado qué ocurriría si el conspirador Egisto llegaba a confabularse con la altiva Clitemestra. Era una mera conjetura que en modo alguno podía compartir con el rey. Agamenón estaba tan confiado en sus fuerzas que no le pasaba por la cabeza pensar en otro peligro que no fuera el ejército de Troya.

Con el principio del otoño se aproximaba la fecha del Gran Juramento. Agamenón se encontraba relajado aunque reaccionaba con brutalidad si se incumplían sus órdenes. Los recaudadores de oro e impuestos vivían aterrorizados por un seguidor investido con autoridad del rey para ejecutar a los que cometieran algún tipo de fraude. El más común era ponerse de acuerdo el recaudador con el contribuyente para disminuir la cuota que debían pagar.

Días antes de emprender la marcha a Corinto, tuvo lugar una gran fiesta propiciatoria para pedir el favor de los dioses. Menón y Calcante se mostraban en todo su optimismo, alegres porque veían recuperado el protagonismo en el palacio. Pocos de los presentes recordaban un sacrificio más espléndido y abundante.

Tras el banquete, Agamenón se reunió con sus seguidores y sus capitanes en el salón de los varones para hablar de los asuntos de la guerra. Era la tertulia de sobremesa o simposio en el que tomaban parte solamente los hombres y que se iniciaba con tres libaciones rituales dedicadas a los dioses olímpicos, a los héroes y a Zeus Salvador.

En medio de fornidos y avezados guerreros, el rey quiso que fuera su hija Ifigenia la que cantara el peán, un canto dedicado a los dioses sanadores que daba paso al simposio. Muchas veces Ifigenia había dejado oír su voz pura en el salón de los hombres, que la contemplaban extasiados el breve tiempo que duraba el canto. Conocía por sus nombres a la mayoría de aquellos varones y, aunque pudiera parecer lo contrario, sentía que el canto lograba ensamblar sus frágiles miembros de mujer adolescente con los cuerpos curtidos y rudos de los amigos de su padre.

Tras el canto de Ifigenia, comenzó la sobremesa. Agamenón se permitió algunas insinuaciones jocosas. Comentó que no había manera de convencer al viejo Néstor, rey de Pilo, de que se quedara en casa.

—Es un aventurero. Solo tiene en la cabeza cómo robar los veloces caballos troyanos.

También hizo burla de Aquiles, al que llamaba insolente y engreído, aunque ya se había convencido de que era necesario para la aventura troyana.

Cuando Agamenón terminó con sus bromas, después de servir vino a todos los concurrentes, pidió la palabra Calcante.

–Tengo un mensaje importante que decir a los argivos. Temo que, si me retraso un poco, el vino obstruya vuestras mentes y tapone vuestros oídos. Así que con el permiso del *Wanax* hablaré. – Agamenón asintió, sin duda informado de lo que el adivino quería decir.

"Sabéis todos, o al menos muchos de vosotros, que en lo alto de la azotea del palacio el rey ha dispuesto un trono desde el que contempla los vastos dominios del reino de Micenas. Y junto al trono del rey, hay también un modesto asiento, montado sobre un eje giratorio, que me permite observar el anchuroso cielo en todas sus direcciones. Es mi ornitoscopio particular. Allí paso muchas horas del día en cumplimiento de la misión que por el rey tengo encomendada, que es contemplar el futuro en sucesos sencillos del presente que a la mayoría pasan inadvertidos.

"También la negra noche y el cielo estrellado ofrecen pistas de nuestro inmediato futuro, pero ahora no hablaré de las estrellas.

"Puedo anunciar que he recibido felices augurios propicios para la expedición contra Troya que patrocina nuestro mando ejercido por los dos Atridas. El bélico augurio, como os voy a relatar, ordena que el poder de doble trono de los aqueos, concorde caudillaje de la helénica juventud, ataque con lanza y brazo vengador la ciudad de Troya. Este es el prodigio: dos reinas de aves, una negra y otra blanca por el lomo han aparecido esta mañana muy cerca del palacio, en un lugar muy destacado del cielo, del lado de la mano que blande la lanza. Estaban devorando una liebre preñada tras haberla cazado en el mismo instante en que iba a precipitarse en la guarida. Las aves devoraban con fruición a la liebre y a los inocentes gazapillos antes de nacer.

"Yo he visto con mis ojos el prodigio. Y ahora os diré con detalle, sin ocultar lo nefasto, su significado. Las belicosas devoradoras de la liebre representan a los dos Atridas, diferentes en el talante, caudillos con mando supremo. Notadlo bien, argivos: al cabo de un tiempo esta expedición conquistará la ciudad de Príamo, y todos los numerosos ganados acumulados por sus habitantes tras de sus torres serán entregados al pillaje junto con todas sus riquezas, si es que antes no lo cubre todo de niebla la cólera divina".

Los guerreros estaban deseosos de que el adivino acabara su presagio para prorrumpir en aplausos, pero éste levantó la mano derecha pidiendo silencio y prosiguió:

–He de decir, finalmente, que el portento advierte de un posible peligro: que los dioses se hayan irritado con el odioso festín de las dos águilas por haber devorado a la tímida liebre con los hijuelos que aún llevaba en las entrañas. Un banquete así es aborrecible a la diosa. No lo dudéis: la bella diosa, Ártemis, que con tanto amor contempla los débiles cachorros de los fieros leones y que disfruta de las crías que aún van colgadas de los pechos de sus madres, pondrá freno a nuestra victoria sobre Troya.

Las últimas palabras del adivino enfriaron los ánimos de los presentes. Unos aplaudían mientras otros no podían ocultar un gesto de perplejidad. Todos dirigieron la mirada al rey.

–¿Acaso quieres decir, adivino –preguntó Agamenón–, que el presagio nos es en parte favorable, pero adverso en otro sentido?

–No yerras, noble rey, en tu comprensión.

–¿Y para esto pago yo al adivino más caro de Grecia? ¿Para que me diga lo que todos nosotros ya sabemos? ¿O no es cierto que en toda empresa existen factores propicios y factores adversos?

–Esa es la verdad de los dioses. –Y seguro de sí mismo el adivino continuó–: El augurio anuncia que la expedición alcanzará su objetivo: las águilas se han comido a la preñada liebre.

–Eso es lo que yo quería oír. –Se dirigió a los compañeros demandando su aplauso–: Lo que todos nosotros queríamos oír.

En medio del aplauso de los compañeros, Agamenón pidió silencio.

–Tengo algo más que decir, no solo a vosotros, compañeros de armas, sino sobre todo a nuestro agorero. Yo sé, Calcante, que eres el mejor, que nadie como tú es capaz de descifrar el futuro en la observación perspicaz del vuelo de las aves. En ti está puesta nuestra confianza. Espero que en la próxima reunión en Corinto expliques este mismo portento ante todos los caudillos y reyes aqueos y que seas tan convincente como lo has sido hoy.

7

Agamenón tenía previsto viajar a Corinto por mar. Pensaba estrenar la nueva nave, que estaba llamada a ser el buque insignia de la guerra contra Troya. Había imaginado que llegaba al puerto al ritmo acompasado de los cincuenta potentes remeros, flanqueado por las naves de sus fieles capitanes y aclamado como el campeón del mundo griego. Neóbulo había diseñado una nave alargada como el cuerpo de una anguila, aguda como una aguja, capaz de infiltrarse por las angostas fisuras de los vientos contrarios. Al final se vio forzado a desistir porque los pintores no habían podido concluir la decoración; estaban esperando unos pigmentos de Egipto que ya deberían haber llegado. Lamentaba no poder agarrar al responsable y azotarlo con sus propias manos sin reparar que había sido Posidón, el rey de los mares y los vientos, el que había retardado la llegada de la nave egipcia.

Se tuvo que resignar y, en lugar de las húmedas sendas, preparó el viaje por tierra. Un caudillo también podía ser aclamado llegando en un carro como un atleta vencedor en la carrera. Ordenó preparar sus mejores caballos y el carro más lujoso de sus hangares.

En Corinto no fue aclamado ni recibido como esperaba. Al contrario, la mayoría de los caudillos, muchos de ellos venidos de reinos más lejanos, llevaban ya días esperando a que llegara Agamenón. Ni comprendían ni aceptaban que el promotor de la aventura, el rey de Micenas, fuera el último en llegar y, además, con varios días de retraso.

—Yo he tenido que soportar diez jornadas de fatigosa navegación —se quejaba Aquiles— y al Atrida le lleva dos días el viaje desde Micenas.

Palamedes, que procedía de Nauplia, ciudad portuaria muy cercana a Micenas, había llegado días antes y, según le confirmó a Aquiles, en apenas tres días de navegación.

Agamenón aplacó la ira de sus aliados ofreciendo un suculento banquete, una receta que nunca solía fallarle.

En la reunión de todos los caudillos y reyes, se pasó revista a cada uno de los reinos. La mayor preocupación era la construcción de la flota. Trasladar a todo el ejército griego a Troya, un total de más de 15.000 hombres, con armas, tiendas, carruajes, caballos y animales para el consumo, requería una flota jamás vista ni aun imaginada en el Egeo. Agamenón, un estratega ambicioso y calculador, había invitado a tomar parte en la guerra a los famosos combatientes de Arcadia, aguerridos lanceros, aunque, como gente de tierra adentro, que ni sabían ni les interesaban las cosas del mar, tuvo que prometerles poner en sus manos los navíos suficientes para transportarlos.

El informe de Agamenón apabulló a los reyes. No solo había cumplido con sus compromisos, sino que había reclutado combatientes por todo el Peloponeso y se había propuesto tener bajo su mando directo a más de un tercio de todo el ejército. Nadie podría discutirle la hegemonía.

Cuando le tocó el turno de palabra al rey de los mirmidones, se desató la polémica. Al contrario que Agamenón, el aporte de Aquiles era modesto. Como en ese capítulo nunca podría sobrepasar al rey de Micenas, y menos si se contaban como una unidad a los dos Atridas, en cuyo caso Micenas y Esparta aportaban cerca de la mitad de los efectivos, comenzó cuestionando el lugar de la asamblea.

—Corinto no es el lugar adecuado para la cita de la flota griega. No es justo que quienes procedemos del Norte tengamos que navegar diez días para llegar al lugar de la reunión.

—Olvidas que Ulises, hijo de Laertes, procede de Ítaca –interrumpió Agamenón con visible enojo– y Néstor, el anciano conductor de carros, viaja desde Pilo. Nuestro aliado del Norte es un poco cicatero, ¿no os parece?

—Calculador, no cicatero –replicó Aquiles que atajó con rapidez y disgusto la descortesía del Atrida al quitarle la palabra–. Nuestro propósito es dirigirnos a Troya, no a las Hespérides. El lugar adecuado es la bahía de Áulide. No solo porque caben las más de mil naves de nuestra flota, sino porque desde allí, contando con el favor de los dioses y los vientos favorables, tenemos la ciudad de Troya a tiro de tres días de navegación. Podría dar innumerables razones para persuadiros de que Áulide es el lugar más idóneo para concentrar nuestra flota.

Ahora no fue Agamenón sino un inmenso griterío el que interrumpió el discurso de Aquiles. Del griterío se pasó al aplauso. El rey de los mirmidones recibió la aprobación masiva de la asamblea. Agamenón no podía ocultar su irritación.

—No hay duda de que al veloz Aquiles le ha sonreído la fortuna —intervino Ulises—. La bahía de Áulide es un buen punto para reunir a la flota. Conozco ese lugar. Hace apenas dos años, en compañía de Menelao, nos dirigimos a Troya a reclamar la devolución de Helena, sin ningún éxito, como todos sabéis. Atracamos durante dos noches en el puerto de Áulide y nos aprovisionamos de víveres. A todos los que habéis aprobado la propuesta del mirmidón Aquiles, os digo: Ulises de Ítaca, Meges Filida, de las sagradas islas Equinas, o Néstor de Pilo tendremos que navegar un mes entero para llegar a Áulide en tanto que el valiente y veloz Aquiles tiene Áulide no a tiro de tres días de navegación, sino a tiro de piedra. —El mañero Ulises no pudo evitar la ironía—: Podéis ver que el mirmidón Aquiles nos ha presentado una propuesta muy sabia.

Aquiles se enfureció con Ulises, no solo por el tono burlón, sino porque reducía su bien meditada propuesta a un mero cálculo egoísta y mezquino.

Otros caudillos presentaron objeciones a las propuestas de Agamenón. Hubo griterío, pero finalmente los peloponesios, incluidos los de las islas occidentales, como el rey de Ítaca, aceptaron la concentración en Áulide, lo que era una prueba de que la propuesta de Aquiles no era tan cicatera y egoísta como ironizaba Ulises. Más aún, el mirmidón daba pruebas de tener un olfato estratégico más fino que sus oponentes peloponesios. Nadie se lo reconoció de modo explícito ni Ulises rectificó su retorcido discurso que lo acusaba de egoísta. Aquiles se sentía entre dolido e irritado porque nada soportaba peor que la falta de reconocimiento. Ahora resultaba obvio para todo el mundo, lo más natural, la concentración en Áulide, pero todos estaban dispuestos a doblegarse ante la orden de Agamenón Atrida que imponía la reunión en Corinto.

Por razones diferentes, Palamedes de Nauplia también presentó objeciones al proyecto de Agamenón. Le preocupaba la intendencia, cómo garantizar el aprovisionamiento del ejército griego si Troya resistía y el cerco se prolongaba durante largo tiempo. Palamedes proponía fletar barcos de carga para poder llevar ganado, además de caballos y carros, y víveres, grano, aceite y vino. Proponía también que todos los reyes aportaran una cantidad de oro y metales preciosos para adquirir víveres en las ciudades próximas a Troya. La propuesta de Palamedes ganó poco favor entre los caudillos.

–Nuestro compañero de Nauplio ignora muchas cosas, por grande que sea la fama de sabio que tenga –así le daba la réplica Ulises–. Debes saber que las ciudades vecinas de la Tróade y de toda Anatolia son aliadas de Troya. ¿Quieres que hagamos negocios con ellos? ¿Negocios de compra y venta con los enemigos de Grecia?

Las palabras de Ulises provocaron una risa general, pero Palamedes no renunció a su proyecto.

–Precisamente por eso, porque son aliados de Troya, debemos tratar de atraerlos a nuestro lado. De ese modo, Troya quedará aislada y entonces no tendremos que asaltarla, ella sola caerá.

–Pasas demasiado tiempo en Creta dedicado a tus inventos –replicó Agamenón en tono paternalista. Has inventado los dados, un bello pasatiempo, pero la guerra es otra cosa.

–Mis inventos incluyen el descubrir a los que se hacen el loco, como tu buen aliado el rey de Ítaca, para no acudir a Troya. Deberías elegir mejor a tus colaboradores más próximos.

Ulises hizo el gesto de echar mano a la espada. Por fortuna, no la llevaba encima. De momento la historia era un secreto solo conocido por sus protagonistas. Los dos Atridas, acompañados por Palamedes, se habían dirigido a Ítaca a entrevistarse con Ulises y a pedirle que se sumara a la guerra contra Troya. Tenía fama de astuto y de brillante diplomático, cualidades indispensables para armonizar un ejército abigarrado y variopinto, proclive a la

97

discordancia. Ulises, cuando supo que habían llegado a la isla los ilustres visitantes, fingió haber enloquecido: unció un asno y un buey y comenzó a arar la playa mientras esparcía sal a sus espaldas. Palamedes, intuyendo el engaño, arrancó al pequeño Telémaco de los brazos de su madre Penélope y lo puso en tierra delante de la yunta. Ulises se apresuró a detener a los animales para que no pisotearan a su hijo, con lo que demostró su cordura y se vio obligado a unirse a la expedición.

El ingenuo Palamedes, el filántropo inventor, no pudo calcular la medida del odio que anidaba en el taimado Ulises, un odio que no se habría de calmar hasta convertir a su enemigo en un traidor y hacerlo lapidar.

—Es cierto que Palamedes de Nauplia —intervino Ulises— es muy sabio, pero pretende que tomemos nuestros ahorros, el oro, la plata y el bronce que hemos ganado con nuestro sudor, y que lo llevemos a Troya para comprar ganado y alimentos a los troyanos. Todo muy civilizado.

Para los caudillos griegos, Palamedes no había comprendido bien los motivos de la expedición.

—Vamos a Troya —dijo Diomedes en tono didáctico— en busca del oro de Príamo.

—Y para que podamos navegar libremente por el estrecho —añadió el cretense Idomeneo.

—La guerra es cosa muy distinta a tus inventos —sentenció Agamenón—. No debes preocuparte por el aprovisionamiento. Saquearemos las ciudades aliadas de Troya, que son todas las ciudades asiáticas. Tendremos más que suficiente para comer. Acaso serán ellos, los bárbaros de Asia, los que sentirán la penuria y el bronce de nuestras dagas. Somos guerreros, Palamedes, no inventores. Está bien que añadas letras para las tablillas, pero para eso tenemos nuestros escribas. También está bien ese mecanismo que has inventado, la balanza, para pesar el oro con exactitud. Nosotros vamos a la guerra y la ley de la guerra es el botín, el despojo del enemigo, el saqueo de las ciudades. Ulises puede darte lecciones de cómo saquear una ciudad y también Aquiles, el más experto en la materia. En estos momentos están pariendo las vacas asiáticas los terneros y los bueyes que nos comeremos en los meses venideros. Es la ley de la guerra. Si el enemigo busca quitarte la vida, ¿cómo no vamos a quitarle las vacas, los bueyes, los trípodes y los carros?

—No es necesario redundar en lo que todos sabemos —dijo uno de los caudillos, tal vez aburrido de escuchar obviedades.

Antes de terminar la asamblea, los reyes tomaron sus últimos acuerdos. Que se reunirían todos a principios del mes de la navegación en Áulide y que, hechos los sacrificios que se deben a los dioses, la flota partiría hacia la ciudad de Troya bajo la guía y mando de cada uno de los reyes y caudillos.

Mientras los reyes se dedicaban a sus diversiones, Palamedes se dispuso a hablar a solas con Moris, un rapsoda cretense al que había contratado para la campaña troyana. Le narró con detalle su viaje a Ítaca en compañía de los dos Atridas y de cómo desenmascaró la fingida locura del rey de Ítaca, que deseaba eludir su compromiso. Para que la historia no resultara del todo ofensiva para Ulises, añadió como atenuante un oráculo que anunciaba: "Si vas a Troya, no volverás hasta el vigésimo año, y lo harás solo e indigente".

—Lo pones en verso y, cuando lo tengas hecho, me lo cantas. Pero hasta entonces debes mantenerlo en secreto. ¡Ni una palabra!

Palamedes no se percató del juego mortal en que estaba incurriendo. El rapsoda es el que sella la fama eterna del héroe, y la fama, eterna o efímera, es un bien muy preciado. Palamedes no calculó hasta dónde era capaz de llegar Ulises en defensa de su fama ni tampoco cuán profunda puede llegar a ser la sima que separa la fama de la verdad ni con qué facilidad la segunda es inmolada en el altar de la primera.

En el palacio de Corinto, donde se alojaban los reyes, Agamenón se había ocupado en que hubiera bellas esclavas para todos los caudillos. Muchos de ellos acudían con su propio séquito, más por ostentación que por necesidad, pues todos sabían lo bien que Agamenón trataba a sus huéspedes y él sabía mejor que nadie lo perentorios e imperativos que podían llegar a ser los deseos de Eros.

Aquiles acudió con un vasto séquito en el que no faltaban dos enigmáticas mujeres de Ftía. Una, muy joven, no llamaba la atención por su belleza, contra lo que cabía esperar, pues era opinión común que Ftía, como también Acaya, era tierra de bellas mujeres. Tras el banquete de la tarde, los invitados de Agamenón hallaron la explicación a la presencia de aquellas dos mujeres en una asamblea de rudos guerreros. La de más edad tocaba la sonora forminge con la dulzura de las musas del Helicón y la más joven recitaba con su voz melodiosa relatos de heroicas gestas. Parecían las magas sirenas entonando su canción hechicera. Ningún cantor pudo superarlas. Moris, el cretense, parecía el menos sorprendido, pues las mujeres cantoras tampoco eran ninguna excepción en los palacios de Creta.

—Aquiles, hijo de Peleo, ¿no pretenderás llevarlas también a Troya? —preguntó Ulises cuando las dos mujeres terminaron el canto.

—No, sería un botín demasiado preciado para los troyanos.

Mientras las dos mujeres de Ftía cantaban, Moris se concentraba en componer su relato sobre la locura de Ulises. Al día siguiente, tras mediar el sueño y el precioso tiempo de la duermevela, tenía el canto preparado. Se lo dijo a Palamedes, que comenzó a pensar en la ocasión propicia para estrenar la gloriosa hazaña del rey de Ítaca.

A la mañana siguiente, todos los reyes se reunieron en el patio del palacio para la ceremonia del Gran Juramento. Agamenón exhibía su poder haciéndose llamar el *Wanax*, no solo de Micenas, sino de todo Argos, con la opulenta Corinto y la bien edificada Cleonas. Además le pagaban tributo otras muchas ciudades de la región.

El patio del palacio había sido preparado con esmero bien calculado. Unos bancos labrados de ébano habían sido colocados en forma semicircular. En el centro del semicírculo, un espléndido trono destinado para el gran timonel levantó la admiración de la mayoría y la suspicacia de algunos, incluido el prudente anciano Néstor de Pilo, que no aprobaba el excesivo afán del rey de Micenas por hacerse ver como superior a todos los demás. Ulises tomaba asiento al lado de Néstor. Lo miró de soslayo y enseguida adivinó su malestar.

—No basta con creerse el más grande, hay que demostrarlo –cuchicheó Néstor.

—Es el más grande –respondió Ulises.

—Te lo diré a la vuelta de Troya, si es que regresamos.

—O si llegamos a ir.

Los sacerdotes habían preparado las víctimas según ordenaba la costumbre. El fuego ardía en los altares y los turiferarios tenían preparados los inciensos. Menón, el sacerdote de Zeus, y Calcante oficiaban como testigos del juramento. Derramaron sobre el altar la sangre de las víctimas y vertieron libaciones de vino sin mezcla. Todos los caudillos levantaron su mano diestra y esperaron a que Calcante pronunciara el solemne juramento. Pero el famoso adivino sorprendió a todos con un inesperado discurso. Los caudillos bajaron la mano y tomaron de nuevo asiento en sus bancos.

—Antes de prometer el solemne juramento, el rey Agamenón me ordena que os refresque la memoria con un oportuno recordatorio –palabras de Calcante que acentuaron el malestar de algunos reyes allí presentes–. Todos conocemos cómo se produjo la boda entre Helena y Menelao. La mayoría de vosotros, los que entonces estabais en edad de contraer matrimonio, os presentasteis en Esparta a pedir a Tíndáreo la mano de su hija. ¿Qué rey griego no sucumbió a los encantos de la bella Helena y no le ofreció a su padre todo el oro del mundo? Desdichado el que ignora que por causa de las mujeres suceden todos los males. Anda entre nosotros un joven cantor cretense, Moris, que ha compuesto un bello relato donde desgrana el desfile de pretendientes por el palacio espartano de Tindáreo con sus áureos regalos. Yo he escuchado ese canto y a fe que cuenta la verdad.

En la reunión de los reyes no estaban presentes los acompañantes, pero Palamedes conocía bien el canto burlesco de Moris, un florilegio de egos fatuos y vanidosos, que solo podía ser cantado en los momentos más licenciosos del banquete. El propio cantor se encargaba de expurgar del relato la parte que correspondía al palacio donde se celebraba la fiesta.

—De aquellos días –prosiguió Calcante– la mayoría de vosotros recordaréis el Juramento del caballo. También sabéis por qué Tindáreo eligió el sacrificio de un caballo para el juramento.

No podía encontrarse una víctima propiciatoria más noble para una casa tan magnífica e ilustre, unos pretendientes tan espléndidos y una novia tan bella. La mayoría de los aquí presentes sabéis de qué hablo porque, encabezados por el rey de Esparta, peregrinasteis por el camino que va de Esparta a Arcadia y en un paraje previamente escogido, con una gran abertura en el suelo como altar por la que verter la sangre de la víctima en honor a las divinidades infernales, sacrificó el caballo, lo partió en tantas partes cuantos pretendientes os hallabais presentes y os hizo prestar un juramento vertiendo libaciones sobre las carnes troceadas del caballo.

"No recordaré ahora la sapiencia de Tindáreo y su capacidad de prever el futuro. Allí, prestando juramento, se encontraba Protesilao, el noble hijo de Áctor; Menesteo de Atenas, que tenía gran esperanza en desposar a Helena; desde Salamina la pretendía Ayante, irreprochable guerrero; desde Eubea, Elefénor Calcodontíada, caudillo de hombres, capitán de los magnánimos Abantes; desde Creta la pretendía la gran fuerza de Idomeneo, hijo de Deucalión, de la estirpe del insigne Minos".

Calcante hablaba con altivez. Solo ante Agamenón humillaba la frente y no siempre. Parecía hallar especial satisfacción en hacerse sentir superior a los reyes y caudillos aqueos, a los que encontraba rudos y vulgares. Era y seguía siendo un troyano, por mucho que hubiera traicionado a su rey atraído por el brillo del oro y cautivado por la púrpura que el rey de Micenas le había ofrecido. No tenía competidor. Era la autoridad máxima en el reino de Micenas y, por ende, de todo el mundo griego. Tal hegemonía nunca podría haberla alcanzado en la ciudad de Príamo.

—Y a todos los pretendientes —prosiguió Calcante— os exigió Tindáreo juramentos firmes. Jurasteis que, si alguien raptaba a Helena por la fuerza y dejaba a un lado el temor y el respeto, todos juntos perseguiríais al agresor hasta hacerle pagar la pena. Todos vosotros, esperando realizar la boda, obedecisteis sin rechistar y acudisteis presurosos al sacrificio del caballo. Ocurrió lo que es bien sabido: que resultó vencedor el Atrida Menelao, caro a Ares, porque fue el que más regalos ofreció. Y es que, si a los Eácidas, como muestra Aquiles, el padre Zeus dio poder, a los Atridas los colmó de riquezas más que a ningún otro rey. Ya sé, ya sé, Aquiles no fue uno de los pretendientes, porque entonces, hace ya más de quince años, era apenas un muchacho, que estaba siendo cuidado y educado por el centauro Quirón. La verdad es que no le hubiera vencido Menelao ni ningún otro de los pretendientes de Helena, si hubiera tenido la edad para contraer matrimonio. Pero Menelao la tuvo antes y Helena, una vez desposada, dio a luz en el palacio de Tindáreo a Hermione de hermosos tobillos.

"No es necesario que os recuerde lo que vale un juramento. Tal vez alguno de vosotros se sienta inclinado a olvidarlo. Será inútil, pues ya todo el mundo aquí conoce el lugar como la "tumba del caballo", y solo conseguirá granjearse el desprecio de los demás. Y con razón, porque, como ya os he dicho, un aedo lo ha puesto en verso y eso ya no hay quien pueda borrarlo de la historia. El que rompa el juramento, solo alcanzará el oprobio de todos los aqueos. Y me atrevo a decir que algo aún peor: quedarse fuera del reparto del botín, el más inmenso que nunca hayan visto ojos humanos".

Calcante se guardó para otro momento relatar su visión de las águilas devorando a la pobre e indefensa liebre. Si en el futuro flaqueaba la voluntad común de ataque a Troya, la historia de la liebre preñada en manos de las águilas despiadadas haría recobrar el ardor guerrero de los aqueos.

Escuchando al augur, el rey de Micenas pensó que había realizado una buena inversión. Le costaba mucho dinero, pero no tenía precio aquel bárbaro que sabía lo que debía decir y lo que debía callar en cada momento. Calló por ejemplo que el mañero Ulises, experto en hacer pasar lo falso por verdadero, se había confabulado con Tindáreo para ayudarle a que todos los pretendientes aceptaran el juramento y él a cambio obtenía la ayuda del rey de Esparta para conseguir la mano de Penélope, la hija de Icario. Ulises se convertía de ese modo en la mano izquierda de los Atridas.

Palamedes, que conocía la codicia de Tindáreo, fue uno de los pocos caudillos griegos que no entró en la puja por Helena, sabedor de que ganaría el más rico, es decir, el Atrida Menelao. Aunque se había adherido a la expedición contra Troya, al no haber tomado parte en el juramento del caballo, se sentía más libre, como una especie de verso suelto en el canto. Palamedes podía ser un ariete contra Agamenón y contra el juego sucio y subterráneo, la especialidad de Ulises.

Terminado el discurso de Calcante, Agamenón, al que no le pasó desapercibido el ceño desafecto de algunos reyes, se puso de pie y levantó la mano derecha. Todos los demás lo imitaron y el adivino recitó el juramento:

"Por Zeus, que es el más sublime y excelso de los dioses, y por el sol, que lo ve todo y que velará por el cumplimiento de este juramento: juro que, mientras tenga los ojos abiertos sobre la tierra y las fuerzas alienten en mi pecho, no desistiré hasta que el bárbaro agresor Paris pague con su vida la afrenta infligida al rey de Esparta, el Atrida Menelao. Si transgredo este juramento, que los buitres devoren mi piel y que caiga sobre mí toda la ira de los dioses".

Las palabras del augur, aunque sabidas y esperadas, hicieron encoger las entrañas de aquellos rudos guerreros.

—Ahora, que Taltibio me prepare un jabalí para inmolarlo en honor a Zeus y al sol —dijo Agamenón.

Al momento apareció el heraldo con el jabalí en los brazos. El Atrida desenfundó el cuchillo que siempre pendía de su cinturón, cortó unas cerdas al jabalí como primicias y alzando los brazos elevó una plegaria, mientras todos los aqueos, puesto en pie, guardaban silencio escuchando a su caudillo. Y éste pronunció la siguiente plegaria, mirando al vasto cielo:

"Pongo por testigos a Zeus, el más excelso y poderoso de los dioses, a la Tierra, al Sol y a las Erinias que debajo de la tierra castigan a los muertos que fueron perjuros, de que, mientras viva y tenga los ojos abiertos, solo me ocuparé de que el enemigo de todos los griegos pague cara su afrenta y de que ya nunca vuelva a tramar desgracias contra nosotros. Y si no obro así, que los dioses me envíen dolores tan abundantes como dan a quien les ofende con juramento falaz".

La ceremonia del gran juramento terminó de modo satisfactorio. Agamenón mostraba orgulloso su título de gran caudillo del ejército griego.

Aquiles era, junto a Palamedes, el otro verso suelto de la coalición griega. Como había recordado Calcante, no fue uno de los pretendientes y nadie podía exigirle que tomara parte en aquella empresa arriesgada. Tampoco el botín le seducía. Solo con la promesa del botín Aquiles nunca se habría enrolado, porque sabía que todo lo que tiene que ver con las necesidades comunes de la vida, como el acopio de los bienes necesarios, sea mediante la caza, el trabajo o el saqueo de ciudades, no comportaba aquello a lo que él aspiraba, una heroica proeza cuya fama inmortal llegara a los hombres futuros.

Al día siguiente, tras el banquete que siguió al juramento, la mayoría de los caudillos tenían previsto regresar a sus reinos. Aprovecharon la tarde y la noche para banquetear. Las bailarinas y flautistas alegraban la velada, el vino acompañaba y se sumó el canto de algunos aedos. La alegría desbordante aflojó las cadenas del cálculo y Jacinto, un bello cantor, apenas adolescente, compañero de Moris, sin percatarse de que se encontraba en Corinto, un reino vasallo de Agamenón, comenzó a recitar la historia de los Atridas. Solo unos pocos prestaban atención al cantor y nadie le advirtió del peligro.

Relató la historia del cordero de oro que había nacido en el rebaño de Atreo, de cómo su hermano Tiestes se lo robó con engaño para obtener el reino de Micenas. Pasó luego al siguiente episodio. Zeus estaba a favor de Atreo y envió a Hermes para que le dijera: "Llama a Tiestes y pregúntale si estaría dispuesto a renunciar al trono en favor tuyo en caso de que el sol retroceda en su camino diurno". Atreo hizo lo que se le ordenaba y Tiestes accedió a abdicar si se producía tal portento. Entonces Zeus, con la ayuda de Éride, invirtió las leyes de la naturaleza, hasta entonces inmutables. Helio, ya en la mitad de su carrera, desvió su carro y puso las cabezas de sus caballos en dirección de la aurora. Las siete Pléyades y todas las demás estrellas invirtieron sus cursos de acuerdo con Helio, y ese anochecer, por primera y última vez, el sol se puso en el oriente. Probadas así claramente la impostura y la codicia de Tiestes, Atreo ocupó el trono de Micenas y le desterró.

Ulises, temeroso de que los cantos del aedo comenzaran a narrar episodios escabrosos del pasado de los Atridas, llamó a

Agamenón y le insinuó que no debía consentir ese vergonzoso espectáculo y menos de un insignificante cantor. Le advirtió de que tal vez Palamedes, de cuya comitiva formaba parte Jacinto, podía estar tratando de minar su prestigio. Nada de eso hacía falta que le dijera Ulises. Agamenón, al conocer el asunto, poseído por la furia de la ira y el orgullo herido del poderoso, se presentó en persona en la velada, desenvainó la espada y golpeó rabioso sobre el rapsoda. El joven Jacinto utilizó la forminge como escudo, lo que le salvó la vida, pero su brazo izquierdo no pudo evitar el golpe del afilado bronce. La sangre que brotaba a borbotones retuvo la ira del rey y el joven cantor pudo ser atendido por los médicos.

No fue un buen final para aquella asamblea en la que Agamenón, por su propia iniciativa, se autoproclamó caudillo de todos lo aqueos sin que hubiera mediado un acuerdo explícito de la asamblea de los reyes, aunque sin provocar tampoco un rechazo manifiesto.

Idomeneo de Creta, que conocía al malherido cantor, pidió explicaciones a Agamenón.

—Me parece desproporcionado que uses la espada en un banquete. El canto del muchacho era un juego de niños.

—Jacinto es un niño, pero el canto no es un juego. Alguien ha instigado al cantor, eso es lo que cuenta —replicó Ulises.

8

Cuando empezó a crecer el tráfico de criados por la ciudadela, Ifigenia y Hermione sospecharon con decepción que sus días de confidencias estaban tocando a su fin. Menelao había sido taxativo: iría con él a Micenas, donde permanecería mientras durase la asamblea de Corinto; después, regresaría con él a Esparta. Apenas tenía diecisiete años, pero su padre deseaba verla como la princesa heredera, gobernando el palacio, llevando en sus manos las riendas de la casa de Tindáreo. Él deseaba borrarse de esta historia, desaparecer con su amada Helena, y dejar que Hermione tomara cuanto antes el relevo.

Esa fragilidad de Menelao le hacía estar pendiente de su hija, el recordatorio permanente de la esposa ausente. Agamenón no perdía detalle. Contemplaba con preocupación la creciente debilidad de su hermano, también física, pero sobre todo mental. Agamenón nunca se habría visto afectado por los caprichos de una mujer. Un rey no podía poner el amor en el puesto de mando. El que desee tomar esa vara de medir que renuncie a la realeza, se decía. Algunas cosas estaban muy claras para el rey de Micenas. Por eso mismo la guerra contra Troya era un asunto de reyes. Si una simple mujer, por hermosa que fuera, hubiera sido raptada por un troyano, nadie hubiera movido un dedo, aunque el marido se sintiera humillado o vencido.

Hacía mucho que Agamenón tenía serias dudas sobre la capacidad de su hermano para llevar sobre sus hombros el peso de la realeza, pero allí estaba él para suplir sus carencias. Nunca lo dejaría en la estacada, se sentía con fuerzas sobradas para cargar con la corona de Micenas y la de Esparta.

Los reyes llegaron al palacio a última hora de la tarde. Viajar por caminos de tierra era más duro, además mucho más sucio, que hacerlo a lomos del mar. Clitemestra, que ya había presentido el regreso del rey, tenía preparada la sala de baño, con agua templada, olorosas fragancias y toallas suaves al tacto.

Menelao abrazó a su hija todavía recubierto de polvo, apenas se sacudió un poco el sombrero y la túnica. Agamenón, que esperó a bañarse antes de abrazar a su esposa y a los niños, se limitó a saludar a Clitemestra con un discreto beso en la mejilla.

Después del baño, Hermione le preguntaba a su padre qué habían decidido los reyes en Corinto. Tenía ya diecisiete años y no era ajena a los rumores sobre la guerra contra Troya por causa de su madre. Hermione vivía atenazada entre la inocencia adolescente y la memoria afligida de la madre ausente.

—No debes preocuparte —respondía Menelao a las preguntas de su hija—. Tu tío Agamenón lo tiene todo bien atado. Iremos a Troya a reclamar a tu madre. Tendrán que devolvérnosla.

—¿Y para eso un ejército tan grande? No lo comprendo, padre.

—Se reirán de nosotros si no vamos bien armados. Cuando vean nuestra flota de mil naves, se apresurarán a entregarnos a Helena y todos sus tesoros. Paris arrambló con las mejores joyas de Esparta.

Hermione no quedaba satisfecha ni convencida. El temor la oprimía, pero no podía alargar esa conversación con su padre.

—Mañana no podemos regresar —dijo Hermione cambiando de tema—. Ifigenia ha preparado un sacrificio a la diosa y yo debo estar con ella.

Menelao no tuvo coraje para replicar que debían partir con urgencia porque tenía múltiples tareas que llevar a cabo. Habría salido otra vez a colación la guerra de Troya y prefirió eludir el tema. Cuando Agamenón supo que demoraba el viaje de regreso a Esparta, con tanto trabajo que terminar de cara a la próxima primavera, quiso saber la razón y el ingenuo Menelao le habló del sacrificio de Ifigenia.

—¿Quieres decir que acomodas tus responsabilidades y tus tareas a los planes de dos niñas, por muy hijas nuestras que sean? ¿Sabes la de cosas que hay que preparar para la concentración en Áulide? Quedan apenas cinco meses y te falta por construir la mitad de la flota. Eres un Atrida, por Zeus, entérate.

—Mañana saldrán a primera hora mis seguidores. Ellos pondrán en marcha y vigilarán los trabajos. Todo está bajo control.

–Te estás haciendo cada día más débil, hermano. Manda al carajo a Helena. Es mi cuñada, ya lo sé. Pero me temo que esa mujer está siendo el principio del fin de los Atridas.

–¿Qué dices? –replicó consternado Menelao–. ¿Has perdido la cabeza?

Al día siguiente, tuvo lugar la ofrenda en el santuario de la *Potnia*. Clitemestra presionó a su esposo para que todos los estamentos del palacio estuvieran presentes. Acudieron Calcante y Menón, con notable disgusto, porque el equinoccio de otoño siempre se había celebrado con sacrificios a Zeus y no a la *Potnia*. Le hicieron saber al rey que Clitemestra estaba alterando las costumbres y que ese cambio podría traer consecuencias fatales para el reino. Agamenón hizo oídos sordos a esta advertencia. Le pareció que tras ella solo se escondía una mezcla cicatera de envidia y celos por parte de los sacerdotes de Zeus. Por una vez le daba la razón a su esposa, aunque en el fondo, sin advertirlo, el rey de Micenas era movido más bien por la hija Ifigenia, la primogénita. Creía que él, como padre y rey, debía poner el bienestar de su hija por encima de los intereses de los sacerdotes.

Al terminar la ofrenda, Ifigenia y Hermione salieron al patio del palacio. Ifigenia había dejado en el santuario los vestidos rituales y llevaba su indumentaria habitual, una falda estampada de azul y azafrán sobre un fondo blanco. Calcante y Menón se hallaban en el patio. Cuando vieron aparecer a las dos princesas, se retiraron con precipitación, dando a entender de manera ostensible que no deseaban saludarlas. Ifigenia contempló la escena y se sintió perpleja ante el inusual comportamiento del augur y del sacerdote de Zeus.

Mientras Agamenón se hallaba en Corinto para el gran juramento, Ifigenia había conversado en varias ocasiones con Aristágoras. La disciplina en el palacio se había relajado y el joven paje, al que llamaban Aris, había acudido a los ritos que Ifigenia ofrecía en el santuario. También la había acompañado a la gruta de los álamos negros, conduciendo el carro con dos pesadas ánforas para las ofrendas de aceite.

En una de esas conversaciones en la que también estaba presente Hermione, Aris, de modo inocente, le había confesado a Ifigenia la poca simpatía que Menón sentía por ella.

—Menos me gusta a mí. Aunque al que más temo es a Calcante. Me mira con malos ojos.

—De Calcante no sé nada. Siempre acompaña al rey.

—¿Cómo has sabido que Menón no me tiene simpatía? ¿Te lo ha dicho él?

Aris se percató de que había ido demasiado lejos y quiso rectificar.

—Nadie me lo ha dicho, pero eso se nota —fingió—. ¿Podría pedirte algo?

Ifigenia se sintió molesta al darse cuenta de que el paje le estaba ocultando algo.

—Bueno, si está en mi mano...

—Tu padre no quiere que me enrole en el ejército. Dice que soy muy niño y que debo cuidar a mi madre. Si tú se lo pides, me permitirá ir a Troya.

—Podemos hacer un pacto. Tú me dices por qué Menón no me tiene simpatía y yo le digo a mi padre que te permita ir a Troya.

La causa de Aris parecía perdida de antemano, aunque no desesperaba. Su padre había muerto luchando en la guerra contra el rey de Pisa y en la agonía final, herido por una flecha mortífera, Agamenón le prometió que cuidaría de su esposa y del hijo recién nacido.

—¿Aceptas? —preguntó Ifigenia con gesto inquisitivo.

—Un día penetré en el santuario de Zeus cuando no había nadie —comenzó Aris mientras se sentía prisionero de un ardiente rubor—. Quería tomar un poco del aceite del dios para regalárselo a mi madre. Para mi desgracia, me sorprendió Menón y sus ayudantes. Me oculté detrás del altar. Menón hablaba enfurecido. Echaba pestes de tu madre. Decía que todo iba para la *Potnia* y que a ellos, a los servidores de Zeus, les tocaban las migajas. También decían que el verdadero culpable era el rey, al consentirlo. Se lamentaba de que por todo el reino surgían nuevos santuarios y lugares de culto dedicados a la *Potnia*, mientras que Zeus se tenía que conformar con el santuario del palacio. A ti te llamaban "la niñata" y se quejaban de que, cuando fueras mayor, acabarías con la religión del padre Zeus.

—Robar aceite del dios no está bien —respondió Ifigenia.

Aris se relajó y se sintió feliz por la complicidad que la princesa le regalaba. En ese momento dudaba de si de verdad quería enrolarse en el ejército y tomar rumbo a Troya.

—Yo hubiera preferido que me hubieras pedido interceder ante mi padre para librarte de ir a Troya.

Aris, perplejo, no supo qué responder y, aunque las palabras de Ifigenia habían encendido un fuego en su interior, no podía ser ajeno al clamor de la guerra que retumbaba ensordecedor por todo el Peloponeso. Ya solo faltaba concluir los pequeños detalles del equipamiento. Cada guerrero debía preparar sus espadas de doble filo, sus broncíneas moharras, los combados broqueles y las lanzas. Los astilleros remataban las últimas embarcaciones. Los talleres del palacio apilaban en sus anaqueles el velamen y las jarcias. La febril actividad corría pareja con el entusiasmo belicoso, reforzándose mutuamente. Solo las mujeres no participaban de la fiebre guerrera de los varones. Ellas temían, desaprobaban, callaban. Las oficinas de alistamiento recibían las solicitudes más variopintas. Se había rumoreado que el propio rey de Pilo, el anciano Néstor, iría a Troya a la cabeza de sus guerreros hijos y eso había alentado a viejos, incluso tullidos, a sumarse a la aventura. Los Atridas olían el oro y nadie quería quedarse fuera del negocio.

—Le hablaré de ti a mi padre —dijo Ifigenia levantando la mano en gesto de despedida.

En realidad no habría de hacer falta. Aris iba a cumplir los diecisiete. Muchos otros como él ya estaban alistados. La fiebre militar bajaría la barrera a edades todavía más tempranas. Además nadie podría saber por cuánto tiempo se prolongaría el asedio troyano, aunque Agamenón se jactaba de que los secuestradores asiáticos no le aguantarían más allá de dos o tres asaltos.

Ifigenia y Hermione apuraban sus últimos días juntas entregadas a sus confidencias. Todo estaba plagado de signos que anunciaban la proximidad de la guerra. Las primogénitas de los dos Atridas sentían sobre sus cabezas la sombría nube de Ares.

—Han enloquecido todos, incluido mi padre —dijo Hermione llorosa—. Están obsesionados con la guerra. Podrían dejar a mi madre tranquila y que pudiéramos ir a Troya a visitarla. Porque mi madre me quiere, estoy segura. ¿Qué pasa? ¿Acaso Helena de Esparta es la primera mujer que ha abandonado a su marido? Y si es al revés, ¿cuántas mujeres no son repudiadas por el esposo sin que se altere el curso del sol ni el mar Egeo se llene de belicosos navíos? —Hermione hablaba con los puños cerrados de rabia.

—Somos hijas de dos Atridas —asintió Ifigenia con rostro de derrota.

—También somos hijas de las hijas de Tindáreo. Helena, mi madre, es la heredera del trono de Esparta, no los Atridas. Admiro a mi madre. Ha puesto por delante el amor frente al oro y a la púrpura del palacio.

—Creo que has tomado partido por tu madre —dijo Ifigenia dudando entre la afirmación y la pregunta.

—No, no es así. En realidad mi padre está contra la guerra, pero sólo cuando hablamos él y yo. Conozco su manera de pensar, estoy segura, pero el río lo lleva, tal vez no pueda oponerse. Veo a los seguidores enloquecidos con la flota, las armas y los equipamientos. No he visto un solo varón que se atreva a decir una sola palabra contra la guerra.

En el patio del palacio, Ifigenia y Hermione se encontraron con sus padres. Les asistían dos seguidores y el adivino Calcante, la sombra del rey, según Ifigenia. Menelao aprovechó para recordarle a Hermione que saldrían hacia Esparta al día siguiente, a primera hora.

Las dos primas sintieron que debían aprovechar sus últimos momentos juntas. Con la fiebre de la guerra quién sabe cuándo podrían encontrarse de nuevo.

—Para esta tarde tengo preparada una visita que te gustará.

Ifigenia preparó una excursión por los principales santuarios próximos a la ciudad. Viajaban en un carruaje con espacio para ellas dos. La propia Ifigenia llevaba las riendas, aunque, por orden de su madre, un sirviente experto en caballos les seguía a pie. El tiro estaba formado por dos yeguas. Una de ellas, todavía muy joven, se la había regalado su padre. Ifigenia la había bautizado con el nombre de Eta. Al revés que su prima, Hermione contemplaba con cierta indiferencia los santuarios y no lograba descubrir en ellos el menor atractivo.

—Mi madre no quiere que yo sea reina. Ella ha sufrido mucho, ya lo sabes. Dice que los hombres son muy rudos. —Hermione se sentía perpleja ante las confidencias de Ifigenia—. Y hay cosas que ella no me ha contado, pero yo las sé. Erita era una mujer sabia. De ella he aprendido muchas cosas.

—¿Y qué harás si tu padre te busca un marido y te entrega a él, quieras o no? Eso hizo Tindáreo con sus hijas y eso harán con nosotras nuestros padres.

—Mi madre no quiere que eso ocurra. Por eso soy la sacerdotisa de la *Potnia*. Cree que así me libraré del yugo de un varón.

—¿Y si te enamoras? ¿Si ese chico, Aris, quiere casarse contigo? Me he fijado en cómo lo mirabas.

—Eso sería otra cosa. Lo importante, dice mi madre, es que no sea reina.

—¿Todos los reyes son malos?

—Bueno, no. Yo no creo que mi padre sea mala persona, ni tampoco el tuyo. Estoy segura de que los dos quieren lo mejor para nosotras. Pero el rey tiene que pensar en el poder, en la fuerza. Por ejemplo, mi padre dice que ahora hay que acabar con Troya; que, si somos débiles y nos olvidamos del ultraje de Helena, luego vendrán otros ultrajes, hasta que acaben con nosotros. Nosotros o ellos, esa es su manera de ver.

—Ya he oído esos discursos: no importa Helena, mi madre, importa Esparta, aunque muera mi madre, aunque sufra.

—Un rey tiene que pensar así o dejar de ser rey.

Llegaron a la cima de los álamos negros. Dejaron el carruaje al cuidado del sirviente, al que Ifigenia indicó que devolviera las yeguas a la cuadra y que ellas regresarían a pie por el atajo. Las dos princesas descansaron bajo un álamo cerca del altar, donde unas mujeres ofrecían libaciones y plegarias. Después visitaron la gruta contigua, el santuario predilecto de Erita, donde observaron consternadas que la imagen de la diosa no se encontraba en su lugar habitual, una pequeña alacena excavada en la pared.

Ifigenia sentía crecer su sobresalto a medida que miraba por los diversos rincones sin poder encontrar la imagen. Corrió la pequeña cortina de la puerta para que pudiera entrar la luz de la tarde. Los demás objetos sagrados habían sido manipulados y cambiados de lugar, como si alguien hubiera estado hurgando en busca de algo en particular. La pequeña estatua de madera de cedro apenas tenía valor, por lo que el robo carecía de sentido. Producía alarma el hecho en sí, que se hubieran llevado la imagen y no el aceite o la miel o los vasos sagrados. Los ladrones deseaban atraer la atención hacia el santuario de la diosa. El robo parecía un mal presagio ante la próxima expedición a Troya.

En su precipitado regreso, las dos primas buscaban alguna explicación. Ifigenia se sentía responsable, por ser ahora la primera sacerdotisa. Al llegar al palacio le contaron lo ocurrido a Clitemestra, a la que no pareció preocuparle demasiado, bien porque realmente no le preocupaba o tal vez por restarle inquietud a Ifigenia. Se lamentó del acto sacrílego y ordenó al seguidor encargado de la seguridad en la ciudadela que extendiera la vigilancia a los santuarios próximos.

Agamenón tampoco prestó atención al robo hasta que Calcante le ofreció una explicación del hecho basada en su arte adivinatoria.

–Ártemis, la *Potnia*, se ha ausentado de Micenas. Abandona nuestro reino. Ese es el mensaje, *Wanax*. No podemos contar con ella.

–Nos queda Zeus. Zeus nunca nos abandonará –concluyó Agamenón para satisfacción de Calcante–. ¡Ordena reforzar la vigilancia de los santuarios, por si acaso! –advirtió al seguidor encargado de la seguridad.

–No hay problema, *Wanax*. Los santuarios de Zeus están bien vigilados. Todavía queda oro en su interior, aunque no mucho.

–También es más fácil vigilarlos –añadió Calcante–. Hay muy pocos santuarios de Zeus, mientras que los de la *Potnia* se encuentran por todas partes y en los lugares más recónditos. Allá las mujeres, ellas sabrán.

El robo de la estatuilla de la diosa pronto fue olvidado en Micenas. Ifigenia era la única que volvía una y otra vez sobre el suceso sin poder descifrar su sentido.

A la mañana siguiente, la comitiva de Esparta, con su rey al frente, tomó el camino de regreso a casa. Les quedaban cuatro jornadas, o seis en el peor de los casos, de viaje polvoriento. Era un caluroso día de otoño. Las oscuras nubes de Zeus debían de estar atemorizando a los hombres por otras latitudes y los vientos encalmados permitían que el polvo agitado por las ruedas de los carros se hincara con parsimonia en los rostros sudorosos de los viajeros.

Menelao, a medida que se aproximaba a Esparta, iba repasando sus deberes, lo mucho que todavía le quedaba por hacer. Pensaba también en la esposa ausente. Su imaginación fabricaba un doloroso encuentro en Troya, con la ciudad aniquilada por el fuego y las mujeres repartidas entre los vencedores como parte del botín. Doblegar a Troya sería también doblegar la voluntad de Helena. ¿Qué tendría en casa entonces: una amante esposa o una esclava sometida que siempre mira de soslayo? Mejor no pensar, se decía Menelao, y se entregaba al destino, a la voluntad de los dioses o, por mejor decir, al dictado de lo que Agamenón, su hermano, el auténtico Atrida, tuviera a bien ordenar.

–Padre, las uvas ya están a punto –dijo Hermione contemplando los campos cuando ya se aproximaban al palacio de Esparta.

Nada mejor que el mundo natural para aplacar la tensión interior. La lenta maduración de las uvas, el caminar pausado de las orquídeas hacia la esplendorosa flor primero, la cápsula que aloja las semillas después y finalmente hacia el tallo escueto y reseco que acaba arrasado por los vientos invernales.

Pero Menelao no tenía ojos para contemplar la naturaleza. Sus sirvientes vigilarían las vides, las lentejas secas en las huertas o las blindadas cáscaras de la almendra. A él se le venían encima las naves, las moharras, las velas o las lanzas y, más que ninguna otra cosa, el lacerante recuerdo de la esposa, cuya imagen se diluía en la mente pero dolía cada vez con mayor intensidad en el pecho. Mejor no pensar demasiado.

A las puertas del palacio, fue recibido por el seguidor jefe. Le dio novedades. Tenía que enviar a Pilo un pedido de azagayas. Ulises estaba esperando en Ítaca el velamen para las doce naves que se había comprometido a fletar para la expedición. De Creta reclamaban una deuda pendiente.

—Y de Troya, ¿no ha llegado ninguna noticia? —preguntó Menelao intentando disimular su ansiedad.

—Nada, *Wanax*. Y lo que se sabe es poco alentador.

—Habla sinfingir, no te consiento que me engañes ni que me ocultes la verdad.

—Que Helena ha dado a luz a un segundo hijo. Dicen que es una troyana más.

Era la peor de las noticias. Mejor no pensar, no hablar. Menelao le pedía la salvación al dios del olvido. Nunca como en ese instante había sentido el deseo de olvidar, borrar parte de su vida o simplemente de su memoria, como si no hubiera existido, como si Helena hubiera sido un sueño que se disipa con los pesares o las alegrías de la vida cotidiana.

Hermione pudo oír el comentario del seguidor jefe y sintió algo extraño. Tenía dos hermanos troyanos, ella, que era espartana, tenía dos hermanos que eran sus enemigos. Tal vez, cuando los aqueos conquistaran Troya, esos dos niños, hijos de Helena y Paris, serían despeñados desde las empinadas torres de la ciudad, como criaturas funestas, seres inocentes que habían de pagar en la propia realidad delitos forjados en la imaginación de otros. Sentía que se le desgarraba el alma, incapaz de hacer nada ni de introducir alguna leve modificación en aquella escena trágica, donde su madre y sus hermanos, todavía niños de pecho, eran sus más enconados enemigos. Solo padecer, sufrir, soportar. Hermione odiaba a su padre y lo odiaba hasta el momento en que posaba sus ojos en él y lo veía tan incapaz como ella misma de hacer, de actuar, de intervenir fuera del cauce marcado por los ínclitos reyes griegos que habían decidido arrasar la bien amurallada ciudad de Troya y asesinar y esclavizar a sus gentes. El dolor era el presente y el futuro.

La nodriza tomó de la mano a Hermione y la apartó del mundo de los varones, hecho de plomo y de afilado bronce, y de incontables tablillas de arcilla, que se apilaban en cajas, en los sótanos del palacio. Pasaron a la sala de baño y, mientras el agua templada limpiaba el polvo del viaje, quiso también purificar su espíritu. Su nodriza le ayudó con palabras certeras.

—Mi pequeña niña, no debes afligirte —decía la nodriza mientras vertía agua sobre los rubios cabellos de Hermione—. Yo no te recomiendo el olvido. No debes avergonzarte de recordar. Basta con que lo hagas con un poco de calma y que pienses en tu madre tal como era. Lo más importante es que sepas imaginarla como es. Tu madre es capaz de ser feliz en Troya, con Paris, y al mismo tiempo recordarte y amarte. Saber que ella es feliz debería hacer feliz también a quien la ama. En cambio, mi niña, te veo sufrir, te sorprendo a veces llorosa. Entre nosotras, buena parte de la culpa corresponde a tu padre. Si él se hubiera apresurado a tomar otra esposa, el asunto pronto habría quedado zanjado. Pero los reyes han tomado a Helena como pretexto. Ella ha podido equivocarse. Los reyes necesitan una máscara para actuar, para que no sean tan visibles las causas verdaderas.

Tras el baño, Hermione, vestida con una túnica de lino, salió al patio. Todavía hacía calor. Los granados y los membrillos acusaban el cansancio del largo viaje estival, como dejaban ver sus hojas caídas.

—Clitemestra quiere que residas con ella en Micenas mientras dure la guerra —dijo Menelao, y, buscando la complicidad de su hija, añadió—: Yo no lo veo mal.

—Pero tú preferirías que me quedara aquí, al frente de la casa.

—Eres fuerte, hija —Menelao logró controlar sus lágrimas para su propia sorpresa.

9

La bahía de Áulide parecía hecha para albergar a las veleras naves aqueas, un prodigioso enjambre apiñado en torno al buque insignia del rey de Micenas. Los seguidores del rey no habían dejado ningún detalle a la improvisación. Habían calculado el punto central de la bahía y en ese exacto lugar habían anclado la nave de Agamenón flanqueada por sus más fieles capitanes. A continuación, a uno y otro lado de las naves de Micenas, se irían instalando las de los otros contingentes, comenzando por el rey de Esparta, Menelao.

En esta ocasión, los dos Atridas habían llegado los primeros. Sus lugartenientes iban disponiendo el lugar que debían ocupar las flotas de los reyes que iban llegando al punto de cita. Frente a las naves ancladas en la bahía se instalaban las tiendas en la llanura contigua. La primavera recién comenzada alternaba los días de sol con jornadas desapacibles azotadas por fríos vientos del norte.

Agamenón nunca olvidaba los símbolos. Su cetro de oro, heredado de su padre Atreo, le precedía siempre como si uno y otro formaran un mismo ser. La tienda competía en brillo y pompa con su nave, el buque insignia que estaba fondeado justo en frente. Por fin, habían llegado a tiempo los pigmentos de Egipto y la nave lucía un prístino color azul que podría competir en esplendor con las mismísimas pinturas del palacio de Zeus en el Olimpo. Sabía ponerse y llevar el manto con una elegancia singular y daba a sus palabras la armonía que pone el sacerdote cuando eleva un himno a los dioses. Calcante era un verdadero maestro de las formas y de él había aprendido el rey de Micenas el celo por los símbolos.

Los primeros días fueron el tiempo de los parabienes, de la llegada de los últimos reyes procedentes de las tierras más apartadas. Cuando ya habían llegado Ulises de Ítaca y Néstor de Pilo, se dio por concluido el tiempo del encuentro. Los reyes se sentían optimistas. La extensa bahía estaba atestada de naves, todas aconchadas a la playa como una hilera de bueyes atados a los pesebres. La playa acogía las tiendas de los caudillos alineadas en torno a una gran explanada prevista para celebrar las reuniones del ejército y que cumplía el mismo papel que el ágora de las ciudades. Cuando se trataba de transmitir órdenes o consignas de los reyes, la asamblea duraba poco tiempo y se celebraba con todos de pie, pero, si se trataba de deliberar, se sentaban en el suelo, salvo el que estaba en el uso de la palabra.

Agamenón había decidido que en la explanada no cabía elevar altares a los dioses, como era habitual en los campamentos que tenían una larga duración. Esperaba permanecer en Áulide no más de doce o quince días, los necesarios para proveerse de los alimentos y equipos antes de emprender la travesía a Troya. Además había un templo en un bosque cercano dedicado a la diosa Ártemis, la Señora de los vientos, y, como decían en Creta, Señora de las Cosas Salvajes, a la que dedicarían ritos y sacrificios para pedir el éxito de la expedición. Y antes de la partida, en el mismo lugar donde se hallaba la flota, sacrificarían en honor de Zeus en el momento previo a emprender el viaje.

La mayoría de los reyes habían ordenado a sus huestes que descargaran de las naves solo el material necesario para pernoctar unas pocas noches.

Los vientos del norte se aplacaron y sucedieron días de calma. El calor del verano comenzaba a presentirse, prueba inequívoca de que los vientos del sur, que les habían de llevar en volandas hasta Troya, estaban ya a punto de llegar. Así lo anunciaban los adivinos. Había momentos en que parecían disputar las frías corrientes del norteño Bóreas con latigazos racheados de vientos del sur. Había que estar preparados.

Agamenón invitó a los caudillos a una cena en su tienda. Era lo suficientemente amplia como para acogerlos a todos. Los escuderos y seguidores se quedaron fuera, guardando las espadas de sus señores.

—Tan pronto como se estabilice el viento del sur —explicaba sus planes el rey de Micenas— zarparemos. Pueden pasar dos o tres días, no más. Todos debéis estar preparados. Se dará la orden la víspera, a la caída del sol. Al alba, tras el sacrificio a Zeus, comenzará el camino de la gloria helénica.

Palamedes levantó la mano cuando Agamenón terminó de hablar.

—Das por hecho que la orden de partir la darás tú, como rey supremo de todos los griegos.

Agamenón lo miró con desdén. Parecía esperar la respuesta de alguno de los presentes, pero ni tan siquiera su hermano Menelao se atrevió a confirmarlo.

—¿Acaso tienes una propuesta mejor? —respondió finalmente en medio de un tenso silencio.

—Dado que la salida dependerá de los vientos, propongo que dé la orden el que tenga un conocimiento más cualificado sobre navegación.

—¿Y quién es el más sabio en esos asuntos? ¿No es acaso Calcante, el adivino de Micenas, mi consejero?

—De acuerdo —asintió Ulises—, pero añado algo obvio, que no habrá escapado al rey de Micenas: que previamente consulte con los reyes y que sean éstos los que den la orden a sus huestes.

Ulises se sentó y todos asintieron. Tras apurar sus copas, dieron por concluida la reunión.

A medida que avanzaba la primavera, el tiempo era más cálido y el aire más encalmado. Todo estaba listo. El ejército griego vivía con la idea de que aquel día podía ser el último en Áulide. Los vientos del norte habían cesado por completo y los del sur se hacían esperar. Los guerreros madrugaban, sobre todo porque no tenían un lugar cómodo para dormir y porque apenas realizaban alguna actividad durante el día. El primero en quejarse fue Tersites, quien pidió a su caudillo que levantara tiendas de lona para albergar por la noche a todos los guerreros que ahora dormían al raso. Nadie le prestó la menor atención. Los guerreros se acostaban cada día pensando que al día siguiente zarparían en busca del dorado y ansiado botín en la ciudad de Príamo.

Agamenón y los principales caudillos, viendo que la estancia en Áulide se prolongaba, decidieron celebrar una gran hecatombe. Los caballos, bueyes y corderos tenían que comer a diario, así que podría ser conveniente aligerar el rebaño sacrificando unos cuantos animales. El sacrificio garantizaba paz y tranquilidad en el ejército para dos o tres días. Todos los bajeles albergaban en sus bodegas toneles de vino que cada caudillo procuraba administrar con tiento pensando en escaseces futuras. Como era la primavera, todavía quedaba vino suficiente en las bodegas de las poblaciones cercanas que se podían comprar a buen precio. En ocasiones, había casas de familias poderosas que donaban alimentos, vino y aceite al ejército, cuyo éxito nadie ponía en duda.

Los caudillos se las arreglaban administrando los víveres con prudencia. Había que garantizar que podrían llegar a la llanura de Troya con suficiente abastecimiento. Para cuando ya estuvieran acampados, los problemas de intendencia se solventarían con facilidad, pues eran incontables los caudillos cuyo más prestigioso título era el de "saqueador de ciudades", como ocurría con Aquiles o Ulises.

Después de la hecatombe, muchos reyes decidieron mejorar el campamento en la parte que afectaba a sus soldados. Montaron nuevas tiendas de campaña y adquirieron mantas para aliviar el frío de las noches. Por el día organizaban competiciones atléticas. Los micénicos alardeaban de ser los mejores boxeadores. Era un deporte muy apreciado y practicado en Micenas; muchos guerreros habían incluido en su petate el taparrabos que usaban en ese juego y también en otras competiciones.

Los más jóvenes pasaban el día practicando deportes. En ocasiones los reyes les encomendaban misiones diversas de intendencia. Como el viento se demoraba más de lo previsto, aquellos cuyos hogares se encontraban a menos de dos días de distancia se dirigían a sus lugares de residencia en busca de mejores alimentos, de ropa limpia o desahogo sexual. Eso originaba quejas y envidias de quienes no tenían esa posibilidad. El agravio comparativo se hizo moneda común en el campamento. Echaban leña al fuego aquellos que presumían de obscenos encuentros sexuales, y no faltaba quien ofrecía fantasiosos relatos eróticos destinados a despertar envidia.

Los reyes se esforzaban en tener ocupada a la tropa, pero no siempre lo conseguían. Aquiles era uno de los que mayor presión soportaba por parte de sus guerreros mirmidones. Como se hallaban a cuatro o cinco días de viaje de sus casas, le solicitaban permiso muy a menudo para ir a visitar a sus familias. Había otra fuente de discordia. La mayoría de los reyes llevaba en su embarcación alguna sirvienta. Parecía una necesidad para el rey, pero no para la tropa. El pesado fardo de la responsabilidad regia debía tener alguna compensación. Ningún guerrero de a pie se atrevía a formular en palabras lo que muchos de ellos pensaban ni tampoco se aventuraron en correrías nocturnas a la caza de alguna mujer. Temían que resultara ser la esposa o la hija de alguno de los compañeros del campamento.

Salir de Áulide se convirtió primero en un anhelo vehemente y finalmente, a medida que pasaban los días, en una obsesión.

Los heraldos anunciaban a primera hora de la mañana el espectáculo que estaba preparado para el día. Combates de boxeo, carreras pedestres, competiciones a remo. Palamedes ofreció sus sutilezas, como el juego que él mismo había inventado y al que llamaba *petteia*. Pocos conocían las reglas, pese a su sencillez. Dibujaban un tablero sobre la arena de la playa, en el que cada jugador alineaba sus ocho fichas y el juego terminaba cuando un jugador se veía bloqueado y no tenía espacio para un nuevo movimiento. Para darle mayor aliciente, Palamedes daba el nombre de una ciudad a cada una de las fichas y los dos jugadores fingían una batalla.

Palamedes tuvo poco éxito con su juego. Apenas pequeños grupos se ejercitaban en batallas simbólicas. Los guerreros preferían el ejercicio físico. Aquiles, pese a no llevar consigo ninguna concubina, ante las crecientes quejas de sus mirmidones, anunció un desafío: retaba a la cuadriga más veloz a una carrera en la que él correría provisto de todas sus armas, el escudo, la coraza, la grebas y el casco, así como su aguda lanza de fresno en una mano y su espada en la otra. Para sacarle mayor partido a la idea, anunciaron el evento con diez días de antelación y cada mañana los heraldos lo voceaban por todo el campamento. El pregón terminaba invariablemente anunciando los días que faltaban para el gran reto de Aquiles.

El único que ofreció su cuadriga para la competición fue Eumelo de Feras, que presumía de poseer los caballos más hermosos de todo el campamento, dos alazanes de crines rojizas y otros dos ruanos, moteados de mechones blancos. No eran los más rápidos, por lo que algunos malpensados sospechaban de un apaño entre los reyes para que el divino Aquiles pudiera alcanzar una inverosímil victoria.

Mientras la tropa pasaba los días entre el tedio y la inquietud ante una inminente posible salida, los reyes, a espaldas de la tropa, discutían, deliberaban y también se divertían. Ellos tenían a las concubinas, y sus bodegas rebosaban de víveres y toneles de vino.

Agamenón invitó a sus íntimos a una cacería en un bosque próximo a la playa, donde se decía que abundaban los venados: Ulises, el anciano Néstor, Protesilao, Diomedes y Ayante. Menelao se quedó al frente del campamento, por si surgía algún imprevisto. Aquiles no se encontraba presente: al recibir la invitación, replicó que no estaba allí para ir de caza, sino para arrasar la ciudad de Príamo. Los otros reyes hacían mofa de la estrechez de mente del rey de los mirmidones, al que soportaban porque el vaticinio de Calcante lo convertía en una pieza necesaria para el triunfo de los griegos. Además lo apreciaban porque era el más fuerte de todos, y también el más generoso siempre que su ingobernable cólera no lo cegara. Los griegos sentían por Aquiles la amistad que se basa en el interés y eso él lo sabía y lo soportaba mal.

La jornada de caza en el bosque próximo a la costa resultó aburrida, pero fructífera. Abatieron tres venados. Agamenón, que ya no tenía la destreza cinegética de su primera juventud, dio muerte a una de las piezas, aunque para ello tuvo que arrojar hasta tres veces su aguda lanza, lo que supuso dos lanzamientos fallidos, hecho que no pasó desapercibido a sus compañeros de caza. Calcante tomó nota del comentario del rey, cuando al fin, al tercer intento, acertó y dijo con orgullo: "¡Ni Ártemis!".

Cobrándose esa pieza, Agamenón pudo salvar la cara ante sus compañeros cazadores. Al regreso, aprovechando las piezas cobradas, los reyes decidieron ofrecer otra hecatombe a los dioses para impetrar el ansiado viento del sur y al mismo tiempo pacificar a los guerreros. Sacrificaron bueyes y corderos en proporción a los combatientes de cada reino. Ulises se quejó de que estaba quedándose sin provisiones, pues él venía de muy lejos y durante el viaje habían consumido buena parte de la despensa. Agamenón se ofreció a suplir el déficit de la expedición de Ítaca, habida cuenta de que Ulises era su mejor aliado.

En el banquete que siguió al sacrificio, Lambros, el cantor del palacio de Micenas, recitó acompañado con la lira un canto sobre la jornada de caza de los reyes. Cantaba lo más excelente de cada uno, siguiendo las fórmulas poéticas, "el anciano Néstor conductor de carros", "Ulises saqueador de ciudades", "el magnánimo Protesilao", "el esforzado Diomedes". Pero, para eso era el cantor de Micenas, se explayó cantando la destreza de su rey y cómo, viendo al venado aparecer de súbito tras un tupido matorral, cuando ya la pieza estaba a punto de salir de su alcance, el diestro rey, señor de muchos dominios, desde una gran distancia solo accesible a la flechadora Ártemis, alanceó al venado de un certero y único tiro. El cantor cerraba el poema con un verso definitivo al que el propio Agamenón había dado el visto bueno: "¡Ni la mismísima diosa supera al señor de Micenas!".

Calcante escudriñó con mirada atenta la reacción de los reyes. Ninguno de ellos mostró disgusto con la exagerada lisonja del aedo hacia su rey ni con el verso blasfemo que cerraba su canto. Agamenón era el comandante supremo del ejército griego. Nada tenía de extraño que los cantores lo colocaran al nivel mismo de los dioses. El adivino, siempre situado detrás de Agamenón, del que era sus ojos y sus oídos, guardó para sí el último verso del poeta como una baza que podría serle un día de utilidad.

A la mañana siguiente, aún aletargado el campamento griego por la fiesta del día anterior, un grupo de campesinos de la zona se presentó ante la tienda de Agamenón conduciendo a dos guerreros maniatados y con el rostro amoratado por los golpes. Alegaban los lugareños haber sorprendido a los dos presos fornicando con dos muchachas de su poblado y exigían compensación al jefe del ejército. Los reyes beocios en cuyo territorio se había cometido la supuesta injuria defendieron a sus conciudadanos y exigieron a Agamenón una condena ejemplar.

–¿Quiénes sois? –preguntó Agamenón.

–Somos mirmidones. Solo respondemos ante Aquiles, nuestro rey.

—Tendréis que responder ante el comandante supremo de los griegos, que soy yo. ¿Tenéis algo que alegar?

—Nada, salvo que solo Aquiles es nuestro rey.

Agamenón los golpeó con su cetro, añadiendo más cardenales sobre las castigadas espaldas de los dos hombres.

Cuando Aquiles llegó y se informó de la situación, los dos mirmidones sorprendidos en falta se abrazaron a sus rodillas y suplicaron a su rey pidiendo clemencia:

—Pelida Aquiles, nuestro único rey y caudillo. Hemos sido sorprendidos en falta y te pedimos perdón. Pero debes saber que ninguna violencia hemos hecho a esas dos mujeres, sino que de acuerdo con ellas y sin violencia, acuciados por la risueña Afrodita, hemos realizado lo que hemos realizado. Te pedimos que, antes de pronunciar tu sentencia, escuches a las dos muchachas, que ya no son jóvenes. Nos han asegurado que no tienen marido y que se dedican al servicio de Ártemis, en el santuario cercano. Nos han dicho que la diosa no muestra simpatías al ejército griego porque hasta ahora, fondeadas las naves desde hace más de un mes en esta bahía de Áulide, todavía no le han ofrendado ningún sacrificio ni le han dirigido piadosas plegarias. También nos han dicho que no volverán los vientos hasta que así lo decida la diosa por su propia voluntad.

Los beocios que habían atrapado a los dos mirmidones confirmaron estos detalles, pero insistían en que Ártemis es una diosa virgen y que también reclama la virginidad a sus sacerdotisas y sirvientas. Las dos muchachas, al relacionarse con los dos guerreros, la habían ofendido y esa ofensa no quedaría sin castigo. Los lugareños de Áulide temían que ese castigo pudiera recaer sobre ellos por no haber sabido salvaguardar a las sirvientas del santuario.

—Eso se puede arreglar —sentenció Aquiles—. Haremos un solemne sacrificio expiatorio.

Los beocios se mostraron conformes con esta decisión y nadie pidió que comparecieran las dos muchachas.

Agamenón no toleró bien el haber quedado totalmente al margen del conflicto. Creyó que Aquiles le había usurpado la hegemonía, pues cualquier litigio en el ejército debía ser resuelto por el rey supremo.

—Lo que afecta al ejército griego —advirtió Agamenón dirigiéndose a Aquiles— debe ser resuelto por el caudillo supremo. Espero que no vuelvas a interferir en mis asuntos. Eres muy sabio, pero todavía no has aprendido el arte de obedecer.

—Poderoso Agamenón, no eres el rey de Ftía y nada puedes decidir de lo que afecte a los mirmidones. Tenemos nuestras casas muy cerca de nosotros. Podemos volvernos a ellas y dejar que tú y los que estén dispuestos a obedecerte arraséis la ciudad de Príamo. No me empuja el afán de botín, solo el deseo de fama y renombre.

—Yo no busco botín ni fama, solo la libertad de Grecia y que los griegos seamos respetados.

Aquiles hizo ademán de regresar con sus soldados, pero Agamenón quiso zanjar de una vez la cuestión. Lo invitó a entrar en su tienda y le ofreció una copa de vino.

—No hay duda —comenzó diciendo Agamenón— que Micenas es el reino que más navíos de guerra aporta y también el mayor contingente de guerreros. Tampoco hay duda de que yo soy el hermano del rey ultrajado. ¿No te parecen razones bastantes para que sea yo el caudillo supremo?

—No —replicó Aquiles taxativo, y parecía que tenía el asunto bien meditado—. No necesitamos un caudillo supremo. Los mirmidones no tendrán más caudillo que Aquiles. Así lo han jurado antes de acudir a este campamento y nadie, ni dios ni hombre, podrá disolver ese juramento.

—¿No crees que es necesario un caudillo supremo?

—No lo creo. Y si es necesario, yo reclamo ese puesto y que sea la asamblea de los guerreros la que decida. No creo que tu prudencia sea superior a la mía ni la fuerza, tampoco. Tu propio adivino ha vaticinado que sin Aquiles no habrá rendición de Troya. ¿No es así Calcante?

—Así lo dicen los agüeros —contestó el adivino.

—Los mirmidones somos los más fuertes. Eso nadie lo duda, ni siquiera el rey de Micenas.

—Pero, al parecer, no los más disciplinados. ¿Qué hacían esos dos guerreros tuyos merodeando por la noche fuera del campamento? Eso está prohibido para un soldado. ¿O pretendían traerte una muchacha para tu solaz?

Aquiles acusó el golpe.

—La inactividad es algo a lo que no estamos acostumbrados.

—Los vientos no están en nuestras manos.

—No, pero honrar a los dioses sí. Mañana haremos el sacrificio en honor a Ártemis. Pediremos el favor de la diosa para nuestra empresa.

Al ver que la conversación entre los dos caudillos estaba a punto de terminar y que no se alcanzaba acuerdo alguno, Calcante se dispuso a echar una mano a su rey:

—Divino Aquiles, hijo de Peleo —comenzó el adivino—. Dicen los agüeros que sin Aquiles no habrá rendición de Troya, pero dicen también que dos águilas reales han dado caza a una huidiza liebre y con ella han celebrado un pingüe banquete.

—Los dos Atridas, las dos águilas —musitó para sí.

Aquiles de nuevo acusó el golpe. Se había querido apoyar en los augurios para darse importancia y los mismos augurios ahora se la quitaban.

—Mañana los mirmidones hemos acordado dedicar un sacrificio a la diosa Ártemis.

—Allí estará el ejército griego en pleno, con su comandante en jefe a la cabeza —contestó Agamenón vencedor en este combate.

10

Calcante se hallaba en un discreto segundo plano mientras el correo llegado de Micenas rendía el informe rutinario a Agamenón. No había ninguna novedad especial, salvo una ingenua súplica de Ifigenia a su padre. Le pedía que permitiera a Aris, el paje, incorporarse al ejército antes de partir hacia Troya. Si Agamenón recibió las noticias sin el menor sobresalto, Calcante tomó buena nota de una breve frase del correo. Decía textualmente: "Menón se queja de que la Señora le ha retirado las donaciones para los ritos dedicados a Zeus. Se queja también de que las mujeres de Micenas, en ausencia de sus esposos, solo atienden al culto de la *Potnia*, que administra Ifigenia como suprema sacerdotisa".

El rey pensó que Clitemestra aprovecharía la oportunidad para humillar a Menón, al que no tenía ninguna simpatía, y le pareció que todo se reducía a simple malquerencia entre dos notables personajes del palacio. Las malas relaciones entre los dos no le quitaban el sueño. Al contrario, le daban tranquilidad, pues eso haría que el sacerdote cumpliera con más esmero la tarea de vigilar a la reina que le había encomendado por consejo de Calcante.

Agamenón creyó que no sobraría en el ejército un muchacho como Aris, al que quería como a un hijo. Le dijo al correo que el próximo viaje, si todavía se encontraban aprisionados en Áulide, autorizara al paje a venir con él.

Para Agamenón, más que para ningún otro, la bahía de Áulide se había convertido en una ratonera. En vano le decían sus consejeros que esa calma chicha no era solo propia del brazo de mar que hay entre la isla de Eubea y el territorio continental, donde estaban fondeados los barcos, sino que se extendía a todo el mar Egeo, hasta el mismo estrecho del Helesponto. Todos le recomendaban la misma receta: esperar y elevar plegarias y sacrificios a los dioses.

Eso es lo que debían hacer al día siguiente. Era el primer sacrificio a Ártemis tras más de un mes de estancia forzada en Áulide. Cualquiera hubiera dicho que no era normal. Es verdad que Calcante no sentía ninguna simpatía por la diosa y menos ahora que en Micenas, según relataba el correo, el culto de las mujeres, con el apoyo de la reina, estaba recuperando el terreno perdido. Que Ifigenia, recién salida de la adolescencia y con toda la vida por delante, hubiera sido encumbrada al rango de primera sacerdotisa tampoco le parecía positivo. Las dos se las arreglarían para ganar el favor del rey y reducir a la nada los cultos al padre Zeus. Para Calcante el riesgo era evidente. Su arte adivinatoria, que, como le había enseñado su padre, provenía de Zeus, podía sufrir un duro revés.

El correo de Agamenón regresó a Micenas al día siguiente. La calma chicha se alternaba con ligeros vientos del norte que hinchaban las velas de los barcos en dirección al Peloponeso. En el puerto de Tirinte, del que partían y al que arribaban los correos de Micenas que viajaban por mar, estaba esperando Aris, que, además de la amistad de Ifigenia, se había ganado también la confianza de la reina. Tenía la misión de regresar al palacio a toda velocidad si el correo traía alguna noticia importante. Y la trajo, la noticia más importante para el joven paje, que escuchó del correo exactamente lo que deseaba oír: que el rey le autorizaba a unirse al ejército de Áulide. Ante las palabras, prorrumpió en gritos de alegría, acompañados de saltos gozosos, levantaba los brazos al cielo y daba gracias a la diosa por haber atendido sus deseos. Finalmente nadie podría robarle la oportunidad de alcanzar la gloria en las murallas de Troya, peleando al servicio del rey por la libertad de los griegos.

—No te alabo el gusto —comentaba el correo mientras los dos viajaban a Micenas a dar novedades a la reina—. Yo prefiero este trabajo y también sirvo a mis reyes y a los griegos.

—Tú eres mayor —respondió Aris, y puntualizó—: Bueno, eres mayor y no eres el rey ni uno de los *equetas*.

—Ni tú tampoco lo eres, mocoso. ¿No te valdría más quedarte aquí a cuidar de tu madre, viuda y enferma, que no tiene a nadie ni donde caerse muerta? —Y añadió en tono confidencial—: Y rondar un poco a Ifigenia, aunque ella no es para ti.

—Me aprecia y eso me basta —respondió Aris entrecortado.

—Si tienes un poco de suerte en Troya, puedes regresar como un héroe y pedir la mano de la princesa, pero no te hagas ilusiones, hay la mar de gente que piensa lo mismo y que, además, están forrados de oro y plata.

Aris se sorprendió al escuchar la certera conjetura del correo. Porque ese era precisamente su plan: ser un héroe en Troya, matar a Héctor, a París o algún otro de los incontables hijos de Príamo; o salvar la vida a alguno de los reyes griegos, o batirse en combate singular con algún noble troyano. Así el rey, apreciando su valor y arrojo, le otorgaría el título de *Equeta* y entonces podría aspirar a la mano de la princesa.

—Por cierto —preguntó el correo con disimulo—, ¿qué hacía el otro día por la ciudadela ese tal Egisto?

—¿Qué dices? Yo no lo vi, apenas lo conozco.

El paje se puso en guardia porque era sabido que Egisto, el primo de Agamenón, vivía en una pequeña granja alejada de Micenas. Desde luego, él no se lo había encontrado, como hubiera sido lo normal de haberse dejado ver por allí. Desde que Agamenón había partido con el ejército, Aris había pasado al servicio de la reina. Cuando se le hacía tarde desempeñando encargos en la ciudadela, se quedaba a dormir en uno de los sótanos del palacio, junto a los talleres, con otros empleados. Era demasiado inexperto para percatarse de la clave detectivesca del correo de Agamenón.

Cuando tuvo la primera oportunidad, el paje le preguntó a Ifigenia por su tío.

—¿Quién ha dicho que Egisto ha estado en la ciudadela? —preguntó con enojo la princesa.

—Se lo he oído al correo del rey, aunque yo nunca lo he visto por aquí.

—No hables de él. Para nosotras, no existe. Es mejor que sea así. —Ifigenia guardó un forzado silencio. Estuvo a punto de enfadarse, pero acabó sintiéndose agradecida al muchacho.

Tan pronto tuvo ocasión, Ifigenia comentó el hecho con su madre, ésta le explicó que el correo era el hombre de confianza de Agamenón, sus ojos y sus oídos en Micenas, más ahora que no estaba Calcante. A Clitemestra la mención de Egisto la inquietó. Sabía que era vigilada y sabía también que el rumor más letal contra ella sería divulgar que alguien la había visto con el odiado primo del rey. Menón, sacerdote de Zeus y el jefe de los espías, estaría en el origen de esa mención al nombre más peligroso para la reina.

Cuando el correo real se dispuso partir de nuevo hacía Áulide, apenas unos días después, Aris se sumó a la comitiva con sus mejores armas, las que había heredado de su padre muerto. Hacía ya un tiempo que el viaje desde Micenas hacia Áulide, debido a la persistente calma de los vientos del sur, se hacía por rutas terrestres, más lentas y penosas.

Agamenón, contra lo que era habitual, recibió al correo con frialdad y sin mostrar ningún interés por las noticias de Micenas. Los problemas en el campamento eran más inquietantes. Los caudillos habían sido convocados en terreno neutral, como había exigido Aquiles, es decir, ni en su tienda ni en la de ninguno de los dos Atridas. El anciano Néstor ofreció su lujoso salón, una carpa con una columna central que remedaba una de las fastuosas habitaciones de su palacio de Pilo.

Comenzó el parlamento Aquiles, pidiendo a los reyes que se debía deliberar formalmente sobre quién debía ser el comandante supremo y no cesar hasta alcanzar entre todos un amistoso acuerdo.

–Agamenón de Micenas –proseguía el mirmidón– da por hecho que debe ser él, y ofrece buenos argumentos, pero yo quiero presentar los míos. Creo, además, que hay otros reyes que pueden merecer ese privilegio. Si todos los griegos estamos afectados por esta guerra, entre todos debemos designar a nuestro jefe supremo.

Néstor, como anfitrión, preguntó si había algún otro rey que propusiera su candidatura. Levantó la mano Palamedes de Nauplio, hombre apreciado por sus muchos inventos, pero no precisamente por su pericia en la dirección de la guerra. Nadie conocía una hazaña bélica digna de mención que hubiera sido realizada por él, ni tan siquiera disponía de un aedo en su palacio, señal de que no había realizado ninguna hazaña ni esperaba hacerlo.

La candidatura de Palamedes nadie sabe si se debió a su propia iniciativa o si el astuto Néstor la propició para evitar que el debate se convirtiera en un pugilato entre dos.

–Tal vez Diomedes de Salamina, hijo de Telamón, desee presentarse para el gran honor de ser nuestro comandante en jefe – preguntó el anfitrión.

–A nadie me considero inferior –replicó el de Salamina–, pero creo que otros lo merecen más.

–Sean tres los candidatos –concluyó Néstor no habiendo nadie más que presentase su candidatura–. Hablaréis por orden de edad, comenzando por el más viejo. –Repasó con la vista a los tres y dijo–: Creo que tiene la palabra el rey de Micenas.

–Mis razones son ya de todos conocidas. Soy hermano de Menelao, cuya esposa ha sido secuestrada con violencia por Paris. Esa es la primera. La segunda, que Micenas es la que aporta el contingente más numeroso tanto en naves como en hombres.

–Ninguna de las dos razones me parecen convincentes – replicó Aquiles con la anuencia de Néstor–. Como hermano del rey ultrajado, eres la persona menos indicada. Con esta empresa no buscamos un interés personal, sino el de todos los griegos. La segunda razón es menos convincente aún. Tu numerosa flota como tus muchos guerreros reclamarán toda tu atención.

–Está bien, Aquiles –concedió Agamenón mientras agitaba nervioso el cetro en sus manos–. Has dado las razones contra mí, pero no las que te avalan a ti como el mejor candidato. Nos gustaría escucharlas.

–Vamos a un campo de batalla. Los mirmidones somos los más fuertes. Debes saber que a mí Zeus me ha otorgado el coraje, y eso es el poder más grande. ¿Alguien mejor que yo sabrá evaluar cuál es el momento oportuno para el ataque? En eso reside el título para ser el rey supremo.

–Eres el más fuerte –replicó Agamenón– y también el de los pies más veloces. Lo has demostrado compitiendo con una cuadriga cargado con tu pesado armamento. ¿Para qué utilizarás tus veloces pies, para perseguir a los troyanos o para huir de la broncínea pica de Héctor?

La insolencia de Agamenón logró poner fuera de sí al rey de los mirmidones. Este, tras lograr dominar su cólera, no sin antes haber tildado de avaro y fanfarrón a su contrincante, replicó:

—De verdad se me podría llamar cobarde si cediera ante ti en todo lo que digas. No aceptaré tus caprichos ni tus dictados. No pienso obedecerte.

Aquiles se levantó y salió de la asamblea profiriendo sonoros insultos. Los reyes reunidos continuaron su deliberación y acabaron aceptando las razones del Atrida. Ni tan siquiera escucharon a Palamedes, al que todos apreciaban por sus invenciones, incluidas algunas que podían ser muy útiles en el cerco de Troya, como el sistema de relevos en la guardia durante la noche. Pero al comandante supremo se le exigía algo más que ser un sagaz inventor.

Palamedes llevó mal el que los reyes no atendieran su propuesta. Al salir de la reunión, tuvo palabras contundentes y agresivas contra los Atridas y los que se plegaban ante ellos anteponiendo sus intereses particulares al interés común de los griegos. Le decía a Idomeneo de Creta, al que ponía en un compromiso, porque el cretense no quería desairarlo pero tampoco hacerse solidario de sus palabras, que no se podía fiar uno de un caudillo incapaz de controlar su propia casa y a su caprichosa esposa. Se refería a Menelao, al que laceraba en la parte más dolorosa de la herida.

Sin percatarse de ello, lo que era un obvio indicio de que habría sido un mal comandante supremo, Palamedes acumulaba enemigos dentro de los caudillos griegos. Un buen inventor no tiene por qué ser un buen general ni tampoco un perspicaz conocedor de las entrañas de sus semejantes. Herir con saña al que todos compadecen no da buena fama ni contribuye a ganar amigos.

Todavía estaban los reyes comentando en pequeños círculos la decisión que habían tomado en la asamblea, cuando se presentó Aris ante Agamenón con rostro de terror y sin apenas resuello.

—*Wanax*, se están matando —apenas pudo decir el paje, ahora ya soldado.

Ya no pasaba un día en el campamento sin que hubiera algún sobresalto. El sacrificio a Ártemis promovido por Aquiles, que no había contado con la aprobación de Calcante, no produjo ningún resultado, ni para los vientos del sur, que seguían encalmados, ni para la tranquilidad del ejército.

Aris se encaminó al lugar de la pelea. Iba por delante de los reyes como tirando de ellos para acelerar su paso y llegar cuanto antes. Agamenón creyó que el joven paje, por su falta de experiencia militar, tomaba como una riña a muerte lo que era una reyerta habitual en los campamentos. Llegaron al escenario de la pelea y, ante la presencia de los reyes, el tumulto dio paso a un repentino silencio. Un súbito y catártico sobrecogimiento se apoderó de todos, incluidos los propios contendientes, bien por la presencia de los reyes y del inminente e incierto castigo, bien por la magnitud de la masacre, cuyas dimensiones solo se hicieron visibles después de que la riña hubo cesado.

Dos mirmidones murieron y otros muchos resultaron heridos. Del bando opuesto había un argivo muerto, un experto broncista; otro que estaba agonizando fue rematado in situ por el propio Agamenón. Fue su manera propia de impartir justicia. Bien es cierto que tenía los intestinos por el suelo y que podría haberse interpretado el tajo de la espada del rey sobre el cuello del moribundo como un acto de piedad. Así equilibró las muertes en los dos bandos.

Aquiles, que había llegado a la carrera, se aplacó al ver el gesto del rey argivo.

Todo había comenzado entre bromas. Los mirmidones tomaron a mal que Agamenón hubiera sido refrendado como comandante supremo. Interpretaron esa decisión como desprecio a su rey. Los argivos sacaron pecho, comenzaron los empujones hasta que se fraguó la pelea. En el campamento estaba prohibido portar armas, salvo los reyes y sus guardaespaldas, pero cualquiera podía ocultar una daga bajo la túnica.

—Los dos argivos muertos —sentenció Agamenón— serán incinerados como bestias, sin los honores de un guerrero caído.

En el mismo lugar de la pelea, Aquiles convocó la asamblea de los mirmidones. Cada grupo se reunía en la costa frente a sus naves.

–Mirmidones, de rápidos potros, mis fieles compañeros–dijo Aquiles dominado por el dolor–. No quiero saber cómo ni por qué ocurrió. Me lo puedo imaginar. Los argivos muertos no recibirán sepultura con honores. A todos los que habéis presenciado la pelea os pregunto si los dos nuestros la merecen.

Ninguno de los mirmidones se atrevió a dar su opinión, bien porque tuvieran dudas, bien por la críptica pregunta de Aquiles, quien en su fuero interno acabó reconociendo que en esta ocasión el rey de Micenas había actuado de manera ecuánime. Los que mueren en una pelea entre griegos no merecen ningún honor y más cuando el enemigo común, los bárbaros troyanos, andan buscando la humillación de los griegos. Acordaron incinerarlos en una ceremonia privada conforme a los ritos patrios.

Tras la sangrienta y mortífera reyerta, Agamenón dejó pasar unos días para que se calmaran los ánimos. La pelea y las cuatro muertes en el campamento, añadida a los casi dos meses de confinamiento en Áulide, hacía que prendiera el desánimo en muchos contingentes. A los feroces y valerosos guerreros griegos, consumidos por la inactividad, les iba menguando su ánimo belicoso de soldados al tiempo que se fortalecía su alma de industriosos labriegos y ganaderos. Su imaginación regresaba a sus poblados, a los trabajos que deberían estar haciendo en sus casas, la siembra, los pastos de las cabras y las ovejas, el cuidado de los campos, y el dulce y cálido lecho.

–Soldados y caudillos aqueos –dijo Agamenón inaugurando la asamblea–. No hace falta ir a morir a Troya. Aquí mismo nos acecha el funesto destino. No han sido los troyanos los causantes de los cuatro muertos que hemos tenido en días pasados. Ha sido nuestra propia debilidad y el olvido de lo que nos ha traído hasta aquí y nos hará permanecer aquí hasta que los dioses se dignen levantar los vientos del sur. Algunos, yo el primero, hemos jurado no regresar a la patria hasta haber doblegado a los felones e impíos troyanos. He escuchado lamentos, he olfateado vacilación en algunos guerreros. Veo caras de preocupación, aletea en algunos la tentación del regreso.

Se había divulgado por el campamento, aunque Agamenón no los mencionó por su nombre, que los mirmidones habían planteado en su asamblea la posibilidad de abandonar la expedición, lo cual hubiera ocurrido con seguridad si alguno de los dos muertos hubiera sido un personaje notable y no dos simples reclutas.

—Algunos hemos jurado, insisto, ir a Troya aunque sea a morir frente a sus murallas, pero nunca aceptaremos doblegarnos ante los bárbaros. Moriremos si es preciso defendiendo nuestra patria, la patria de todos los aqueos. Los que hoy deserten de este campamento para regresar a su hogar no ganarán buena fama, sino inmortal vilipendio, porque la fama y el buen nombre es el premio reservado a los que son capaces de defender lo común aunque sea con merma de sus propios intereses personales.

Agamenón terminó su discurso, breve y contundente, y dio paso al turno de otros reyes y caudillos.

—Nuestro caudillo supremo tiene razón —tomó la palabra Ulises—. El secuestro de Helena es solo una muestra. Los troyanos son ambiciosos y engreídos. ¿Alguien se imagina a un rey griego entrando en el palacio de Príamo y secuestrando a Andrómaca, la esposa de Héctor? La osadía de Paris no es más que la gota que colma el vaso. La verdad es más apremiante para los dánaos: los troyanos dominan el Helesponto. Nadie pasa por allí sin su permiso o sin dejar su dinero. ¿En qué quedan los beneficios de nuestro comercio? En nada, en beneficio para los troyanos. Somos los dánaos los que hemos levantado sus magníficos palacios con lo que nos cuesta el paso por el estrecho. Y para mayor desgracia, la ventosa ciudad de Troya tiene en el Bóreas, el viento del Norte, un valioso aliado. Allí son retenidos por el viento nuestros navíos cuando intentan atravesar el estrecho hacia el Mar Negro. Y los troyanos aprovechan la oportunidad y se lucran de nuestra desgracia. El Egeo es un mar aqueo y ahora se ha convertido en propiedad de los troyanos. No se mueve ni un cotilo de grano ni la más pequeña pieza de cerámica, desde Siracusa a Siria, desde

Egipto hasta Tracia, que no pase por el puerto de Troya y deje allí una parte de su valor.

Otros reyes pidieron la palabra para añadir razones a lo que habían dicho Agamenón y el rey de Ítaca. Nadie aludió, sin embargo, a lo que la mayoría pensaba, al móvil más genuino, y es que Troya, fuera como consecuencia de estar ubicada en el estrecho del Helesponto y de que el Bóreas zumbaba con furia muchos días, incluso meses, durante el tiempo estival de la navegación, tal como decía Ulises, o fuera porque estaba rodeaba de fértiles campos ricos en cereal, de bosques rebosantes de caza y de un mar generoso en pescados, fuera por lo que fuera, era una ciudad que por atesorar fabulosas riquezas despertaba el apetito de los codiciosos. El botín, el afán depredador, eran el móvil del guerrero; el primer premio, las armas, el calzado y la vestimenta del enemigo muerto, sus argénteos tahalíes, sus espadas tachonadas de clavos de oro y plata.

Y si la ciudad dorada de Troya era conocida por sus ciclópeas murallas, en sus inmediaciones se levantaban decenas de ricas ciudades aliadas sin apenas defensas y menos para un ejército aguerrido como el de los griegos expertos reconocidos en saquear y asolar ciudades.

Cuando los reyes se ponían a especular sobre el enemigo troyano, los disensos internos se mitigaban aunque el mar de fondo tras el nombramiento de Agamenón como jefe del ejército no cesaba nunca del todo.

Agamenón sabía que sólo los vientos, los saludables y cálidos vientos del sur, podrían liberarle a él y al ejército de aquella cárcel en forma de concha de vieira que era la bahía de Áulide.

11

Lo primero que Agamenón solía hacer al levantarse era salir de la tienda y ver si se habían despertado las brisas del sur. Últimamente ya ni se molestaba en comprobarlo. Miraba al techo y veía la lona dormida en perfecta quietud. La esquila que había ordenado colgar en el mástil de la tienda para anunciar con su tintineo la llegaba del viento guardaba un terco silencio.

La desesperación conducía al rey de Micenas, comandante supremo del ejército aqueo, a consolarse con un suculento almuerzo como regalo. Se lo servía su hermosa concubina, que se esmeraba en llenar la mesa de viandas, queso y dulces. Tras lo cual se sentaba junto al rey atenta a rellenar la copa de vino cada vez que quedaba vacía.

La lona de la tienda seguía inmóvil y la esquila silenciosa cuando se oyó un rumor que iba tomando cuerpo a medida que avanzaba hacia la tienda. "Cada vez comienza antes el inevitable sobresalto del día", se dijo Agamenón. No se equivocó. La guardia del campamento acompañaba a tres enojados labriegos, de edad avanzada, que se presentaron como súbditos de Leito, el rey de Áulide.

—Nos hemos dirigido primero a nuestro rey, pero él nos ha remitido al comandante supremo —dijo uno de ellos.

Agamenón, haciendo gala de su talante diplomático, invitó a los lugareños a sentarse a su mesa. La concubina retrocedió unos pasos y quedó de pie esperando instrucciones.

—Ha corrido entre nuestros vecinos el rumor de que el rey de Micenas ha ofendido a Ártemis, gloriándose de ser mejor cazador que la diosa.

Calcante se levantó y se dirigió a uno de los sirvientes. Tras comunicarle algo al oído, volvió a tomar asiento junto al rey.

–Si no se ofrece un sacrificio expiatorio, nosotros recibiremos el castigo. No ha llovido en todo el mes de abril, los campos están resecos y los brotes se agostan apenas nacidos. Las cabras ramonean porque la hierba no germina ni crece. Estamos abocados al hambre por la ira de la diosa. Nosotros elevamos plegarias y ofrecemos sacrificios, pero nada de ello servirá si el autor de la ofensa no ofrece cumplida expiación.

El sirviente apareció portando una espaciosa bandeja llena de alimentos. La concubina tomó un pan y lo partió en rebanadas que colocaba en una bella canastilla. Agamenón los animó a comer y beber mientras Calcante miraba la escena como si estuviera soportando con resignación un mal necesario.

–Estamos comiendo como reyes –se atrevió a decir con cierta timidez uno de los labriegos.

Los otros dos lugareños, que hacían por disimular su fruición ante los alimentos y el excelente vino, asintieron con un gesto de vergüenza. Como efecto de la suculenta comida y el excelente vino, los tres demandantes olvidaron presentar al rey su queja más explícita: prohibir el canto que el aedo titulaba "la caza de Agamenón en Áulide", en el que se ensalzaban las blasfemas expresiones contra la diosa.

–Agradecemos la hospitalidad del rey de Micenas –dijo uno de los paisanos al concluir el espléndido almuerzo.

–Ordenaré al ejército –anunció Agamenón tras haberle hablado al oído Calcante– celebrar un gran sacrificio y propondré que todos los reyes donen un inmenso tesoro al templo de Ártemis, para que tenga aceite perfumado en las lámparas durante todo el año hasta la próxima cosecha y para que sobre su altar no falten las libaciones rituales que le son gratas.

Los tres campesinos beocios aceptaron con satisfacción la oferta del Atrida y se apresuraron a transmitir a la asamblea de su poblado la noticia.

La presencia de este grupo en la tienda de Agamenón disparó los rumores por el campamento. Todo el mundo supo que habían venido a presentar una queja y que el motivo de esa queja era el comportamiento poco piadoso, por no decir impío, del rey. Los demandantes, aunque no lo habían dicho de modo explícito, estaban especialmente preocupados con el canto del aedo. Porque una cosa era que el rey pronunciara una desafortunada expresión y otra gloriarse de ello.

—Espero que no haya hoy otro sobresalto y que me dejen almorzar con tranquilidad —prorrumpió Agamenón cuando se cercioró de que los labriegos se habían alejado. Después de vaciar su copa, le preguntó a Calcante—: ¿Crees de verdad que son los dioses los que mueven los vientos?

—Los dioses y las diosas, *Wanax*, también las diosas. De hecho la *Potnia* de Micenas, no sé si también Ártemis, es venerada como Señora de los vientos.

—No había reparado, pese a que mi mujer es una devota de la diosa.

—Tienes razón, y nada nos ayuda su escaso entusiasmo por la guerra. —Agamenón dudaba de si Calcante se tomaba en serio sus palabras—. Nos vendría bien que Ifigenia, como sacerdotisa de la *Potnia*, elevara preces por el viento que necesitamos.

—Siempre has dicho que Zeus es un dios poderoso que está de nuestra parte.

—Sí, pero muchas veces ocurre que Zeus decide una cosa y la esposa, Hera, con astucia, deshace lo que ordena el esposo. Temo que en Micenas se estén elevando plegarias contrarias a las que se elevan en Áulide.

—Adivino de males, deberías hacer algo por darme un buen pronóstico.

Cuando Agamenón salió de su tienda a girar la ronda diaria por el campamento, se encontró con molestas habladurías. Tersites, un hombre patizambo y cojo de una pierna, feo de aspecto, al que Ulises calificaba con ironía como sonoro orador mientras otros confundían sus discursos con los graznidos de las grullas, sorprendió al Atrida y sus acompañantes con estas venenosas palabras:

—Atrida, rey impío y blasfemo, que te consideras superior a los dioses, cuando eres superado por muchos mortales, no solo en inteligencia, sino también en sentido de la medida y del tiempo oportuno. ¡Insolente! Eres de la casta de los reyes devoradores de regalos.

Tersites fue sacado de la calle a empellones por los guardaespaldas de Agamenón. La comitiva siguió su ronda y, casi en el extremo norte de la concha, donde estaban fondeadas las naves de los cretenses, mandadas por Idomeneo, Lambros entonaba los versos de la caza de Agamenón. Era el canto preferido por los más jóvenes, que remataban con la expresión "¡Ni Ártemis!" cada vez que acertaban en un lance de juego. A pesar de ser tan reciente, se había convertido en el canto más demandado en el campamento.

Agamenón siguió sintiendo una íntima satisfacción al oír el canto. Los versos eran armoniosos y reproducían con gracia los palpitantes episodios de la caza. Calcante, sin embargo, le instó a que hiciera callar a Lambros. Había que ser adivino, pensaba con sordina, para prever que ese canto que emocionaba al rey era mil veces peor que arrojar gruesas piedras contra su propio tejado. Lambros no se tomaba muy en serio la prohibición, en parte porque las palabras del rey no dejaban ver el preceptivo tono conminatorio, y, como se sabe, los poetas son muy dados a intuir las segundas intenciones que laten bajo las palabras.

Calcante, preso de ira contra el cantor y quizá también contra el rey, arrancó la lira de las manos de Lambros y comenzó a golpearla con saña contra las piedras hasta hacerla trizas, la concha en añicos, las cuerdas desaparecidas y los brazos astillados. El propio Agamenón vaciló. En parte se sintió desautorizado, pero decidió pasar página cuando Calcante arrojó a los pies del cantor los maltrechos trozos de la lira que tenía en sus manos mientras sentenciaba:

—Así aprenderás a cumplir con diligencia lo que ordena el *Wanax*.

En adelante, nadie se atrevió a entonar ese alegre canto que narraba una jornada de caza de los reyes aqueos en la pedregosa Áulide.

El adivino, los ojos y los oídos del rey, convocó a los dos Atridas a una reunión. Quería discutir con ellos la información que estaba recopilando en el campamento. Prefirió que estuviera presente Menelao, para que Agamenón se sintiera más obligado y comprometido con las informaciones que circulaban y sus posibles consecuencias.

Calcante se tomaba muy en serio su trabajo. El adivino es el capaz de prever el futuro: ver de antemano, anticiparse a los hechos que a la mayoría les pillan desprevenidos. Esa mayoría desprevenida incluye, más que a nadie, a los propios reyes, cuya mente se consume en la contemplación de sus propios poderes y en el cuidado de sus vientres panzudos. Calcante se veía y se entendía a sí mismo más bien como un perseguidor de consecuencias, de las cosas o los hechos que se siguen de otros hechos: el remo que golpea sobre el agua y hace avanzar la embarcación. Para los reyes es más cómodo entregarse a un adivino. ¿Y a quién se entrega el adivino?, se preguntaba Calcante.

—Los vientos del Sur se hacen esperar y eso alarma a la tropa —comenzó—. Pero eso no es lo peor. La masa ignorante alega como explicación que la calma de los vientos es un castigo de la diosa por haberte ufanado de ser mejor que ella. Te hacen culpable, rey Agamenón. ¿Comprendes ahora por qué he destrozado la lira de Lambros? Si te hacen culpable de la calma de los vientos, en cualquier momento pueden pedir tu destitución como comandante supremo. Deben de tener malos augures a su vera. Si yo hubiera estado al servicio de Aquiles o de Palamedes, ya lo hubiera hecho. No dudes que lo harán, antes o después.

Las palabras del augur surtían efectos diferentes en los dos Atridas. Menelao, temeroso y asustadizo, hubiera preguntado qué proponía hacer ante tal situación. Agamenón pensaba de otra manera.

—Te pago para que te anticipes. Eres como un explorador al que envío delante para que me informes. Bien, ya lo has hecho y estoy satisfecho contigo.

—El mejor adivino es el capaz de seleccionar la mejor acción venidera. Y lo mejor es que convoques a una reunión al Pelida Aquiles, antes de que él convoque la asamblea de los reyes para pedir tu destitución.

—Ahora me has sorprendido, de veras. No creo que el mirmidón convoque esa asamblea. Perderá otra vez y, si pierde otra vez, corremos el riesgo de que se retire a Ftía y abandone la expedición.

—Eso no lo hará, aunque se lo pida el cuerpo. Si fuese por odio hacia ti, hace tiempo que nos habría abandonado.

—Yo lo veo muy capaz —opinó Menelao.

—No lo hará —replicó Calcante— porque la gloria, la fama inmortal, lo tiene atenazado y solo en el campo de batalla se gana ese preciado laurel.

—Entonces, ¿para qué convocarlo a una entrevista? —preguntó Agamenón—. Eso lo tomará como un síntoma de debilidad. Se dará cuenta y querrá sacar ventajas.

—Tú eres el comandante supremo. No puedes pensar solo en el Pelida. Si Aquiles convoca una asamblea, aunque tú ganes, y yo también creo que ganarás, tendrá un efecto demoledor sobre la unidad del ejército. Ese es el riesgo.

Agamenón al fin se dio cuenta de que el adivino llevaba razón.

—De acuerdo, invito al hijo de Peleo a mi tienda, le ofrezco una opípara cena y el vino reservado para las grandes ocasiones, pero ¿qué le propongo?

—Una alianza. Tú eres el comandante supremo y a él le ofreces algo.

—¿Algo como qué?

—Ifigenia, tu hija.

Agamenón se vio sorprendido. No sabía qué responder. La idea del augur le parecía arriesgada. Aquiles era imprevisible en todo. Solo había una constante en su vida: el incontenible deseo de gloria. Sentía celos y también rabia cuando escuchaba al aedo de Micenas cantar el relato de la caza en el bosque de la diosa Ártemis. Le parecía miserable que un rey fiara su memoria futura a una triste jornada de caza en la que cualquier labriego podía superarle. Eso no era una hazaña, ni una proeza, era una vulgaridad. Si esa jornada venatoria mereciera los acordes de la lira, él, Aquiles, hijo de Peleo y Tetis, se hubiera quedado en Ftía, donde al menos se habría medido con el salvaje jabalí y no con la tímida y apacible cervatilla de los bosques de Áulide. La sencillez blindaba a Aquiles, y al mismo tiempo lo hacía vulnerable, por excesivamente predecible. Siempre persiguiendo lo mismo: una proeza cuya fama llegue a los hombres futuros. Aquiles estaba abocado a la guerra, no a la caza ni al labrado de los campos ni a la procreación de un heredero.

Agamenón dio por concluida la reunión. Quería meditar a solas la sugerencia del augur, calcular cuál podría ser la respuesta del rey de los mirmidones a su ofrecimiento. Le tenía mucho respeto a Calcante. Solía acertar, pero en esta ocasión necesitaba sopesar por sí mismo las posibles consecuencias de su oferta.

El augur no puede sustituir el pensamiento del rey. Agamenón siempre tenía presente esa sencilla verdad que solía repetir su padre Atreo. A medida que calculaba, descubría más objeciones. ¿Qué ocurría si Aquiles se negaba? Agamenón quedaría como perdedor, lo que engrosaría el engreimiento del Pelida. Pero ¿podía Aquiles rehusar y arriesgarse a que fuera otro el beneficiario de la oferta? Tras un tiempo de duda, acabó convencido de que era mejor esperar. Cualquiera de los reyes aqueos habría aceptado como el mayor de los honores la propuesta de desposar a Ifigenia, pero Aquiles, siempre obsesionado con la proeza que le proporcionara fama inmortal, era diferente. El propio Agamenón se sentiría ridículo y degradado como suegro de Aquiles y no era nada previsible que éste se sintiera feliz como yerno de un Atrida.

Calcante escuchó con inquietud la negativa del rey. No solo porque significaba una pérdida de confianza para su arte, sino porque seguía sin resolverse el problema, que no era sino el persistente riesgo de que Aquiles abandonara la empresa con el consiguiente efecto desmoralizador sobre todo el ejército.

—Espero, *Wanax*, que hayas pensado en otro modo de neutralizar al rey de los mirmidones.

—Si tú no hubieras proclamado a los cuatro vientos la necesidad de Aquiles en la empresa, ahora no se haría el imprescindible. Tuya es la culpa de que tengamos que neutralizar al que tú has dado alas.

—Aquiles era y es necesario. Un rey tiene que saber unir lo disperso; si no, no merece ese nombre.

Agamenón miró con ira al augur, pero éste aguantó su mirada. Tras un denso silencio, cuando comprendió que el rey había encajado el golpe, Calcante se dispuso a indagar otras vías de resolver el asunto de cómo neutralizar al rey de los mirmidones.

—Debo insistir en una idea capital. No es la primera vez que la escuchas ni será la última. La unidad de los griegos es necesaria y se construye aquí, en Grecia, no junto a las murallas de Troya. Acepto que el ofrecimiento de Ifigenia como esposa de Aquiles puede ser una mala opción, pero la unidad de los griegos y por tanto la presencia de Aquiles es una condición necesaria para la empresa. Él es el único que no se mueve por el afán del botín y el saqueo del oro de Príamo.

—Pero necesita la guerra como el más insaciable saqueador. Él persigue una gran proeza y solo puede ofrecérsela la guerra de Troya, la ciudad más opulenta y la que amenaza nuestra dignidad.

Los dos hombres, Agamenón y Calcante, el déspota y el augur, celebraron su reconciliación con un buen vino servido por la concubina del rey. La noche había caído hacía ya un buen rato. Cuando al fin despidió al augur, al salir por la puerta de la tienda, tintineó levemente la esquila colgada sobre el mástil. ¡Qué pena, se dijo Agamenón, que no se pueda zarpar por la noche!

Fue un engaño. Aris, que dormía en la trastienda con otros servidores del rey, sintió curiosidad por lo que el rey hablaba con su agorero. Para poder oír mejor, había salido de su guarida y se había apostado junto al mástil, que se hallaba a la entrada de la tienda. Escuchó consternado la conversación. Su sueño se desvanecía entre amargas lágrimas silenciosas, aunque trató de recomponer en su mundo de ilusiones su relación con Ifigenia. En realidad, se dijo, nada cambiaba tras conocer los nuevos planes. Seguiría aspirando a la gran hazaña con la que habría de ganar el título de *Equeta* y así podría ponerse al servicio de la pareja real, Ifigenia de Micenas y Aquiles de Ftía. Enfrascado en estos pensamientos no se percató de que los dos hombres a los que estaba escuchando se despedían y en su huida precipitada del improvisado lugar de espionaje golpeó el mástil haciendo tintinear levemente la esquila del rey.

De nuevo en su cobijo, Aris se preguntó si Ifigenia estaría al corriente de lo que se estaba tramando en Áulide.

En los días sucesivos, Agamenón hizo esfuerzos por aparecer amable ante Aquiles. Por desgracia, la calma de los vientos no ayudaba a reforzar la unidad de los griegos. Sin duda, Calcante tenía razón al considerar la participación del Pelida como la piedra angular de la cohesión del ejército.

—Tal vez no sea este el momento —musitó Agamenón al oído de Aquiles sentado a su diestra en la mesa del banquete–, pero has de saber que tú serás el primero si decides pretender la mano de mi hija Ifigenia.

Aquiles se sorprendió de que el líder supremo de los aqueos estuviera pensando en esponsales. ¿No era una evidencia de que estaba más ocupado en tramas familiares que en la tarea común de arrasar la ciudad de Troya? Miró con sorpresa al rey de Micenas tras oír la intempestiva propuesta y se preguntó qué oscura treta ocultarían esas amables palabras.

—Ifigenia, la nacida fuerte. Has puesto un bello nombre a tu hija.

—Cuando la conozcas, verás que con razón la llaman Ifigenia.

—Ahora es tiempo de guerra; los esponsales deberán esperar –zanjó Aquiles rechazando entrar en confidencias–. No hemos ido a Troya y ya pensamos en regresar.

Agamenón, convencido de que lo propio de un rey estaba por encima de la fuerza del músculo y de la velocidad de los pies, confió en que con tacto y astucia podría mantener a raya los ciegos impulsos de Aquiles.

12

La noticia del ejército griego varado en la bahía de Áulide por falta de vientos favorables alentaba a Clitemestra, que todavía confiaba en que la operación militar contra Troya fracasara. Le daba igual por qué motivos, fuera por los vientos o por el cansancio de los hombres o por el mismísimo hundimiento de la flota. Por otra parte, los casi dos meses de ausencia de los maridos, con apenas un pequeño retén de hombres armados para garantizar la seguridad del palacio, hacía prever que, si la aventura troyana se prolongaba, podía suponer la ruina para los reinos griegos. Los trabajos del campo habían quedado en manos de las mujeres y en los talleres trabajaban ancianos y varones incapaces de ir a la guerra. Los trabajos más propiamente masculinos, sobre todo el transporte, tanto terrestre como marítimo, estaban paralizados, sin previsión de recuperarse.

Los reyes, que en los dos últimos años habían dedicado sus esfuerzos y sus economías a preparar la flota y la maquinaria de guerra, habían dejado las despensas vacías. La siembra de primavera había quedado medio paralizada. Tampoco habría gente para la cosecha. Los reinos de Micenas y Esparta, que por el papel de los Atridas en el conflicto habían volcado todo su poder en fletar la flota más poderosa y en reclutar el más numeroso ejército, habían visto reducida su fuerza de trabajo a las mujeres.

En Micenas había dos personajes que eran especialmente sensibles a esta situación. El primero era Menón, el sacerdote de Zeus. Al no haber hombres en el palacio, ni el rey ni los *equetas*, ni los funcionarios, sino tan solo algunos ancianos y los sirvientes, los ritos de Zeus languidecían. Ya no tenían el brillo ni el vigor de cuando el rey ocupaba su trono en los sacrificios o cuando presidía el banquete festivo. Escaseaban también las víctimas, pues nadie había cuestionado la prioridad de la empresa guerrera. En ausencia de hombres, Menón comprendió amargamente el escaso poder del padre Zeus, parejo con el declive de su propia autoridad, mientras los ritos y ceremonias dedicados a la *Potnia*, la Señora de los vientos, recobraban vigencia y esplendor en el palacio real.

También la reina Clitemestra tuvo que arremangarse ante los primeros síntomas de escasez y los malos tiempos que auguraban. Mientras los hombres siguieran varados en Áulide había esperanzas de salvación, no solo para su hermana Helena, sino para los reinos griegos.

Ante la escasez de recursos, un día la reina llamó a Menón al salón del trono y le ordenó que entregara en la despensa del palacio la mitad del aceite que estaba depositado en los santuarios de Zeus. Lo mismo ordenó a Ifigenia, como gran sacerdotisa de la *Potnia*. Fue una medida prudente de una buena administradora. Había que pensar en estrecheces futuras.

Menón no aceptó de buen grado esta orden. A nadie le gusta que le recorten sus haberes, pues, como sacerdote, podía administrar según su criterio tanto el aceite como otras donaciones que almacenaban los santuarios.

—Son bienes que pertenecen a Zeus, no a mí —dijo Menón tratando de justificar su negativa.

—Espero no tener que exigirte una nueva entrega en el futuro —le contestó la reina que no estaba dispuesta a dejarse amedrentar por un funcionario.

—No puedo hacerlo, señora.

—Pasará un cochero y cargará lo ordenado. Tú te limitas a registrar la cantidad en la tablilla. —Cuando ya el sacerdote se retiraba, puntualizó—: En realidad haces poca falta en Micenas, podrías irte con el ejército. Al no haber hombres, tampoco tienen sentido los cultos a Zeus.

Menón calló. Salió del salón con disimulada inquina, pensando en cómo maquinar la ruina de la reina. Tras meditarlo, desestimó el acusarla de haber dado entrada a Egisto en el palacio. Aunque era la acusación más eficaz ante el rey, resultaba demasiado peligroso. Alguien podría demostrar haber estado a la misma hora en la granja con Egisto y una acusación falsa significaba la muerte segura.

Clitemestra, mientras desarrollaba sus probadas dotes de administradora, algo que había aprendido en el palacio de su padre en Esparta, creyó interpretar el interés del reino de Micenas y, por extensión, de todos los reinos aqueos cuando solicitó a su hija Ifigenia que iniciara una serie de ritos propiciatorios en honor a Ártemis, la Señora de los vientos.

—Y que sea la diosa la que decida qué es lo mejor para nuestros esposos.

En su fuero interno, la mayoría de las mujeres de Micenas deseaban que siguieran encalmados los cálidos vientos del sur y que los guerreros desistieran de su loca empresa contra Troya.

Menón se frotaba las manos. No necesitaba acudir a Egisto. Daría pelos y señales de la temeraria decisión de Clitemestra, y haría que fuera acusada de traición por los reyes. El sacerdote elaboró un informe minucioso e hizo que el correo del rey lo memorizara con todo detalle. El relato comenzaba denunciando cómo habían sido requisados los bienes de los santuarios de Zeus, pero esa denuncia no era más que el preludio para narrar los ritos a los que las mujeres de Micenas se entregaban como ménades pidiendo a la diosa el fracaso de la expedición aquea contra Troya.

Cuando el correo llevó el informe al rey, éste no podía dar crédito a lo que escuchaba. Le ordenó callar y consultó al adivino, no fuera a ser que el secreto de la calma de los vientos en Áulide hubiera que buscarlo en los santuarios micénicos y en las plegarias irresponsables de sus mujeres. Menón había sabido aderezar el informe para sus siniestros fines.

—Guardarás el más escrupuloso sigilo sobre lo que cuentas –ordenó Calcante al correo al salir de la tienda de Agamenón–. Que nadie sepa en el campamento que en Micenas se elevan plegarias por el fracaso de la escuadra.

—¿Crees que la reina ha enloquecido? –preguntó Agamenón.

—No, *Wanax* –respondió el consejero–, la señora tiene sus ideas. Nunca ha estado conforme con la expedición. Ahora que no pesa sobre ella tu salvífica autoridad, se dedica a estos desvaríos más bien propios de mujeres que de enemigos. No debíamos prestarle demasiada atención, aunque no estaría de más que a través del correo le hicieras llegar a tu esposa la prohibición terminante de los ritos que piden a la diosa el fracaso de la flota griega. A las mujeres les cuesta comprender que lo de puertas afuera solo al hombre compete.

Calcante no tuvo que insinuarle al rey el efecto pernicioso que causaría en el ejército si se conocieran estas inquietantes noticias. A los problemas de la flota en Áulide había que añadir ahora la insubordinación de la reina en Micenas. Para mayor irrisión, la *Potnia* recibía el sobrenombre de Señora de los vientos.

—Las diosas aliadas contra el ejército griego —dijo Agamenón en tono recriminatorio—. Y tus dioses, Zeus y Posidón, ¿también ellos se hallan a merced de las diosas?

—Observo el vuelo de las aves todas las mañanas —replicó Calcante sin perder la compostura—. Ese es mi oficio. Si no estuviera atento, no habría contemplado las dos águilas devorando a la tímida liebre preñada. No puedo decir más, no he podido obtener un nuevo mensaje de las aves.

—¡Basta! —prorrumpió Agamenón.— Convocaré a los caudillos.

—No debes afligirte ni preocuparte, *Wanax*. Además de observar el vuelo de las aves, también he indagado entre los ancianos de los poblados vecinos. Cada cinco años, más o menos, se dan circunstancias como las presentes. Según me cuentan, los vientos del norte podrían prolongarse. Los dioses lo quieren así, es su voluntad.

Agamenón, aplacado por Calcante, se olvidó de convocar a los reyes (¿qué podía decirles de nuevo?) y se dispuso a su gira diaria por el campamento.

—Mañana tiene previsto zarpar de nuevo el correo a Micenas —le recordó Calcante. Los vientos del norte persistían en su prolongado viaje hacia el sur—. Será temprano, con las primeras brisas del alba. Creo, *Wanax*, que además de prohibir los ritos de las mujeres, también deberías ordenar a la reina que repusiera los bienes confiscados de los santuarios de Zeus.

—No, eso no —atajó Agamenón—. Conozco a la reina, tendrá sus razones.

Llegaron a la orilla del mar donde estaban fondeadas las naves. Halló al correo reparando unos cordajes y enrollando la vela de la embarcación con ayuda de Aris, el paje, ahora convertido en soldado. Otros miembros de la tripulación reforzaban con gruesos clavos de bronce una cuaderna deteriorada.

Al ver al paje, Agamenón se vio sorprendido por una duda repentina. No podía creer que la reina y la princesa estuvieran conspirando contra la empresa de los reyes griegos, que no era sino la empresa de los Atridas, que Clitemestra hubiera sobrepasado todos los límites y envenenado la mente pura e inocente de Ifigenia. Todo podía ser un siniestro complot de Menón y Calcante, corroídos por la envidia y la ambición, al ver recortados sus privilegios. En vida de Erita, una sencilla sacerdotisa solo preocupada por la supervivencia del culto a la diosa, con la devoción y la piedad como sus únicos argumentos, les había sido muy fácil escalar peldaños en la jerarquía micénica. Fueron tiempos de gloria y esplendor para Menón y Calcante, para el padre Zeus. Ahora con Ifigenia, respaldada por Clitemestra y por todo el palacio como primogénita del rey, parecían torcerse los caminos de poder de los sacerdotes.

Agamenón concibió la idea de enviar al paje junto con el correo para que indagase directamente sin la mediación de Menón y de su red de informadores. No siempre tenía presente Agamenón que Calcante era un sagaz adivino, y no le fue difícil adivinar que la torpe maniobra del rey al enviar a un informador confidencial, ajeno a la red oficial de información controlada por Menón, mal disimulaba una desconfianza. Aunque el rey ya no dependía de sí mismo en sus movimientos, Calcante, para impedir que entre él y su patrón pudiera levantarse una muralla de suspicacia, aprovechó un momento después de la cena en la tienda real para dejar sentados algunos supuestos.

—Quieres a las mujeres en casa —comenzó su discurso Calcante—, encerradas en el gineceo, ¿no es cierto? Siempre hemos dicho, y tú el primero, que lo de puertas afuera compete al hombre y solo al hombre, que no opine la mujer sobre ello y que no moleste a los varones ni se inmiscuya en sus asuntos.

—¿A qué vienen ahora estas altisonantes palabras?

—Vienen a que, si quieres a las mujeres en casa, doblegadas al esposo, también las diosas, Ártemis, Deméter, la *Potnia* o como quiera que se llame, deben estar doblegadas a la voluntad de los dioses. Zeus sea el dios supremo, como el *Wanax*, y sus sacerdotes. Tu hija y su mentora, tu esposa, no ayudan con sus monsergas a la *Potnia*. El rey delante de la reina, el dios delante de la diosa, y el sacerdote delante de la sacerdotisa. No se puede quebrar el orden sagrado, *Wanax*.

Cuando se trataba de discursos altisonantes, como decía Agamenón, Calcante siempre acababa llevándose la razón de su lado.

—Es verdad —asintió el rey—, pero no se puede batallar en tantos frentes a la vez. Dejemos por el momento el asunto de la *Potnia*.

Agamenón continuó con sus planes. Tras despedir a Calcante, ya caída la noche, ordenó llamar a Aris. Se aseguró de que estaban los dos solos.

—Ven aquí, muchacho. Vas a regresar a Micenas con el correo.

El paje se sobresaltó. Temía que el rey fuera a revocar su autorización para continuar en el ejército.

—No te preocupes —dijo Agamenón al ver la zozobra del joven—, irás a Micenas, pero regresarás otra vez con el correo. Vas en misión especial —el rey le puso la mano sobre el hombro para recalcar la importancia de su tarea—. No puedes decir nada a nadie. Solo hablarás con le reina y con la princesa y me informarás solo a mí. ¿Lo comprendes bien?

—Sí, *Wanax*.

—Debes preguntarle a Ifigenia si es verdad que eleva plegarias a la diosa por el fracaso de nuestra flota. Si te dice que es verdad, pregúntale por qué, que te lo explique. ¿Me has entendido bien?

—Sí, *Wanax*.

—Y a la reina pregúntale por qué ha confiscado el aceite de los santuarios de Zeus. Sólo estas dos cosas, a la reina y a la princesa.

Aris se sentía importante por desempeñar una misión confidencial al servicio del rey. Nunca podría haber imaginado un destino más esplendoroso. Pensó en su padre muerto y en lo orgulloso que se hubiera sentido de él. La euforia, una sensación de plenitud, más que la velera nave empujada por el Bóreas parecía transportarlo hacia Micenas. El correo, que había sido puesto al corriente por Calcante, tenía la misión de sonsacarle a Aris todo lo que pudiera. El augur no estaba demasiado preocupado. No había que ser muy perspicaz para saber qué podía estar pasando en un palacio gobernado por una mujer con agallas como era la reina Clitemestra.

El segundo día de viaje Aris se vio sorprendido por un pensamiento confuso que vino a conturbar su eufórico estado de ánimo. Se trataba de las palabras que había escuchado en la tienda del *Wanax* sobre el plan de arreglar la boda de Ifigenia con Aquiles, el rey de los mirmidones. Le asaltó la duda: ¿debía informar a la princesa o debía callar? ¿Qué hacer?

El viaje de regreso a Micenas seguía siendo plácido y rápido, empujados por un leve viento del norte, el mismo que impedía a la tropa griega navegar hacia Troya. La pericia del timonel hacía lo demás. A los tres días de viaje llegaron al puerto de Tirinte.

Una vez en Micenas, Aris se dispuso a cumplir su misión. Pidió primero audiencia a la reina y le expuso con solemnidad el encargo que el rey le había encomendado. Las lecciones de retórica que había recibido de su tío Lambros le sirvieron de mucho. Clitemestra escuchó con optimismo el relato del paje. Lo notaba cambiado, como si en un mes hubiera madurado lo de todo un año. El hecho de que el rey enviara un informador ajeno a la red de Menón era una buena señal.

—Esto responderás al rey —dictó Clitemestra—: Todos los santuarios, tanto los de Zeus como los de la *Potnia*, han entregado a las despensas del palacio la misma cantidad de aceite y otros bienes. El motivo: la escasez.

La reina insistió en que memorizara con exactitud estas palabras y a continuación abandonó el salón del trono. El paje esperó hasta que Ifigenia hizo acto de presencia. Repitió de nuevo su discurso sobre la misión que se le había encomendado y formuló la pregunta en los exactos términos que había utilizado el rey. Al contrario que con la reina, ahora la retórica no le ayudó. Le salían las palabras que había memorizado con esmero, pero la garganta no le acompañaba. La misión del rey se le quedaba empequeñecida y casi anulada ante la presencia de la joven.

La princesa se sintió perpleja. La visible desproporción entre la grave pregunta y el alegre paje que Aris había sido y seguía siendo hizo que apareciera un atisbo de rubor en el rostro esplendente de Ifigenia.

—¿Puedes repetir las palabras de mi padre? —preguntó confusa.

—Claro. El rey dice: Debes preguntarle a Ifigenia si es verdad que eleva plegarias a la diosa por el fracaso de nuestra flota. Si te dice que es verdad, pregúntale por qué, que te lo explique.

Ahora, ya superado el impacto por la presencia de Aris, la princesa comprendió el mensaje.

—¿Quién le ha dicho —afirmó con visible enojo— que rezo a la diosa para que fracase la flota griega?

Aris no supo qué contestar y, encogiéndose de hombros, prefirió seguir en silencio.

—No puede ser más que el osado Menón —se respondió Ifigenia.

La princesa tuvo que hacer esfuerzos por contener las lágrimas. Lo conseguía a medida que crecía su irritación contra el sacerdote de Zeus. Su madre le había advertido contra el sacerdote y el augur, porque sabía de la gran influencia que los dos ejercían sobre el rey.

—¿Tú crees que rezo por el fracaso de Micenas?

—He venido de Áulide con el correo del rey. Me ha dicho que a veces hacemos cosas malas sin darnos cuenta.

—O sea, que yo trabajo por el fracaso de Micenas sin darme cuenta.

—Sí, eso es.

—Explícamelo, que no lo entiendo.

—Dicen que tú rezas a la *Potnia*, la Señora de los vientos.

—¿Eso es atacar a Micenas? No me hagas reír. Siempre las mujeres hemos rezado a la diosa de los vientos. Y ha salvaguardado nuestras cosechas, los cereales y las vides de nuestros campos, de los abochornados vientos del sur.

—Pero es que ahora los vientos del sur son los que nos pueden salvar, los que pueden empujar las veleras naves aqueas hacia el norte, donde se encuentra Troya.

—La *Potnia* es nuestra protectora. Siempre la hemos venerado en Micenas. Ahora no hacemos otra cosa.

—Eso supone el fracaso de la flota griega, permanecer encarcelados en Áulide. Eso no es salvación, es nuestra condena, nuestro fracaso.

—Nuestra salvación consiste en arrasar la ciudad de Troya —afirmó con ironía Ifigenia.

—Sí, hasta que los bárbaros paguen por su injusticia.

—Nadie está atacando a Micenas, ni a Esparta, ni a Pilo. Somos nosotros los que vamos contra Troya.

—Han ultrajado a Menelao, tu tío, el rey de Esparta.

—Pues que exijan reparación, eso me parece bien.

—Lo han intentado en dos ocasiones. Ulises y el propio Menelao han fracasado.

—Helena no desea regresar. Lo sé de muy buena tinta.

Ifigenia se dio cuenta de que no debía haber dicho esas palabras. Podía ser declarada traidora. La acusación oficial, propiciada por su propio padre, era que los pérfidos troyanos habían secuestrado por la violencia a la esposa del rey de Esparta.

—Espero que me guardes el secreto, porque es un secreto de nuestra familia. Mi tía se fue libremente, vive en paz en Troya con Paris y sus dos hijos.

Por primera vez Aris comenzaba a ver las cosas de otra manera.

—¿Crees que la diosa está en contra de la expedición contra Troya?

—Claro que lo está. ¿Cómo no iba a estarlo? Pero mi padre se ha empeñado. Dice que así lo han querido los dioses, los dioses de Menón y Calcante. Nuestra *Potnia* protege nuestros campos, como siempre lo ha hecho, pero no alienta una guerra, en la que mi padre ve la salvación de los griegos. Ha de conseguir lo contrario —musitaba Ifigenia para sí—. La llanura troyana se sembrará de cadáveres, la sangre de los guerreros se derramará en tierra extraña, el odio crecerá como una gigantesca montaña. Mientras nuestra tierra conocerá la escasez y la pobreza, nuestros campos serán abandonados y la riqueza, en lugar de al trabajo honrado, se fiará al botín y al despojo de los enemigos, al saqueo y la depredación.

—El fracaso de la flota equivale a la salvación de Micenas.

—Y de Esparta, de Pilo, de Ítaca, de todos los reinos griegos.

—Pero, dime, ¿qué contesto a tu padre?

—Le dirás: Ifigenia hace lo que siempre ha hecho, elevar plegarias a la *Potnia* por la salvación de Micenas. —Y añadió en tono confidencial—: Dile que espero verle pronto.

Aris repitió en voz alta el mensaje y recibió la aprobación de la princesa. A partir de ese momento fue perdiendo interés en la discusión. Sus ojos, que se ofrecían como ventanas para penetrar en su interior, se iban remansando en cada gesto, en cada palabra, en cada mirada de Ifigenia. Ella seguía en su entusiasmo hablando de la *Potnia*, hasta que percibió el ánimo extasiado de su interlocutor. Sintió una ligera zozobra y se apoderó de ella la misma quietud. Los dos olvidaron por un momento la misión ordenada por el rey y, aunque lo desearon, no pudieron ir más allá de las miradas. El paje imaginaba que estaba separado de Ifigenia por una muralla invisible. Había soñado en una gran proeza guerrera que tendiera un puente de plata hasta la cumbre donde ella vivía, pero ahora ese sueño se estaba esfumando. La guerra ya no le parecía la panacea de sus males. Ifigenia, agobiada por los graves pesares de una familia desmembrada, entre su madre y la ausente Helena de un lado y los belicosos Atridas del otro, hallaba desahogo y consuelo en el culto entusiasta a la *Potnia*.

Presos los dos de sus miradas silenciosas, terminado el tedioso diálogo sobre la misión que el rey le había encomendado, Aris entendió que su tarea había concluido. Al punto de abandonar la presencia de Ifigenia, le sorprendió de nuevo la duda de si debía informarle de los planes que Agamenón estaba tramando para casarla con Aquiles. No supo o no se sintió con fuerzas de tomar ese incierto derrotero. Tal vez, antes de regresar a Áulide encontrara una oportunidad para hablar.

—No te vayas todavía —dijo Ifigenia cuando Aris se disponía a despedirse—. Esta tarde subirás conmigo a la colina de los álamos negros. Allí podrás comprobar la plegaria a la diosa.

—No sé si debo. Estoy aquí para cumplir una misión de parte del rey.

—La has cumplido a la perfección. Regresarás a Áulide con el correo, pero hasta entonces volverás a ser el paje del palacio de Micenas. ¿No te apetece? —le preguntó Ifigenia mirándole a los ojos.

—Más que nada, princesa, pero ahora soy soldado de Agamenón.

—¿Acaso lo lamentas? ¿Recuerdas con qué insistencia me pedías que le rogara a mi padre para que te admitiera como soldado?

Aris no quiso responder. Tendría que haber matizado mucho su respuesta.

Tras la comida del mediodía, Ifigenia, acompañada por dos jóvenes sirvientas, tomó el camino hacia la colina de los álamos negros. Las dos sirvientas quedaron a la espera a la entrada de la gruta mientras Ifigenia penetró en el interior. Invitó a Aris a pasar con ella.

—No habías estado nunca aquí adentro, ¿verdad? Ya ves lo que hay.

Ifigenia quedó sorprendida al ver que la antigua imagen, desaparecida hacía un tiempo, se encontraba de nuevo en su lugar en perfecto estado.

—Menón, el sacerdote de Zeus, se queja porque mi madre, como administradora del palacio, ha requisado una parte de los bienes de los santuarios.

—Sí, lo he oído.

—Pues mira aquí —Ifigenia mostró varias lámparas de aceite apagadas—. Solo luce una, como puedes ver. Es lo mínimo que podemos dedicarle a la diosa. Ella lo entiende. Antes había cinco lámparas permanentes encendidas. Mi madre anuncia que vendrán tiempos de escasez y que hay que ahorrar.

Cuando parecía que la visita al santuario iba a terminar, Ifigenia le pidió a Aris que se sentara. Junto al altar, a ambos lados, había una pequeña superficie plana a modo de banco excavada en la pared de la cueva. Ifigenia, ante la tenue luz de la lámpara de aceite, mirándole a Aris fijamente a los ojos, le rogó:

—Júrame que estarás siempre al lado de mi padre. Júralo – repitió.

Aris juró sin comprender la razón de aquel juramento. Más bien era él el que iba a necesitar la protección de Agamenón.

—Se hace mayor y no se da cuenta. Todas las agudas miradas troyanas, de arqueros y alanceadores, caerán sobre él. Te pido que estés a su lado. Tú llevarás contigo la bendición de la diosa.

—¿Por qué no la lleva tu padre? La bendición quiero decir.

—Porque la diosa no bendice nunca una acción guerrera, antes al contrario, la detesta. Tú eres y serás siempre un paje, no un guerrero, por eso tú sí llevarás su bendición.

—Yo deseo ante todo la tuya —dijo Aris cerrando los ojos como si quisiera borrar las eventuales consecuencias de su desatada audacia.

Una de esas secuelas fue el rubor escarlata de Ifigenia. La tenue luz de la lámpara no permitía contemplar el rostro luminoso de la princesa, pero ella sentía que un ardor purificador la invadía, que su cuerpo entero quedaba bañado en sudor, mientras un llanto involuntario caía de sus párpados. Sintió su vello erizado y sus pechos turgentes mientras apretaba con fuerza la mano de Aris. Por una vez, Ifigenia consintió que su corazón ardiera en deseo por el joven paje.

—Te querré siempre —logró musitar Aris al oído de la amada.

Cuando salieron de la gruta estaba ya a punto de anochecer, lo que ayudó a Ifigenia a disimular las huellas de Eros sobre su rostro. Al llegar al palacio, Ifigenia se dispuso a dar a su madre la grata noticia de que la antigua imagen de la diosa había sido devuelta al santuario.

—Sí, ya lo sé. Fue solo una pequeña treta para que los agentes de seguridad vigilaran los santuarios de la *Potnia*. Los tenían un poco descuidados.

El encuentro en la gruta con Ifigenia se convirtió en el más jugoso alimento de la felicidad de Aris, pero éste dudaba de si la guerra de Troya habría de significar la salvación de Grecia, como predicaba Agamenón, o más bien su completo hundimiento, como él mismo se inclinaba a pensar. Para él la suerte había sido echada. Ya no cabía dar marcha atrás.

13

Nunca Agamenón había esperado con tanta inquietud el regreso del correo. La comitiva arribó por fin al campamento poco antes de anochecer. Los dormidos vientos del sur, que mortificaban al ejército griego en Áulide, también obligaban a recurrir al caballo para el viaje desde Micenas.

Nada más llegar y, para su sorpresa, Aris fue conducido a presencia del rey. En ese momento se dio cuenta de que la misión que se le había encomendado debía de ser muy importante, pero no acertaba a saber por qué.

—Cuenta, muchacho —le preguntó Agamenón tras invitarlo a tomar asiento.

—Como me ordenó el *Wanax*, he hablado con la reina y con la princesa.

—Habla.

El paje se revolvió en el taburete donde estaba sentado, irguió el torso como disponiéndose a recitar un poema y, con las manos firmemente asidas a sus rodillas, dijo:

—Esto responderás al rey de parte de la reina Clitemestra: *Todos los santuarios, tanto los de Zeus como los de la Potnia, han entregado a las despensas del palacio la misma cantidad de aceite y otros bienes. El motivo: la escasez.*

Agamenón no dio muestra alguna de sorpresa. La respuesta se aproximaba mucho a la que él había conjeturado. Tampoco era nada nuevo el disenso entre Clitemestra y Menón.

—¿Y qué ha dicho la princesa? —preguntó impaciente.

El paje, en el mismo tono solemne de un cantor, respondió:

—Esto responderás al rey de parte de la princesa primogénita: *Ifigenia hace lo que siempre ha hecho, elevar plegarias a la Potnia por la salvación de Micenas.*

—¿Eso es todo? —preguntó el rey en un tono que no ocultaba su prominente ira.

—Me ha ordenado añadir: *Dile que espero verle pronto.*

Nada podía reprocharle al paje, y menos tras este último mensaje que le trajo a la memoria su olvidada condición de padre y que le ablandó el corazón al escuchar a la hija y no ya solo a la princesa ni a la sacerdotisa.

Aris había desempeñado su misión con acierto. Agamenón quiso recompensarlo, aunque, si bien se miraba, los mensajes no lograban despejar ninguna de las incógnitas que carcomían sus entrañas.

—¿Qué hay de nuevo por Micenas? ¿Has visto algo que haya llamado tu atención? ¿A quién rezan las mujeres?

—He visto lo de siempre: rezan, ahora en primavera, para que haya buenas cosechas. Tienen los gallos preparados en las granjas, por si son necesarios.

—¿De qué estás hablando, muchacho?

—De los gallos. En mi casa siempre teníamos un gallo preparado, el gallo para la Señora de los vientos.

—¡Ah! Es eso. Sí, todo el mundo tiene un gallo, pero eso es una broma.

—Me ha parecido que no se lo toman a broma.

—¿Quién?

—Las mujeres —contestó el paje—. Como apenas hay hombres en Micenas, la reina se reúne con las mujeres.

—¿Dónde se reúnen?

—En el palacio. La *Potnia* les ha dicho que, al primer atisbo de vientos ábregos, deben sacrificar los gallos. También les ha recordado cómo deben hacer la ceremonia.

—Va a convertir a Micenas en una turba de hechiceras.

—La reina dice que esos vientos ábregos, que proceden del sur, secan los brotes de las viñas. Ha ordenado que, cuando comiencen a soplar esos vientos, dos mujeres corten en dos el gallo de alas blancas, corran alrededor de la viña en direcciones opuestas y, allí donde se junten de nuevo, entierren el gallo. Lo mismo tienen que hacer en los campos de trigo y de cebada. Ese es un rito a la Señora de los vientos para que proteja los campos de Micenas. He esuchado la oración de Ifigenia que, como sacerdotisa de la *Potnia*, eleva todos los días a la diosa en el santuario del palacio:

¡Que jamás sople viento dañino con perjuicio para los árboles! ¡Que los bochornos que marchitan los brotes de las plantas jamás atraviesen las froteras de esta región ni en ella se deslice la funesta plaga que arruina los frutos! ¡Que haga la diosa que se críen las ovejas sanas, con partos dobles en el tiempo fijado! ¡Y que la raza nacida de una tierra rica en tesoros estime siempre el regalo que le hace nuestra Potnia, la diosa Ártemis!

—Ya veo, así conjura el viento sur, el que debe llevar a Troya al ejército griego —rugió Agamenón—. ¿Cómo no me he percatado antes? Esa harpía de Clitemestra.

El paje se sintió sobrecogido por el inesperado bramido del rey. Quiso responder, pero se quedó sin palabras, perplejo de que tal vez el rey tuviera razón. Pero también la reina la tenía, pensaba para sus adentros, al buscar proteger los campos de Micenas. El mismo viento, bueno para unos, malo para otros. Como la misma guerra de Troya, mala para las mujeres de Micenas, esclavas de sus maridos, y buena para los guerreros griegos, que buscaban el botín y la gloria a cambio de charcos de sangre.

El paje al fin se armó de valor y creyó que sus palabras podrían hacer cambiar la opinión del rey.

—Lo que dice la princesa es la pura verdad: ella reza por la salvación de Micenas.

—¿Acaso ve algún peligro inminente?

—Las mujeres se encuentran solas. Todos los trabajos recaen sobre sus espaldas.

—Son maquinaciones de la reina contra la empresa de todos los griegos. Hará lo imposible por hacernos fracasar.

—No lo creo. Son las mujeres, *Wanax*, todas las mujeres; están aterradas con la guerra. Temen perder a sus padres, hijos y esposos. Rezan, sí, pero rezan por nuestra salvación, no por el fracaso de la escuadra, como dice Menón.

Agamenón, al ver el brío con que el paje defendía las ideas de Ifigenia y Clitemestra, tomó la determinación de enviarlo de regreso a Micenas.

—Te has convertido en un defensor de los desvaríos de la reina. Si tuvieras dos dedos de frente, te haría degollar aquí mismo, por traidor.

Aris, consternado, enmudeció. No lograba comprender la maldad de sus obras ni de sus pensamientos. Había obedecido con exactitud. Creía que el rey le felicitaría y se había hecho la ilusión de que estaba contribuyendo a reforzar la armonía entre los miembros de la familia real. Pero había salido todo al revés.

—No quiero verte en el ejército —sentenció Agamenón—. Vete a convivir con la raza femenil; aquí no hay lugar para ti. —Hablando para sí mismo espetó como queriendo echar en cara a su hija su mediación—: Me equivoqué al prestar oídos a la petición de Ifigenia. ¡Fuera!

Como si una lanza se hundiera en sus entrañas, Aris huyó de la presencia furiosa del rey. Corrió sin saber a dónde buscando disimular su vergüenza. Había sido expulsado del ejército por el rey en persona. Agradecía a su padre muerto y a su amistad con Agamenón el seguir vivo. Cobijado en su guarida de la trastienda, su mente corrió de nuevo a Micenas. Se le ensanchó el corazón recordando a su amada Ifigenia en la gruta de los álamos negros.

El informe posterior del correo oficial confirmó al rey los peores presagios. Su esposa y su hija estaban alentando en Micenas el fracaso de la escuadra. Lo que el paje contaba visto con los ojos de Clitemestra e Ifigenia, el correo lo contaba visto con los ojos del sacerdote de Zeus. Lo lamentable es que los dos contaban lo mismo: cómo las mujeres estaban movilizadas con sus gallos de alas blancas para conjurar los vientos del sur por los que estaban suspirando los soldados aprisionados en la bahía de Áulide.

Tras el relato del correo, después de la ira, un manto de pesimismo cayó sobre el rey. Se veía llover flechas de fuego salidas de la boca de sus enemigos. Las peores, las que propalaban que los Atridas eran incapaces de dominar a su propia familia. Como Menelao, que deja a su esposa en manos de un atractivo joven troyano mientras él se dedica a sus trapicheos en Creta. Ahora

Agamenón se sentía equiparado a su hermano, al que él no había dudado en proclamar débil e indolente por su incapacidad para reducir a su caprichosa esposa. Ahora podrían decir lo mismo de él: que su familia se le escurría entre las manos, que se rebelaba contra sus órdenes. Una esposa transida de rencor y una hija que utiliza su sacerdocio para lograr el fracaso de la empresa paterna. Esas cosas y otras similares dirían sus adversarios y no les faltaría razón. La guerra, aun antes de iniciarse, comenzaba a causar sus efectos letales.

—Las mujeres han sabido ganarse a ese muchacho. Has hecho bien en despedirlo —confirmó Calcante.

—Eso son minucias. Vamos al grano —replicó Agamenón malhumorado.

El adivino se frotaba las manos al comprobar que el rey todavía no era consciente de la importancia de los servicios de información. Expulsado el paje, toda la información de lo que ocurría en Micenas pasaría por las manos de Menón. Una sola voz, una sola verdad, para que existiera una sola fe, la fe en el padre Zeus, y un solo señor, Agamenón, el caudillo de los griegos. Calcante comenzaba a soñar en que al fin podría cerrar el círculo.

—¿Cómo pretendes sacarme de este atolladero?

Ese era el grano para Agamenón. La respuesta para Calcante era obvia, tan obvia que no podía esgrimirla ante el caudillo de los griegos sin arriesgarse a uno de sus habituales exabruptos. Con el paso de los días en el atolladero de Áulide, el riesgo iba creciendo hasta el horizonte más temible, el despido. Calcante se sentía vulnerable. Sobre él en primer lugar caía toda la presión del líder.

—Tenemos pendiente un gran sacrificio, *Wanax* —respondió evitando aludir de nuevo a la voluntad de los dioses—. Nuestra promesa a los labriegos de Áulide.

—Ya se han tranquilizado. —Agamenón, poco acostumbrado a la espera silenciosa, calló ante la falta de ideas—. Más sacrificios, más plegarias: al fin nuestros guerreros acabarán aborreciendo a los dioses.

—Compaginamos los juegos con las fiestas. Eso sirve para matar el tiempo, pero los sacrificios a los dioses son la única vía de salvación.

163

Agamenón comenzaba a perder la paciencia con el adivino.

—Siempre recurres a los dioses, pero tu trabajo consiste en ganarte su favor: sacrifica, reza, implora, pero haz que nos envíen vientos favorables.

—Los sacerdotes hacen todo lo que está en su mano. Quizás el *Wanax* tenga que mirar hacia sí mismo.

—¿Qué dices? ¿Qué es lo que tengo que mirar yo?

—Las mujeres de Micenas sacrifican, rezan e imploran para que no se levanten los vientos del sur. Creen que así sus hombres desistirán de su empresa y se salvarán. Tal vez los dioses estén también divididos, como lo está el reino de Micenas. No descarto una guerra entre los dioses y las diosas, una violenta teomaquia. Tu familia, *Wanax*: es tu propia familia la que alienta la división. El padre por un lado y por otro la madre, tirando en direcciones opuestas.

Agamenón golpeó con violencia su cetro contra el suelo, hasta ensañarse. Se levantó furioso, tomó un taburete que estaba a su alcance y lo estrelló contra la mesa, haciendo trizas las bandejas de alimentos que las sirvientas tenían preparados para el almuerzo. La ira de Agamenón, brutal y salvaje, era la expresión más convincente de su impotencia. Calcante tenía buen cuidado de que ninguno de los caudillos contemplara ese escena deplorable, la del jefe que pierde los estribos. Por eso vigiló para evitar que alguien por los alrededores de la tienda lo sorprendiera en su estado de excitación. De pie ante la puerta, el adivino esperó a que cesara la furia del *Wanax* mientras se envanecía pensando en lo fácil que le resultaba dominar al gran señor de los griegos. ¡Ay!, se decía, si fuera tan fácil domeñar los vientos.

Por fortuna para Agamenón nadie lo sorprendió en aquel estado de vesánica furia. Nadie salvo Aris que, acurrucado como un perrillo asustado en la trastienda, pudo escuchar la escena completa. Temió por sí mismo, si era sorprendido, pero temió sobre todo por Ifigenia a la que el astuto Calcante convertía en principal causante de la calma de los vientos.

Pasados unos días, el correo oficial tomó de nuevo rumbo a Micenas. Lo hizo en una pequeña embarcación aprovechando que soplaba el Bóreas. En la nave viajaba Aris expulsado del ejército.

Un regreso lamentable y lo más contrario a lo que él había esperado y forjado en su imaginación. ¡Cuántas veces no se había visto cruzando triunfal la puerta de los leones y siendo aclamado como héroe, antesala de su nombramiento como seguidor del rey y de su boda con Ifigenia! Su versátil y aguda mente se apresuró a fingir otro escenario, no menos heroico. Intuyó que, si los vientos del sur continuaban en calma, el ladino Calcante lograría que la vesania de Agamenón descargara contra las mujeres de Micenas. Sin duda, Ifigenia correría peligro y allí estaría él para defenderla. Este escenario era mil veces más atrayente que el que antes había imaginado luchando en la llanura de Troya.

Al llegar la nave a Micenas, Aris fue entregado por el correo al sacerdote, con el mandato de que fuera incluido en el grupo de los esclavos. Solo el ser hijo de un heroico guerrero, fallecido en combate, le había salvado de la broncínea espada de Agamenón.

En el campamento de Áulide, Calcante estaba a la espera de que el correo trajera los últimos informes de Micenas. Entre tanto, los caudillos seguían esperando alguna señal de los dioses. El Atrida pasaba sus insomnios soñando que la esquila de su tienda sonaba con estrépito agitada por los vientos del sur. La esperanza y los sueños eran los únicos consuelos para el agobio de los caudillos aqueos. La confianza en los dioses declinaba al compás del paso de los buenos días para la navegación y para plantar ante las puertas de Troya el ejército justiciero de los griegos. También Calcante y los sacerdotes estaban preocupados.

Mientras se esperaba el regreso del correo de Micenas, Ulises convocó a los principales caudillos en su tienda. Tenía preparados los mejores manjares acompañados con vino de la vecina isla de Eubea. Un sirviente extraía el vino de una gran tinaja y lo vertía en una crátera sobre la mesa donde se hacía la mezcla.

La convocatoria de Ulises no tenía ninguna finalidad especial, salvo mostrar la generosidad con una suculenta mesa, presumir de buen vino y fomentar la camaradería. El anfitrión quiso elevar el ánimo de sus colegas con una mezcla potente, más vino que agua.

La intención de Ulises se frustró y se convirtió en su contrario. No era frecuente que eso le ocurriera al mañero rey de

Ítaca, pero en esta ocasión hubo una circunstancia que escapó de sus manos y de sus oídos. Era un rumor que creció a la velocidad del relámpago, porque todos creían ver en él la causa de la calma de los vientos.

—Hay algo de lo que se habla en el campamento —dijo Ulises al final del banquete—. Agamenón debe oírlo.

Se hizo un espeso silencio.

—Ya sabemos que Menelao —comenzó Aquiles su discurso— no es capaz de gobernar su propia casa. Si lo fuera, no estaríamos ahora reunidos aquí ni tendríamos que imaginar la mirada de Paris burlándose de nosotros mientras disfruta de la más bella de las mujeres griegas. Esto ya lo sabíamos.

—Ya basta de humillar a mi hermano —bramó Agamenón herido por las palabras de Aquiles—. Somos Atridas, no lo olvidéis.

Agamenón no podía sospechar lo que le esperaba. La previsión no se contaba entre sus virtudes, tal vez porque se consideraba una tarea del adivino.

—Helena es caprichosa —atajó Aquiles golpeando su puño contra la mesa—, pero Clitemestra es peor. Que informe Calcante, él sabe mejor que nadie lo que está ocurriendo en Micenas. Las mujeres de Micenas, la reina Clitemestra y la princesa Ifigenia, son las responsables de la calma de los vientos.

Calcante, atenazado entre los dos caudillos, Aquiles y Agamenón, reaccionó con prontitud y dijo:

—El rey, nuestro señor Agamenón, sabe mejor que todos vosotros lo que está ocurriendo en Micenas. Mucho mejor que el sabio y valiente caudillo de los mirmidones. Ojalá que vosotros, bravos y nobles capitanes, conocierais lo que ocurre en vuestros reinos como mi señor Agamenón conoce lo que ocurre en el suyo.

Levantó los afilados ojos el augur y desparramó sobre los presentes una mirada retadora.

—Hay un correo que llega puntualmente de Micenas. Sabemos lo que ocurre en Micenas y mi rey lo sabe mejor que nadie. Os pregunto de nuevo: ¿Acaso vosotros sabéis qué ocurre en vuestros reinos? ¿Qué hace Penélope en Ítaca, noble anfitrión? ¿Y la reina de Pilo, respetable Néstor? Y las mujeres de los mirmidones, ¿acaso no rezan a sus diosas? ¿No les suplican que salven a sus esposos y a sus hijos y que regresen sanos y salvos a sus hogares? Ya sabemos que la chusma ignorante, los que están ahí fuera, la carne de jabalina, se solivianta con inciertos y vaporosos rumores, pero vosotros no sois chusma, vosotros sois los caudillos. –Tomó aliento el augur y bramó–: vosotros sois la aristocracia. No podéis pensar igual que ellos, ni podéis pensar igual que vuestras mujeres, vuestras madres o vuestras esposas. El padre Zeus, el dios que nos protege, no se complace con los débiles y los tibios, tampoco con los que doblan la espalda en el campo o los que empuñan los remos en el mar. Se complace con los que son capaces de blandir el hacha de guerra, empuñar la espada, arrojar la jabalina, con los que son capaces de plantar cara al enemigo, despojarlo de la vida, de su armadura, de sus bienes, de sus mujeres y de sus hijos. Que otros recolecten el grano, que atiendan a la vendimia, que talen los bosques. Los varones debemos estar preparados para la guerra o dispuestos a la sumisión. Nos identificamos con el león de Micenas, el toro bravo, el lobo o las águilas depredadoras. Por eso estamos aquí. Porque no inclinamos la frente a los caprichos del troyano.

En este momento, por el silencio contenido y por el gesto grave de los presentes, Calcante sabía que había logrado refrenar la ira de los caudillos contra su jefe. Quedaba para más adelante contener a la chusma, al ejército sediento de botín.

–Por qué entonces –prosiguió el augur– el padre Zeus no nos envía los vientos, es lo que os preguntaréis la mayoría de vosotros. Y tengo una respuesta. Sí, tengo una respuesta. –Volvió Calcante a saborear el silencio–. La respuesta de los augures, los sacerdotes y los poetas inspirados: los dioses lo saben todo, nosotros sólo oímos la fama, efímeros rumores, y no sabemos nada. El carro de Helios se toma su tiempo mientras los mortales nos impacientamos esperando los rosados dedos de la aurora.

"Zeus, nuestro protector, enviará los vientos del sur en el momento oportuno. A nosotros nos cabe tener las veleras naves dispuestas para cuando suene la esquila sobre el mástil en la tienda del rey.

"Por todo lo dicho, os invito a no dar pábulo a los chismes que la chusma difunde por el campamento, que propalan graves difamaciones contra nuestro rey y líder. Quien se haga eco de ellas, deberá atenerse a las consecuencias".

Calcante quedó satisfecho. Los caudillos habían sucumbido a sus palabras. Agamenón podía estarle agradecido. Eso creyó el augur, porque en realidad Agamenón, aunque calmado y tranquilo, comenzaba a sospechar de Calcante. Solo su hermano Menelao y Ulises estaban al corriente de los informes que llegaban de Micenas, y también Calcante y el correo. ¿Quién había hecho correr el rumor por el campamento?

Agamenón no tenía dudas de su hermano. Convocó por separado a Ulises y a Calcante y no obtuvo nada en claro. A saber cuál de los dos hombres era más artero e insidioso. Podían incluso haberse confabulado. Finalmente, concluyó que solo podía ser el augur, pues Ulises nunca le había disputado el mando supremo.

Agamenón se reunió a solas con Calcante. Comenzó diciéndole que quería darle las gracias por la defensa tan convincente que le había dedicado en la reunión con los caudillos. El augur se sintió halagado.

—Claro que no me tendrías que defender con tanto ardor si previamente no hubieras propalado los informes confidenciales que llegan de Micenas. Porque has tenido que ser tú, adivino de males, el que ha divulgado esas historias por el campamento.

El rostro de Calcante se demudó. Tras un primer instante de vacilación, decidió que la mejor defensa era un buen ataque.

—En la pasada reunión, Aquiles te atacó personalmente y yo te defendí. ¿Hice mal con ello? Yo no he divulgado esos rumores. Esperaba agradecimiento, la verdad, y no esas infundadas sospechas. Pero es que hay más rumores. Tú serás el último en enterarte, porque estás rodeado de aduladores, pero mi gente lo ve todo y lo oye todo.

—¿Por qué no me has informado antes?

—No he tenido oportunidad. Acabo de recopilar la información.

—Habla, qué rumores son esos.

—Se dice que quieres pactar con Príamo. Muchos temen que, cuando lleguéis a Troya, Príamo os devuelva a Helena y que todo el mundo regrese a su casa. Hay quien dice que piensas entregar a

Ifigenia en matrimonio a algún hijo de Príamo y establecer una alianza con Troya. Los únicos que ganáis sois los Atridas. Tú te alías con Troya y Menelao recobra a su esposa y sus riquezas. ¿Y los demás qué ganan? Eso es lo que se pregunta el ejército. Quieren el botín, ¿no lo ves? Eso los de abajo, los que piensan un poco quieren el control del estrecho y quieren al bárbaro destruido, arrasar la ciudad de Príamo. Príamo es el enemigo a las puertas de casa.

—¿Quién alimenta esas mentiras?

—Recuerda. Al principio hablaban de la cervatilla que cazaste en el bosque de Ártemis. Luego murmuran de las mujeres de Micenas. Ahora lanzan la idea de la alianza con Príamo. Y aun hay quien dice que deseas casar a Ifigenia con Aquiles y establecer una alianza que os permita a los dos controlar y dominar los reinos griegos. Todos los rumores apuntan a lo mismo: que en esta empresa tienes interés personal. Por eso dudan de ti y, si dudan, antes o después te traicionarán.

—¿De qué cabeza ha podido salir tanta insensatez? —se quejaba Agamenón.

—Somos más de diez mil hombres ociosos encerrados en esta bahía. El rumor tiene el rostro de Proteo, es inasible, es esquivo, y ataca de mil maneras distintas. Solo con la actividad se disipa.

Todos estos rumores y otros mil podían haberse escuchado en los ratos de ocio o vino de la tropa en holganza. Calcante los utilizaba arteramente para tener al rey en sus manos.

Los informes que seguían llegando de Micenas no añadían ningún dato nuevo. Las mujeres seguían en sus trece, con sus plegarias a la Señora de los vientos y con los gallos de alas blancas preparados.

14

Los vigilantes que montaban guardia junto a la tienda de Agamenón tenían orden de despertar al rey tan pronto como aflorasen las primeras brisas del sur. El que más y el que menos comenzaba su turno soñando con ser el afortunado que diera la buena nueva al rey. Pero después de tantas guardias con los vientos en calma, ya todo el mundo se había olvidado de ese sueño.

Mientras los vigilantes y Agamenón estaban atentos a la esquila colgada en el mástil, Calcante contaba los días que faltaban para llegar a la mitad del séptimo mes. Esa era la fecha que los agoreros de las poblaciones cercanas le habían sugerido como fecha tope para que llegaran los vientos. También le habían informado de que incluso podían llegar en la forma de un furioso vendaval.

Los sacerdotes de Eubea le habían puesto sobre otra pista diferente, pero concordante. No hablaban de los días del mes, sino del canto del cuco. Esta pequeña avecilla, que con su canto anuncia la primavera, va disminuyendo su trino a medida que llega el verano y cesa por completo en torno a la primera quincena de séptimo mes. Calcante deducía que la reclusión del ejército en Áulide duraría a lo sumo un mes más. Ese tiempo debía girar en torno al gran sacrificio a Ártemis que el rey había prometido a los labriegos de las poblaciones próximas al santuario de la diosa en Áulide, no lejos del campamento.

Iba a ser un mes largo si los vientos no se adelantaban a las cuentas de los agoreros locales. En verano, era cosa sabida, resultaba difícil navegar hacia el Helesponto porque predominaban los vientos del norte, pero siempre había períodos de tres o cuatro días en que se imponían los vientos del sur.

Con estos cálculos, Calcante se dispuso a presentar su plan a Agamenón.

—*Wanax*, el día se acerca —comenzó diciendo tras haber sido invitado a pasar al interior de la tienda—. Las naves deben estar preparadas.

—Ya nadie se fía de ti y a mí me tildan de papanatas. Un caudillo no puede estar a merced de un miracielos, dicen los reyes. – Hizo una pausa y en tono desafiante prosiguió–: Ulises me ha ofrecido su adivino. Dice que es mejor que tú.

—¿Y para cuándo anuncia los vientos ese agorero?

—Para cuando se cumpla la voluntad de los dioses.

—Pues sí que se ganan fácil el sueldo los adivinos de Ítaca.

—Basta, osado. El de Ítaca trabaja gratis y tú a mí me cuestas un dineral. Tu tienda es más lujosa que la mía.

—Solo yo soy capaz de domesticar a esos salvajes. ¿Lo has olvidado? Están pidiendo tu cabeza. Serías el hazmerreír del campamento si no me tuvieras a tu lado. Tu mujer y tu hija serán tu perdición, como Helena lo ha sido de Menelao. —Agamenón, cabizbajo, dejaba hablar al adivino— ¿Ya has olvidado el consejo pasado? ¿Qué crees que perseguía Aquiles con sus ataques? El mando supremo, esa es la disputa, *Wanax*. Yo me cuelo por los albañales del campamento y veo y escucho las ambiciones de los caudillos, incluidas las tuyas. ¿O no has dicho una y otra vez: "Yo seré el caudillo de los griegos, o no habrá expedición contra Troya"? Y lo recalcabas diciendo: "Eso está por encima de todo, ¿lo oyes bien? De todo".

—Esa es la única verdad.

—Eres el más grande, *Wanax*, de los caudillos griegos y también el mejor aconsejado. Vamos a comenzar a preparar el gran sacrificio. Hay que poner a trabajar a la tropa. Ahí arriba —decía mientras señalaba la cima de la colina más próxima— construiremos un gran altar. Aterrazaremos la falda de la colina, para que se instale alrededor del altar todo el ejército. Que comiencen ya los trabajos. Yo, entre tanto, consultaré los oráculos para saber qué demanda de nosotros la diosa, si son plegarias, si es una hecatombe o alguna otra acción expiatoria.

—No será fácil que los caudillos acepten este proyecto. Querrán garantías. Ya te he dicho que no se fían de ti.

—Lo aceptarán. No tienen otra alternativa. Recuerda el pasado consejo en la tienda de Ulises: los caudillos venían a comerte y yo los apacigüé como si fueran dóciles corderos. —Ya convencido Agamenón, Calcante concluyó—: Antes de terminar el mes, estará preparado el gran altar.

—Habrá que preparar las víctimas —asintió Agamenón.

—No. Todavía no conocemos qué clase de sacrificio reclama la diosa.

Pese a la reticencia de algunos contingentes, comenzando por los mirmidones, que se declaraban guerreros, no peones de la gleba, el ejército comenzó a desarrollar el plan de Agamenón. La magnitud de la obra hacía vislumbrar un gran acontecimiento. Aplicados todos a sus trabajos, se disipaba al menos por el momento la tensión acumulada de tan larga y vana espera. Ahora todos los soldados tenían algo que poner de su parte y después la diosa proveería.

A Calcante le entraba el vértigo al pensar en el día después del sacrificio. ¿Qué ocurriría si los vientos seguían en calma? Los agoreros locales habían sido terminantes: pronosticaban que antes de mediados del séptimo mes los vientos del sur despertarían de su largo letargo.

Mientras seguían las obras de aterrazamiento de la colina, el ejército vivía engullido en una densa nube de polvo que solo se disipaba al anochecer, cuando los hombres dejaban sus aperos y se zambullían en el mar en busca del relajamiento y el descanso.

El correo de Micenas, que continuaba sus periódicos viajes, transmitía a Agamenón informes dulcificados de la actividad de su esposa y de la gestión del reino. Con Calcante, no se andaba con tapujos. Le exponía con toda crudeza el creciente disgusto de Menón y su progresiva marginación en la vida social de Micenas. Menón veía una prueba de esa marginación en una resolución de Clitemestra sobre un viejo litigio entre una sacerdotisa y un seguidor del rey, un hombre que por su avanzada edad no se había alistado para la campaña de Troya. Una y otro disputaban por unos fértiles y ricos terrenos próximos a un santuario de la *Potnia*, que venía siendo explotado por el seguidor mediante el pago de un arriendo. La sacerdotisa reclamó el derecho de propiedad y la reina falló en su favor por lo que el seguidor fue desposeído de sus derechos. Menón se quejaba de que los santuarios de las diosas acaparaban los terrenos más productivos y disponían de rentas más cuantiosas.

Como el correo de Micenas informaba solamente de la parte de Menón, no llegaban al Atrida las quejas de las sacerdotisas, de Ifigenia en particular, que se habían opuesto en vano a que los bosques sagrados que rodeaban los santuarios fueran talados sin piedad para la construcción de la armada. Incluso la cima de los álamos negros, próxima al palacio, que arropaba la gruta más antigua de culto a la *Potnia*, había sido asolada por las segures de los madereros. Los altos y corpulentos olmos de los santuarios habían sido objeto de la codicia depredadora de los carpinteros, que los buscaban con avidez, junto a los sauces y los cipreses, para la construcción de las ruedas, la pieza más delicada y difícil del carro de guerra.

Desde que Agamenón decidió expulsar al joven Aris, solo llegaba al campamento de Áulide la mitad de la información.

Mientras el ejército culminaba los trabajos preparatorios para el gran sacrificio, Calcante se hallaba recluido en su tienda, de la que salía únicamente para dirigirse al santuario de Ártemis. Debía descifrar la voluntad de la diosa y conocer el motivo de su cólera contra el ejército griego. El santuario se hallaba a pocos estadios del campamento. Consistía en un altar de piedra donde se presentaban las ofrendas y en una pequeña imagen de madera de olivo, reclinada sobre el tronco de una frondosa encina. Administraba el santuario una sacerdotisa, asistida por dos doncellas; para los actos del culto se vestían con una túnica color azafrán que las cubría hasta los pies. Ofrecían pasteles de cereales, libaciones de leche y miel y ramos de flores.

Calcante se sentaba en el suelo, bajo la encina, y se disponía a escudriñar el vuelo o el canto de las aves. Observó que no se escuchaba el canto del cuco. Tal vez fuera una mera coincidencia o tal vez los vientos estaban ya afilando sus garras. En ocasiones se quedaba traspuesto, arrullado por el silencio y los suaves gorjeos de los pequeños habitantes del bosque sagrado. Entonces le visitaba el sueño, y, al despertar, evocaba las imágenes oníricas por si contenían algún presagio de parte de la diosa. Así pasaba las mañanas, bajo la encina, a la espera de la divina inspiración. Cuando el sol llegaba al cenit en el horizonte, el adivino regresaba al campamento, donde la nube de polvo, en ausencia de vientos, se aliaba con los punzantes rayos de sol para herir la reseca piel de la colina. Los ciervos, respetados como animales dedicados a la diosa, rumiaban tumbados bajo la sombra de los árboles. No podía jactarse de experto cazador el que hubiera derribado de un flechazo o una lanzada uno de esos dóciles animales.

Mientras los trabajos avanzaban a buen ritmo, movidos por el aguijón de la nueva esperanza, el augur seguía visitando todos los días el recinto sagrado sin que la diosa se dignara expresar su voluntad. Se prometía que iba a estar a la altura de las circunstancias. La víctima debía ser acorde con el magno sacrificio y con la grandiosa empresa guerrera, la más grande jamás librada en el mundo de los hombres.

Por fin la mente del augur fue iluminada. Debían saberlo los caudillos. Primero el consejo más restringido, después, la asamblea de los reyes y, finalmente, el ejército en pleno.

Calcante dio por concluidas sus meditaciones bajo la encina de Ártemis. Avisó al rey, al que comunicó que debía reunir a sus más próximos, su hermano Menelao y Ulises. Reunidos los tres en la tienda de Agamenón, Calcante anunció el prodigio que había contemplado en sueños mientras dormía bajo la sagrada encina de Ártemis:

—He visto a un león destrozando a una de sus crías. Su cadáver quedaba tendido en medio de la manada. No hubo festín ni banquete pues ninguno de los animales hincó el diente a la tierna cría, tampoco las aves carroñeras.

Calcante, con la mirada tendida al infinito, tras una breve pausa, continuó:

—La diosa exige que sea sacrificada Ifigenia, la primogénita del rey Agamenón, el comandante supremo de todos los reinos griegos.

El augur, tras el solemne anuncio, sin dar tiempo al pavor, comenzó una letanía terrible:

"No es fácil levantar la moral herida del ejército.

"No es fácil anular la carga destructiva de los rumores.

"No es fácil elegir al mejor capitán entre tantos y tan nobles candidatos".

Así hablaba el augur apuntando al corazón perplejo del rey de Micenas, mientras continuaba con su macabra letanía:

"El primero debe ser el más fuerte.

"El más fuerte debe ser insensible al dolor y a la sangre, implacable.

"No es bueno el caudillaje de muchos, sea uno solo el caudillo".

Cuando el augur calló, Agamenón golpeó el suelo con su áureo cetro. Fueron inciertos instantes, de pugna interior en el alma del rey de Micenas, entre el caudillo guerrero y salvaje y el padre amoroso. Flanqueado por su hermano Menelao y por Ulises, el rey de Ítaca, Agamenón ahogó en su interior la voz y el sentimiento del padre mientras retumbaban desde los pies hasta el extremo de sus erizados cabellos las arrolladoras palabras del augur. Levantó la cabeza y observó que un nervioso temblor agitaba la mano izquierda de su hermano, apoyada sobre su rodilla, mientras con la derecha asía el cetro con rabia notoria. Ulises agarraba el suyo con las dos manos y mantenía fija la vista en el rostro de Calcante. La inquietud y la sorpresa sobrevolaban las cabezas de los tres caudillos. Ninguno de ellos se atrevió a poner en entredicho la explicación del prodigio ofrecida por el adivino. Se produjo un largo silencio. Menelao estaba dispuesto a todo, incluso a degollar allí mismo al perverso Calcante. Ulises tuvo una primera intención de negociar. Tal vez el adivino no había acertado. Bastaba con que se desdijera. Porque, si el rumor se propalaba por el campamento, ¿quién podría frenar a la fanática multitud sedienta de botín? Y lo más importante, ¿no podría ser verdad que con ese difícil e incluso brutal sacrificio llegarían los vientos favorables? Ulises comenzó a zurcir en su mente un engañoso discurso para convencer al rey de Micenas. Pero no fue necesario. Tras el horrible pronóstico, Agamenón, acosado por tantos días de reclusión en Áulide, dispuesto a satisfacer cualquier deseo de los dioses, no replicó al profeta, y, tras haber recuperado el aliento, hallando fuerzas en las letanías de Calcante, sentenció:

—Grave destino lleva consigo el no obedecer, pero grave también si doy muerte a mi hija, la alegría de mi casa, y mancho mis manos de padre con el chorro de sangre al degollar a la doncella junto al altar. ¿Qué alternativa está libre de males? ¿Cómo voy yo a abandonar la escuadra y a traicionar con ello a mis aliados? Sí, lícito es desear con intensa vehemencia el sacrificio de la sangre de una doncella para conseguir aquietar los vientos. ¡Que sea para bien!

El propio Calcante se vio sorprendido por las palabras de Agamenón. Esperaba algún exabrupto, denuestos e, incluso, palabras blasfemas. Pero, al verse aprisionado en el yugo fatal del oráculo de Calcante, convencido de que ya un solo camino tenía a su alcance, se sumergió en el lado oscuro y sacrílego de su ánimo enloquecido y empuñó la bandera de la salvación de Grecia. Ya no importaba el precio, su hija primogénita valdría tanto como una cervatilla ritual, cuya sangre inocente se ofrece a la diosa.

La sangre de Ifigenia sobre el altar, degollada ante su propio padre, sería la prueba de que no le movía el interés personal, que no buscaba una alianza con el Pelida Aquiles ni tenía ningún proyecto de pactar con Príamo. ¡Cómo se tendrían que tragar sus palabras todos los que habían propalado tales infamias! ¡Con qué gozo esperaba ver cómo los caudillos humillaban los ojos ante mirada desafiante del capitán del ejército griego! "Sí, yo seré el salvador de Grecia. De mí y solo de mí están pendientes los dioses para enviar los vientos favorables. Verán que sacrifico lo más precioso, mi valiosa hija, por la que los príncipes griegos habían comenzado a suspirar. Agamenón solo vive por y para la Hélade, la patria común".

Terminado el consejo, Agamenón recibió el abrazo silencioso primero de su hermano y después de Ulises.

—Ya solo falta el juramento —sugirió Calcante con rostro de satisfacción contenida.

Agamenón ordenó a la sirvienta traer una jarra de vino y cuatro áureos vasos.

—Juramos que Agamenón Atrida es nuestro único caudillo y juramos guardar silencio sobre el gran sacrificio.

El rey llenó los vasos, estrechó la diestra a los tres invitados y, tras la obligada libación a los dioses infernales, apuraron el vino sin mezcla.

—Tú serás el salvador de la patria —sentenció Ulises.

—Un solo señor, una sola patria —remató Calcante.

Agamenón llenó los vasos de nuevo. En las rondas sucesivas apuraban la copa sin reservar una parte a los dioses.

Poco antes del anochecer, Ulises y Calcante se despidieron y se dirigieron a sus tiendas. Los dos Atridas quedaron solos, con sus dolores a flor de piel, desatada su lengua por el vino.

—Hermano, ¿qué hacemos aquí, lejos del hogar, gobernados por un oscuro y siniestro embustero? —preguntó Agamenón.

—Ese funesto Calcante —ronroneó Menelao.

—Tú has perdido a tu mujer y yo ahora voy a sacrificar a mi hija. ¿No sería mejor que nos ahorcáramos los dos y que dejáramos aquí al ejército, esa caterva de estúpidos que nos siguen como corderos que van al matadero?. ¿Cuántos de ellos volverán de Troya?

—Ninguno. Bueno, no sé si llegarán.

Agamenón pidió a la sirvienta que trajera otra jarra de vino.

—Se ha terminado, *Wanax*. Ya solo queda un tonel, el más pequeño, pero no está encetado.

Los dos bravos Atridas confiaron sus penas al alcohol. Al día siguiente escasamente recordaban que habían sellado un juramento, pero allí estaba Ulises para recordarles con pelos y señales todo lo sucedido. Todavía con resaca, Agamenón se dirigió al puerto; quería subir a su navío, el buque insignia de la armada y comprobar que el largo tiempo de espera no había provocado ningún desperfecto.

Habló con sus ingenieros navales, los encargados de velar por el buen estado de las embarcaciones.

—No hay novedades, *Wanax* —explicaba el encargado—. Si algo ocurre, lo sabrás el primero. Mira la capitana, tu embarcación, la pintura parece hecha de ayer mismo. Y el calafateo es perfecto, no da ni una gota de agua.

—Ya solo faltan los vientos.

—Se rumorea que están al llegar. Los marineros cretenses dicen que nunca pasan tres meses seguidos sin vientos del sur.

—No estamos en Creta.

Subió a la nave, palpaba las cuadernas, los cordajes, los mástiles; todo estaba preparado. Al descender se topó con Ulises y con Menelao.

—La embajada está preparada —anunció Ulises.

—Sí, claro —respondió Agamenón.

—Saldremos mañana, a primera hora.

El mañero Ulises se había ofrecido a los Atridas para encabezar la embajada que habría de traer a Ifigenia a Áulide y se inventó, muy acorde con su manera de ser, una estratagema perfecta. Agamenón pensó en un principio en utilizar un engaño, pero no acertaba con ninguno convincente. ¿Qué podía pintar una doncella en un campamento de rudos guerreros? Pensó en hacerla venir en calidad de sacerdotisa, pero al final desistió aconsejado por Calcante. La sacerdotisa no podría ser al mismo tiempo la víctima.

—Una boda —fue el consejo de Ulises.

—Todavía me parece más absurdo —objetó Agamenón—. ¿Cómo se podría celebrar una boda en un campamento militar?

—La boda no es mala idea, si acertamos a buscar un buen novio —sugirió Menelao—. Porque habrá que decir con quién se va a casar. —Y dirigiéndose a su hermano, añadió—: Ya sabes cómo es Clitemestra.

—Ella —atajó Agamenón mientras golpeaba el cetro en el suelo— no debe aparecer por aquí. Ya lo sabes —dijo mirando a Ulises—: la reina no puede viajar con Ifigenia. Arréglatelas como puedas, pero no la quiero ver por aquí.

—Eso déjalo de mi parte —resolvió Ulises como si se tratara de un problema menor.

—Lo importante en todo caso es que acuda Ifigenia —dijo Calcante que seguía las deliberaciones en silencio.

—El novio podría ser Aquiles —propuso el mañero Ulises.

Todos se miraron con cara de sorpresa.

—Es una barbaridad —dijo Agamenón.

—Me gustaría escuchar tus razones, rey de Ítaca —replicó Calcante—. A primera vista me parece una elección arriesgada. Sabéis que Aquiles es más bien problemático y, por otra parte, es absolutamente necesario para la guerra. Esta maniobra podría perturbarlo. No me parece acertado.

—Con mucho gusto te expondré mis razones, augur. El principal objetivo es lograr que la princesa acuda a Áulide. Aceptemos que se le ofrece una boda. La oferta es en sí dudosa, pues un campamento militar no es el escenario adecuado; además, a toda prisa, sin las formalidades previas, petición de mano, intercambio de regalos, plegarias a los dioses y las diosas. Una boda en estas condiciones es ya en sí algo insólito y chocante. Penélope seguro que no lo aceptaría, no sé Clitemestra, porque, de acuerdo, supongamos que la reina no viene, pero al menos tendrá que permitir que su hija acceda a venir aquí.

—Arráncasela de los brazos si es preciso —gruñó Agamenón.

—Escucha mis planes. Yo creo que la reina y la princesa serán sensibles a un discurso patriótico.

—Habla —se precipitó Menelao.

—Tenemos que poder darle una buena razón a la hija y a la madre. Ahí está el quid de la cuestión. Encontrar buenas razones. Yo me imagino ante mi fiel Penélope. Ya sé que no tiene ninguna hija, pero puedo imaginarme cómo reaccionaría si la tuviera. Le diría que, según oráculos seguros y bien confirmados, la campaña de Grecia contra Troya solo tendrá éxito si se suma a ella Aquiles, el hijo de Peleo y Tetis, rey de los mirmidones.

—Eso es indubitable —confirmó Calcante—, por muy antipático y engreído que nos parezca Aquiles. Es una pieza necesaria para la guerra.

—Pues bien, le diremos a Ifigenia y a la reina que Aquiles se niega a navegar con los aqueos a Troya si no recibe como esposa a la hija de Agamenón Atrida. ¿Creéis que habría un pretendiente mejor que Aquiles, el hijo de una diosa? Yo me imagino a mi Penélope. Estoy convencido de que, si tuviera una hija y recibiera esta oferta matrimonial, no lo dudaría un instante. Se pondría manos a la obra, llenaría los baúles y mandaría a su hija a Ftía. Me la imagino orgullosa y feliz de convertirse en consuegra de una diosa. Y ¡qué diantres!, yo mismo aceptaría de mil amores un pretendiente de ese rango, rey de los mirmidones, un pueblo de valerosos y esforzados guerreros.

—Me parece que voy viendo la luz —asintió Agamenón.

—Si mi Penélope pusiera alguna objeción, que no sería el caso, aunque otra cosa es la Tindárida Clitemestra, me apresuraría a verter sobre ella mi discurso patriótico y la arengaría en estos términos: "En ti toda la poderosa Hélade fija en este momento su mirada, y de ti depende el asolamiento de Troya, para que los bárbaros no cometan en el futuro ninguna afrenta contra los griegos. Esto lo conseguirás con tu boda y, por haber liberado a Grecia, tu fama será gloriosa. Desde el momento en que el ejército griego en pleno, reunido en Áulide, conozca tu asentimiento, serás proclamada salvadora de Grecia".

Ulises calló convencido de que su plan era perfecto. Calcante respondió con una mirada aprobatoria. Los dos Atridas no pudieron presentar ninguna objeción.

—Aquiles no debe saber nada de todo lo dicho —concluyó Ulises—. En su momento lo sabrá, y ya no habrá marcha atrás.

15

Una mañana fresca de finales de primavera, Ulises emprendió viaje por tierra rumbo a Micenas acompañado por dos escuderos, Eteas de Ítaca y Gorgios de Micenas, amigo personal del rey. No esperaban problemas en el viaje, que solía durar, si el buen tiempo acompañaba, entre seis y ocho días. Llevaban consigo un caballo para cargar los víveres, las ropas de abrigo y las pesadas espadas de bronce, por si algún ladrón incauto se cruzaba en el camino. Para un buen navegante, como lo era Ulises, el viaje por tierra era una agonía. Pero los caprichos de los dioses o de los mezquinos agoreros no le habían permitido elegir.

Al acercarse a la puerta de los leones, que daba acceso a la inexpugnable ciudadela de Micenas, la mente de Ulises viajó rauda hacia Ítaca, pero ni la nostalgia por la casa y la patria ni el amor familiar podían sofocar el ardor guerrero que, como un fuego devorador, azuzado por los vientos, reducía a cenizas los vínculos cotidianos de la vida sedentaria.

El vigía permanente en la azotea de la ciudadela ya había dado puntual informe de la extraña presencia de esos tres personajes, uno de los cuales parecía ser el rey de Ítaca. La reina, al dar la bienvenida a los viajeros, comprobó que el perspicaz vigía no se había equivocado.

–No espero buenas noticias de esta noble embajada –comenzó diciendo Clitemestra–. Algo no anda bien en el ejército de los griegos empantanados en Áulide. ¿Acaso Agamenón ha enfermado?

–No te ha acompañado esta vez –respondió el artero Ulises– tu proverbial buen olfato, reina de Micenas. Todo lo contrario. Si fueras capaz de imaginar una grata y fausta noticia para la casa de Atreo, darías con la buena nueva que vengo a anunciarte.

–Habla, que no me siento capaz de imaginar.

–Escucha, señora: "Esto ordena Agamenón a Clitemestra, reina de Micenas: *Que envíe a nuestra hija Ifigenia para desposarla con el divino Aquiles, de la casta de Zeus, pues se niega a navegar con los aqueos si no llega a Ftía una esposa de nuestra familia*".

Clitemestra quedó desorientada. Un dolor íntimo le invadió el alma. "Lo sabía, lo sabía. Llegado el momento, el rey haría de su capa un sayo. Ella, la reina, la madre, se limitaría a recibir la orden: *esto ordena Agamenón*. Lo peor del caso es que este rey, mi esposo, cree que voy a obedecer sin rechistar, que diré *sí, Wanax*, que callaré y acataré".

Mientras la reina, aturdida, volteaba estas ideas en su cabeza, mezcladas con rabia contenida, y meditando cómo afrontar la sospechosa noticia, daba también instrucciones a los esclavos para que acogieran a los visitantes y los acompañaran a sus habitaciones. Entre tanto apareció Ifigenia y presentó sus respetos al rey de Ítaca, el mejor aliado de los Atridas, como siempre le había dicho su padre.

–De ti estábamos hablando –dijo Ulises–, mejor dicho, de tu boda.

Ifigenia sintió escalofríos, tanto que tuvo que apelar a su nombre, Ifigenia, la nacida fuerte, para no dejarse llevar por el pánico. Las palabras de su madre contra el matrimonio habían despertado en ella un sentimiento de hostilidad a los hombres, no a los hombres de carne y hueso, como Aris, o como los sirvientes del palacio, sino los hombres de autoridad, los de larga cabellera, como Menón o Calcante. Su propio padre Agamenón era una figura extraña. Lo amaba y lo admiraba. Recordaba cuántas veces, siendo niña, su padre la llevaba al salón donde banqueteaban los varones, presumiendo de su primogénita y la mostraba ante aquellos fieros guerreros como "el orgullo de mi casa". No le importaba quebrantar las costumbres que impedían a toda mujer pisar la sala donde los varones celebraban sus convites y borracheras. Allí entraba ella con la lira en la mano y cantaba con su amorosa voz infantil el peán acostumbrado en la hora de las libaciones.

Pero ese padre sensible y tierno, orgulloso de su hija, se convertiría un día en el hombre de autoridad que la entregaría sin previo aviso, sin esperar el consentimiento, a un varón extraño. Sería una mercancía en un trueque, como una ternera o una cabrita que se da a cambio de unos sacos de lentejas. Su madre se lo había advertido aunque, quizá porque la consideraba todavía demasiado joven, se había guardado de contarle su propia historia, la historia en la que ella había sido obligada por su amado padre Tindáreo a casarse con el asesino de su esposo y de su niño recién nacido. Claro que la historia de los Atridas era una historia pública, pero Agamenón se había ocupado de que se difundiese solamente una versión heroica de sus hazañas guerreras y había hecho pagar con su vida a los rapsodas que narraban la historia criminal de su familia. Ifigenia ignoraba la fuente de donde brotaba la amargura de su madre y, tal vez por esa razón, sus invectivas contra el matrimonio le parecían hiperbólicas.

Al escuchar a Ulises, que utilizaba el tono frívolo e intrascendente de un hipócrita redomado, a Ifigenia las palabras de su madre se le vinieron encima como una jauría de lobos hambrientos. Al fin se iba a convertir en realidad el infierno tan temido. Pero al mirarla a los ojos, le pareció que su gesto no reflejaba el pavor que ella hubiera esperado acorde con las invectivas contra el matrimonio que tantas veces le había oído decir. La relativa tranquilidad de la madre le insufló calma y confianza a Ifigenia.

—¡Ay, hija, que esta guerra no va a traer nada bueno!

—Siempre he dicho —replicó Ulises con su retórica máscara capaz de hacer pasar lo falso por verdadero— que las mujeres sois muy difíciles de entender. No lo digo solo por vosotras, las hijas de Tindáreo. También se lo he dicho muchas veces a mi Penélope. —Se dirigió a Ifigenia y continuó con su paternal tono mendaz—: Cualquier princesa de cualquier reino griego elegiría como esposo al hijo de Tetis. No cabría encontrar un pretendiente mejor.

El astuto Ulises llamaba a Aquiles hijo de Tetis y no hijo de Peleo o Pelida, como era conocido entre los reyes y caudillos griegos. Claro que también era hijo de la diosa Tetis y eso le pareció al rey de Ítaca que sería un argumento incontestable para esas dos mujeres a las que ahora debía convencer.

—Sabéis que tenéis que aceptar la orden del *Wanax*. —Ante la dubitativa Clitemestra, Ulises añadió—: Dedicaremos un día a descansar. Saldremos pasado mañana.

—Necesito más tiempo —replicó contrariada Clitemestra—. Los preparativos de una boda duran meses y tú quieres que los haga en un día.

—Con un baúl tienes bastante. La niña y dos muchachas de compañía. Irán las tres en un carruaje.

—¿Las tres? ¿Cómo te atreves? ¿Crees que yo no voy a ir a la boda?

—Es la orden terminante del *Wanax*. Tú debes quedar al frente de la casa y al cuidado del pequeño Orestes y de las dos niñas, Crisótemis y Electra.

—No acataré la orden. Iré a Áulide.

Ulises recurrió de nuevo a su retórica antes de esgrimir otros argumentos.

—No te vas a encontrar el escenario propio de una reina. Además, ya sabes, basta con que el padre haga entrega de la novia al pretendiente. Así se hace en todos los reinos griegos.

Clitemestra sospechó que algo raro se estaba fraguando. La boda, en un campamento militar, era extraña.

—Iré yo e irán sus hermanos; si te opones tendrás que pasar por encima de mi cadáver.

—Son circunstancias de excepción, y tú deberías darte cuenta. Aquiles es caprichoso. No se fía de Agamenón; la boda es la única garantía que acepta. Eso es todo. A la vuelta de Troya ya se celebrará la fiesta que tú quieras.

—Tienes fama de convencer a las piedras, pero conmigo no lo conseguirás.

—He de recordarte que es la orden del *Wanax* y te repito que para la boda lo único necesario es que el padre haga entrega solemne de la hija. Así ocurrió con Tindáreo. Fue él quien te entregó a Agamenón. Tu madre, la divina Leda, asintió y calló. ¿Acaso te consultaron a ti?

—No habrá boda sin mi presencia. Quiero verlo con mis propios ojos.

—Tengo orden de que acuda solamente Ifigenia.

—¿Tú recibes órdenes? ¿Acaso eres vasallo de Agamenón? Iré en todo caso. ¡Tendrás que matarme para que yo no asista a la boda de mi hija!

Ulises accedió a la fuerza. Su instinto le decía que lo único importante era llevar a Ifigenia a Áulide. Una vez allí Agamenón se las arreglaría con su indómita y terca esposa.

—Descansaremos mañana. Pasado mañana, al alba, iniciaremos el viaje. Prepara el carruaje, que sea lo más ligero posible. No cargues enormes baúles. La boda será sencilla.

Ifigenia, temblorosa, se agarraba a su madre, el único refugio en aquella súbita e incierta tormenta. Las dos aceptaron la orden y Ulises tampoco insistió en impedir que Clitemestra acompañara a su hija.

La ruta terrestre hasta Áulide estaba jalonada de postas. Pernoctaban en ellas y renovaban los caballos cuando era preciso. En Corinto, aproximadamente un tercio del viaje, se alojaron en el palacio del rey, un vasallo de los Atridas, que no estaba en edad de tomar parte en la guerra. Ya a las puertas del verano, los viajeros aceptaron la invitación del anfitrión y tomaron asiento en una apacible glorieta del palacio cercada por arbustos de jardín. Las mujeres estaban sentadas a una mesa y los hombres a otra. Ulises, que nunca daba puntada sin hilo, divertía a sus acompañantes con amenos relatos, que se podían escuchar también en la mesa de las mujeres.

—Aquiles es el primer guerrero de Grecia, un gran caudillo, el más fuerte. Tiene en su haber el récord de ciudades asoladas por un guerrero griego. Es la pura verdad —insistía—, aunque el nombre de su pueblo, los mirmidones, no sugiera ninguna grandeza. ¿Sabéis por qué se les llama así? Yo me he enterado estos días. En el campamento, miles de hombres reunidos, se habla de todo. Me hizo gracia que Diomedes llamaba a los mirmidones *hormiguitas*, con afán de ridiculizar a Aquiles. ¡Un gran guerrero apodado el hormiguita! Tiene guasa. Los mirmidones llevan con orgullo su nombre, pero son blanco fácil para la sátira y el remoquete. Si escuchas cómo cuentan ellos la historia, comprenderás que incluso de una humilde hormiga se puede hacer algo muy cercano a un ser divino. Los mirmidones, como sabéis, aunque ahora habitan la fértil Ftía, son oriundos de Egina. Se cuenta que Éaco, el antepasado de los mirmidones, nació en esa isla y que vivía allí solitario. Llegado a la muy deseada mocedad, como se afligía de estar solo, rogó a los dioses que le dieran humana compañía. Zeus, el padre de hombres y de dioses, a cuantas hormigas había dentro de la encantadora isla las convirtió en hombres y mujeres de profundo talle. Fueron éstos los primeros que uncieron naves de cóncavos costados y los primeros que hicieron de las velas unas alas para las naves.

—Me gusta esa historia —comentó Eteas.

—Pero tiene otra versión más prosaica, que para mí significa más cercana a la verdad. Resulta que Egina es una isla desértica, recubierta por una capa pétrea que la convierte en una especie de cascote acorazado que flota sobre el mar. Y ahí viene la historia: los habitantes de la isla excavaron la tierra como si fueran hormigas y la colocaron sobre las rocas para tener terreno cultivable. Ellos mismos vivían en moradas subterráneas evitando de este modo usar la tierra para la fabricación de ladrillos. ¡Ah, la pobreza y el hambre, cómo despiertan la mente! ¡Y cómo animan al trabajo! *Excavadores* podrían llamarse los descendientes de Éaco en lugar de *mirmidones*.

Cuando Ulises terminó su historia, el silencio invadió el cenador. Por un instante se quedó mirando fijamente a la mesa de las mujeres. Esa breve mirada efímera y oscura era todo lo que había de verdad en su alma cínica.

—Te parece hermosa Ifigenia —se atrevió a decir Gorgios entendiendo a medias al rey de Ítaca.

Al día siguiente, la comitiva continuó el viaje contra la voluntad de Clitemestra, que deseaba permanecer un día de descanso en Corinto. Ulises le respondió que sería en Atenas, ciudad que se encontraba a medio camino del destino final.

Una vez allí, las cuatro mujeres quedaron solas en la posta de huéspedes junto con los criados mientras Ulises y sus dos guardaespaldas, guiados por Gorgios, se dirigieron a una taberna, frecuentada por los correos de Micenas, donde, además de vino, se ofrecían a módico precio bellas esclavas para el disfrute sexual. Ulises elogiaba el talento mercantil de los atenienses, por el buen olfato que habían mostrado al ofrecer a los visitantes algo más que buen vino y jugosas viandas. En tiempos de normalidad, esos negocios no eran muy rentables, pues quién no tenía a mano en su casa una esclava con la que poder desahogarse. El caso de Atenas era diferente, porque la actividad naval, al abrirse el mar a la navegación, hacía de su puerto un hormiguero afiebrado.

Ulises pudo comprobar que los efectos del ejército griego acantonado en Áulide llegaban hasta la misma ciudad de Atenas, a más de tres días de viaje. Las tabernas vieron la oportunidad de ampliar sus negocios. Ya no se obtenía ganancia solamente de la actividad de la hospedería. Acudían muchos clientes que solo buscaban a las esclavas y apenas les daba la bolsa para tomar un vaso de vino. Los caudillos se empeñaban en mantener ocupados a sus hombres, mas no podían evitar deserciones cuando no proporcionaban prostitutas suficientes a la tropa.

Ulises y sus dos acompañantes llegaron a la taberna; el patrón les ofreció sus mejores platos, pero ellos fueron directamente al grano.

—Queremos una esclava para cada uno —ordenó Ulises.

—No tenemos tantas —replicó el tabernero.

—He visto a varias por ahí.

—Hay otros clientes que han llegado antes.

—No sabes con quién estás hablando.

—Es el rey de Ítaca —espetó Gorgios al tabernero.

—¡Ulises! —exclamó él entre sorprendido y consternado.

Se produjo un tumulto en medio de gritos e insultos. Los clientes que estaban esperando su turno no aceptaban ser postergados. Por fortuna, era norma del local que todos los clientes debían deponer sus espadas antes de entrar. Para ello el tabernero había dispuesto una pequeña pieza en la parte trasera de la posada. Ulises reconoció a uno de los suyos, al que exigió una explicación.

—Estoy aquí por la misma razón que tú —le respondió su compatriota.

—No, tu obligación es permanecer en Áulide, con los demás.

Pronto se dio cuenta Ulises de que todos aquellos hombres eran soldados que habían escapado de la férula de sus caudillos en busca de sexo. En otras circunstancias, tal vez allí mismo habría hecho justicia de forma expeditiva, pero la delicada misión que estaba desempeñando le aconsejó zanjar la cuestión con una amenaza:

—El que de vosotros no esté en Áulide cuando yo llegue será considerado traidor.

La mayoría de los soldados huyeron despavoridos. La posada quedó desierta, y Ulises y sus dos acompañantes tuvieron las tres esclavas que reclamaban. El tabernero reservó para el rey a la más joven, una muchacha morena que, por no hablar griego, era conocida como *la bárbara*. Afirmaba que se la había comprado a un cretense, que, a su vez, la había adquirido en los mercados de Anatolia, aunque no era troyana. Lo fuera o no, había que decir expresamente que no lo era, pues en aquellos momentos y lugares, si además de mujer y esclava se añadía la condición de troyana, podía ser linchada en cualquier momento. El dueño sabía del riesgo que corría al comprar a esa muchacha, pero sabía también que sus negros ojos y su vigorosa juventud serían capaces de cautivar desde al más rudo de los guerreros hasta al más refinado de los reyes.

No fue una buena elección para Ulises. La joven le recordó a Ifigenia, por edad y por belleza. El remordimiento apagó su hambre de sexo. ¿Por qué había de ser Ifigenia y no aquella muchacha del burdel la que muriera en el altar de Ártemis? ¿No era intercambiable la sangre de dos bellas chicas? Al fin y al cabo eran muy pocos de entre todos los guerreros reunidos en Áulide los que habían visto alguna vez el rostro de la princesa. No sería difícil dar el pego. También el mañero Ulises tenía momentos de deliquio. Se veía como un simple boyero que conducía la víctima hacia el sacrificio.

El remordimiento era uno de los sentimientos que no podía permitirse un rey. Despachó a la muchacha y pidió una buena cena.

—A ver dónde está ese vino de Ática.

—No hay otro mejor en Grecia —apostilló el posadero.

Mientras Ulises y sus dos compañeros visitaban la taberna, Clitemestra aprovechó la ocasión para hablar con Aris, que se había sumado a la comitiva como un sirviente de su confianza. Le explicó que necesitaría una persona fiel en Áulide que se moviera entre los caudillos, que tenía dudas sobre esa boda.

—¿Estás dispuesto a ayudar a Ifigenia?

—Sí, *Potnia*.

—¿Y a obedecerme sin rechistar?

—Sí, *Potnia*.

Aris creía estar viviendo en la isla de los Bienaventurados. No le podía caber una fortuna mayor que estar a disposición de la princesa. No le importaría incluso convertirse en el porquero de Aquiles, con tal de poder estar cerca de ella. A diferencia de Clitemestra, Aris estaba completamente seguro de que esa boda se iba a celebrar. Daba por hecho que este viaje no era sino la realización del plan que habían discutido Agamenón y Calcante. Ahora daba gracias al rey por haber sido expulsado del ejército.

—Ten cuidado con Ulises. No te acerques mucho a él, que da coces como un mulo salvaje, pero no pierdas prenda.

A la mañana siguiente reemprendieron el camino. El cansancio se acumulaba, sobre todo, para las dos mujeres, cuya experiencia viajera se reducía al trecho que separa Micenas de Esparta, un viaje plácido de tres o cuatro jornadas. La sangre en las venas de Ulises se agitaba a medida que se acercaba al campamento de Áulide. Cuando intentaba ponerse en el lugar de Agamenón, se decía que él no sería capaz de matar a su hijo Telémaco. Pero la diosa no pedía la muerte del hijo, sino de una hija. Definitivamente él no podía ponerse en lugar del Atrida, porque solo tenía un hijo, aunque comprendía que sería más fácil sacrificar a una hija y más teniendo otras dos. Tampoco era tanta pérdida.

Ulises despreciaba a Calcante. En una ocasión le había sugerido a Agamenón que se desprendiera del adivino. Costaba mucho dinero y no estaba clara su eficacia; ahora comenzaba a vislumbrar que ese mantis tenía que saber lo que se hacía, pues una acción tan grande, tan bárbara, no se concibe sin una buena razón. Claro que no llegaba al fondo. La mente de Calcante era inescrutable, si bien no del todo incomprensible. Tal vez el quid de ese sacrificio radicaba en su misma descomunal magnitud. A grandes males, grandes remedios.

Ulises meditaba: "Matar a una hija, tampoco es para tanto. No será el primer caso. Hay familias que abandonan a la niña nada más nacer. Y también niños. Layo no dudó en entregar a su hijo Edipo a un pastor para que lo despeñara en el monte y así comenzó la historia que acabaría con el asesinato del propio Layo a manos del hijo que había sido abandonado. Los oráculos se cumplen siempre. Ifigenia debe morir, tan cierto como que en la llanura troyana se precipitarán al Hades muchas valerosas almas de héroes y sus despojos serán presa para los perros y pasto para las aves. Espero, con ayuda de los dioses, no ser yo uno de ellos".

Calcante, tras haber interpretado los oráculos, se había permitido corregir al mismo Agamenón que se veía a sí mismo, a consecuencia del oráculo, como el asesino de su hija.

—No somos bárbaros. No asesinamos a nuestras hijas.

—Las matamos. Eso es lo que ordenan tus oráculos –rugió Agamenón.

—Nos ordenan sacrificarlas. No es lo mismo. Un sacrificio es algo diferente. No es acabar con la vida de un ser, es ofrendarla a la divinidad.

Aunque Calcante tenía buenas palabras para todo, Ulises no llevaba bien ser el boyero del sacrificio, el que conducía la víctima ante el cuchillo del sacrificador, ni tampoco paraba mientes en distinguir entre matar y sacrificar. En ambos casos, la víctima moría degollada bien por el afilado bronce de la espada bien por la hoja brillante del cuchillo de obsidiana.

A medida que se acercaba el fin del viaje, Ulises tenía más dificultad en sus relaciones con Clitemestra. Se veía en un papel más ruin que el del propio Agamenón. Agamenón daba la orden, es cierto, pero él la llevaba a cabo en un prolongado engaño hacia alguien que no lo merecía. Está bien engañar al enemigo troyano y bárbaro, pero Clitemestra, que le recordaba siempre a su paciente Penélope, quizá no lo merecía.

—Estamos a punto de llegar –alentaba Aris a las mujeres–. Quedan apenas dos horas.

16

Clitemestra e Ifigenia no fueron recibidas por Agamenón, como ellas esperaban. Un enviado del rey les comunicó que debían alojarse en una tienda preparada al efecto y alejada del campamento. Justificó la ausencia del rey por motivos políticos y de estrategia y añadió que una reina o una princesa no podían pernoctar en un campamento militar.

Las dos mujeres se sintieron decepcionadas. Algo de rescoldo amoroso guardaba todavía el corazón de la reina. En su pecho latía la esperanza, mezclada con la angustia y el temor. Tres largos meses de separación habían alimentado la nostalgia del encuentro y de las fantasías. Ahora, de golpe, todo se apagaba, el amor, la esperanza y la nostalgia, ante las palabras rutinarias y frías, teñidas de falsa cortesía, encubridoras de una verdad desconocida, del enviado del rey. Habían regresado al odioso universo de la guerra que ya casi habían olvidado en Micenas.

La ingenua Ifigenia, aparte de la incertidumbre de una boda precipitada, había evocado en el viaje el recuerdo del padre amoroso, que jugaba con ella en la terraza del palacio y que le señalaba con el dedo la ubicación de Micenas en el centro del mundo, con Creta a la derecha, Esparta al Sur y más abajo el país de los hijos de Egipto, al Norte Corinto y la Tesalia de los mirmidones y más lejos los hiperbóreos, y finalmente a la izquierda Ítaca, la isla de Ulises, y más lejos Sicilia y, en el fin del mundo, el jardín de las Hespérides. Escuchó las palabras del enviado del rey como si sobre ella estuviera cayendo la clava letal del mismísimo Heracles. Si ella quedaba malherida por las palabras de aquel emisario que no osó mirarla a la cara, la imagen del padre amoroso se hacía trizas como una estatua de barro. Pero todavía estaba dispuesta a guardar un rinconcito de su alma para comprender que el padre podía tener poderosas y buenas razones para hacerlas esperar hasta el día siguiente.

Clitemestra pasaba de sospechar de una boda extraña a temerse alguna cosa peor. ¿Qué boda era esa en la que la novia estaba arrinconada en una tienda de campaña como si fuera una sirvienta?

Las dos mujeres, además de sorprendidas, se sintieron también humilladas. Quedaban a la espera de que el rey las recibiera según su caprichosa voluntad, como si ellas fueran vulgares esclavas. La tienda que les habían preparado era tosca e impropia de una reina. Apenas había una pequeña cama para las dos. Las muchachas de compañía así como los sirvientes se acomodaron bajo una encina próxima.

—Madre, tengo miedo —susurró Ifigenia mientras a lo lejos se escuchaba un vocerío atenuado por la distancia.

—Ifigenia, la nacida fuerte, no puede tener miedo. Sabía que ibas a necesitar ese nombre. —Clitemestra acariciaba la frente de su hija mientras la estrechaba sobre su regazo—. Por eso te lo puse.

Clitemestra no podía ser sincera. De haberlo sido, habría sido ella la que se hubiera aferrado a su hija, buscando el cobijo que su esposo le negaba.

—No podemos permitirnos la debilidad de sentir miedo.

—Estamos las dos solas.

—Nos sobramos y nos bastamos. —La madre se sentía fuerte, aunque a la esposa le tocaba tragar el sabor amargo de la postergación—. Además, ¿qué podemos temer, hija, si estamos protegidas por el poderoso ejército de los griegos?

Con las palabras de Clitemestra, Ifigenia se sintió más tranquila, aunque el cansancio acumulado le impedía caer en los brazos reparadores del sueño.

—Te he dicho que tengo miedo, pero quería decir otra cosa. No es miedo. Es como si estuviera ante una puerta cerrada que de pronto se abre y el interior es una oscura caverna, sin una brizna de luz. Me veo penetrando en ese antro y, cuando ya estoy dentro, la puerta se cierra y quedo aprisionada. Como en una caja negra, aislada, lejos de Micenas, de la prima Hermione, de las sacerdotisas de la diosa.

—No te aflijas, hija. Te casarás aquí, mañana o pasado. A ver qué dice tu padre, pero volverás de nuevo a casa hasta que termine esta maldita guerra.

—Ulises habló de llevar una esposa a Ftía, el reino de Aquiles.

—Ahí no cederé. ¿Quién va a protegerte en Ftía, con el rey y los guerreros luchando en Troya? Mientras Aquiles esté fuera de su país, tú seguirás en Micenas. Espero que me acompañes en el empeño. —Clitemestra se contagió de la calma de Ifigenia—. Este chico, Aquiles, parece una buena persona. ¿Crees que el hijo de una diosa puede ser un vulgar violador? Vas a poder presumir de esposo.

—Y, sobre todo, de suegra.

—Dicen que este chico está más preocupado por la gloria y la fama que por el poder y la riqueza. Esa es una baza a tu favor porque la fama y la gloria no acompañan a los depravados y a los miserables. Creo que vamos a tener suerte con este muchacho, aunque nunca se sabe, hija.

—Hay algo que me angustia más.

—Ya me imagino.

—Sí, la primera noche. Además, aquí con tantos hombres reunidos. ¿Sería posible aplazar esa primera noche? ¿Podrías pedírselo tú a Aquiles?

—Es que nos ha pillado todo tan deprisa... Bueno, mira, los hombres son un poco simples. Todo lo que buscan es el desahogo. Cuando se vacían, se echan a dormir y a roncar como cerdos. A lo mejor, por la mañana, quieren hacerlo otra vez. Al principio pasa. En algunos casos, me han contado las amigas que sus maridos no buscaban la relación sexual, sino la mera alianza matrimonial con la panoplia de los trípodes, los vasos de oro, las joyas. Luego los maridos tienen una esclava o varias con las que tienen el sexo. Otras veces son las mujeres las que tienen que buscar a un hombre fuera del matrimonio. Porque se sienten solas y abandonadas, como vacas que dan terneros a sus amos.

—¿Qué dices?

—Claro, hija. ¿No has oído historias de algunas mujeres que han dado a luz tras estar en contacto con un dios? Ahora ya no nos podemos andar con chiquitas. Mi propia madre, Leda. ¿No has oído nada? Agamenón prohíbe que se cuente la historia negra de la familia, pero hay cosas que no se pueden ocultar.

–Sí, algo he oído.

–Claro, ¿cómo no? Es una historia muy poco edificante. Se dice que, cuando Zeus se enamoró de Némesis, ella huyó de él arrojándose al agua y se convirtió en pez, y que él la persiguió transformado en castor y surcando las olas. Ella saltó a tierra y se transformó en diversas fieras, pero no pudo zafarse de Zeus, porque éste tomaba la forma de animales todavía más feroces y rápidos. Por fin, ella se remontó al aire como un ganso silvestre y él se transformó en un cisne y la cubrió triunfalmente en Rammunte, Ática. Némesis sacudió sus plumas resignadamente y fue a Esparta, donde Leda, esposa del rey Tindáreo, encontró poco después en un pantano un huevo del color del jacinto que llevó a su casa y ocultó en un cofre; de ese huevo salió Helena. Otros dicen que Leda se unió a Zeus en forma de cisne en la orilla del río Eurotas. Pero, claro, ¿qué crees que podía estar haciendo la abuela en las orillas del Eurotas o en los terrenos pantanosos próximos al palacio de Esparta? El caso es que mi hermana Helena se sospecha que no es hija de de Tindáreo, mi padre.

–¿Y eso es verdad?

–A mí no me extrañaría nada. ¿Tú crees que el esposo puede embarcarse un día de primavera, que si va a Creta, a Egipto o a Rodas, y regresar uno o dos meses más tarde si no a final del otoño? Siempre están de negocios y negociaciones cuando no enfrascados en hazañas bélicas.

–¿Le pedirás a Aquiles que me respete la primera noche? –Ifigenia, confiada, continuó–: Como madre de la novia, puedes hacerlo.

–Bueno, no sé –sonrió Clitemestra–. Te voy a contar otra historia. Esta vez es bien real. Me la contó Penélope, la esposa de Ulises. Ella me contó que la primera noche se encontraba acurrucada en la habitación, temblando como una débil patita. Entró Ulises y, al verla atemorizada, le prometió que no tenía nada que temer. Le dijo que se pusiera a gritar unos gritos patéticos, como quejidos, y así todos los vigilantes que los espiaban tras la puerta se darían por satisfechos y se irían. Tras hacerlo así,

Penélope se tranquilizó y Ulises comenzó a contarle historias, unas heroicas, otras cómicas, pero con tanto encanto que, antes del amanecer, la discreta Penélope había descubierto el secreto de los gritos patéticos como quejidos. Tras un copioso desayuno, Penélope susurró al oído de Ulises y los dos volvieron a su dormitorio.

Clitemestra se alargaba en detalles, como si en el relato de estas historias encontrara un pequeño consuelo frente a la inquietud de aquella triste noche cerca del campamento militar de Áulide. Hubiera deseado no verse en la necesidad de contar estas historias a su hija y por eso nunca lo había hecho hasta ahora. Ahora tenía que contarlo todo precipitadamente. Nunca hubiese querido una primera noche para su hija, porque la experiencia le decía que la boda no era sino la entrada a los infiernos. Así lo había sido para ella el día que fue entregada a Tántalo, su primer esposo, y todavía peor en su segunda boda, con Agamenón, su propio violador, el asesino de su esposo y del bebé recién nacido. Con esa carga a sus espaldas, ya solo aspiraba a que sus niñas no se vieran abocadas al mismo tenebroso infierno.

Por fortuna, Aquiles era otra cosa, de un pueblo diferente, un mirmidón, e hijo de una diosa.

–Tal vez vayamos a tener suerte, hija. Tal vez, este muchacho sea de otra manera.

Clitemestra se explayaba. La oscuridad de la noche le ayudaba a vencer el rubor que le provocaba la historia de los Atridas. Cara a cara con Ifigenia, tal vez no habría osado hablar con tanta franqueza. Tras largo rato de charla, Clitemestra se percató de que Ifigenia se había quedado dormida. Notaba su rítmico aliento acompañado de un plácido y leve resuello. Le pareció un buen síntoma. Intentó conciliar el sueño, pero pronto la aurora trajo consigo los primeros alborotos del cercano campamento.

Salió de la tienda. El crepúsculo estaba apagando las llamas de los puestos de guardia. Las sirvientas yacían todavía bajo la encina. Aris ya no se encontraba allí. Le extrañó, pues era un sirviente fiel y puntual. Las dos muchachas no sabían nada ni habían oído nada. Llegó poco tiempo después cuando Clitemestra estaba empezando a perder la paciencia.

—Eres la única persona que puede ayudarnos en este apestoso lugar —le recriminó la reina—. No vuelvas a ausentarte sin permiso.

—Sí, *Potnia*, así lo haré —respondió Aris arrepentido de haberse aventurado por el campamento.

Intentó buscar el modo de informar a la reina. Tenía la mente bloqueada y no sabía por dónde empezar.

—Por mi fidelidad a ti y a la princesa, debo decirte, señora, que Aquiles no sabe nada de la boda.

Clitemestra se restregó los ojos.

—¿Cómo? ¿Qué dices?

—Había un gran tumulto. Me ha parecido extraño. Ya sabe la señora que he permanecido más de un mes en este campamento, hasta que el rey me despidió. Nunca había visto un espectáculo como el de esta noche. Estaban los soldados borrachos. Sus jefes les anunciaron ayer que esta sería la última noche de fiesta antes de zarpar hacia Troya y que la aprovecharan. Bebieron, bailaron y cantaron, hubo carne asada y vino en abundancia. Les han anunciado que habría un gran sacrificio antes de partir, para pedir el favor de los dioses.

—Déjate de cuentos. Todo eso no me interesa.

—Aquiles estaba con su gente, los mirmidones. Se me ocurrió, inocente de mí, felicitarlo. Ya sé, señora, que no debí hacerlo. Y entonces fue cuando me di cuenta de que no sabía nada. "Estúpido", me increpó Aquiles encolerizado, "eres un criado miserable y te permites difundir rumores falsos. Seguro que te envía el rey de Micenas". Yo le pedí excusas y le dije que tú y la princesa Ifigenia estabais en el campamento para la boda. Se echó a reír. "Es lo que nos falta en esta reunión de guerreros, dos mujeres argivas". Comenzó a despotricar contra Agamenón a voz en grito. Hubo tanta algarabía que apareció el rey enfurecido. Estuvieron a punto de llegar a las manos. Yo me escabullí, pero esperé hasta que se disolvió la disputa.

—¿Qué dijo el rey? ¿Que la boda era un engaño?

—Sí, sí, eso dijo. Que era un engaño para que Ifigenia viniera. Luego hablaron los dos a solas, de espaldas a la gente que les rodeaba. Aquiles se calmó y el rey regresó a su tienda con sus escoltas. Afortunadamente, con la luz de las antorchas nadie pudo identificarme, además de que muchos no me conocían. Estoy seguro de que Agamenón me partirá en dos si llega a saber que he sido yo el que ha divulgado la noticia. Debo andarme con cuidado, pero procuraré estar cerca de vosotras, por si me necesitáis. Cuento con buenos amigos, sobre todo, Lambros, el rapsoda. Es tío mío. Él me dará cobijo y apoyo.

A Clitemestra le temblaron las piernas. "Temo a los Atridas, aunque tal vez todavía no sepamos todo lo que son capaces de llevar a cabo". Antes de que tomara una determinación, vio que se acercaban dos guerreros. Iban armados, con espada y daga a uno y otro lado de la cintura, con escudo y yelmo y la larga lanza de fresno, es decir, el uniforme oficial. Su ansiedad avanzó hacia el pavor. Ifigenia todavía estaba dormida. Los dos guerreros se plantaron ante la puerta de la tienda, uno a cada lado. En vano preguntó la reina. "Cumplimos órdenes": es todo lo que dijeron.

–¿Somos prisioneras? –preguntó Clitemestra a uno de los guardias.

No recibió ninguna contestación. A media mañana se personó un heraldo, también flanqueado por dos esbirros, que tenía la orden de acompañar a la reina y a la princesa ante Agamenón. Descendieron hacia la playa. Entre las naves y las tiendas donde se alojaban los destacamentos había una franja de tierra pedregosa inundada de suciedad, restos de leños carbonizados, huesos de animales, harapos, cordeles destrozados, remos rotos, y una atmósfera hedionda. Los cerca de quince mil hombres, durante tres meses fondeados sus navíos en Áulide, se habían convertido en una gigantesca máquina de fabricar basura. Las dos mujeres se habían atado el cinturón para que sus largas túnicas no se arrastraran por el sórdido suelo del campamento.

La reina, seguida de cerca por la siniestra comitiva del heraldo y los dos sicarios, había comenzado a hacerse la composición de lugar para cuando llegara ante su esposo. Temía quedarse sin palabras y tener que soportar, muda, la humillación, porque, fuese lo que fuese lo que tramaba el rey, no podía tratarse de nada bueno. Aris también había intuido que la princesa podía requerir su ayuda y, movido por el instinto, se colocó detrás del heraldo, por si era necesario intervenir, sin calcular que podría estar poniendo en riesgo su vida, sobre todo, cuando estuviera en presencia del rey.

La extraña comitiva, dos mujeres seguidas por una escolta de tres hombres, pasó junto al destacamento de los guerreros de Ítaca. Clitemestra pudo reconocer a Ulises sin duda alguna, mas este se perdió entre las tiendas de sus compatriotas. Tal vez no reparó en aquellas dos mujeres que él mismo había conducido desde Micenas al campamento de Áulide bajo la patraña de una boda real. Clitemestra no tuvo reflejos para gritarle y llamarlo. Se arrepintió, cuando ya era tarde. Siguieron caminando playa adelante hasta que llegaron a la tienda de Agamenón. La reina sintió temor, pero logró reponerse para hacer frente a su esposo. La guardia no le presentó sus respetos. Probablemente ni tan siquiera sabían que se trataba de la reina y la princesa. El heraldo entró en la tienda e invitó a las dos mujeres a pasar. Clitemestra se negó.

—No entraré a menos que salga el rey a darnos la bienvenida– afirmó con voz decidida.

—La educación y la diplomacia nunca ha sido mi fuerte, lo reconozco –masculló el rey desde la puerta–. Espero que entiendas que no estamos en tiempos de sutilezas.

—Lo tuyo no son las sutilezas, pero creía que la mentira y el engaño eran solo cualidades del rey de Ítaca. Al parecer se te han contagiado.

—Estás aquí por tu cabezonería, no por mi engaño. Te dije que no debías venir, que tenías tu trabajo en palacio, con los niños. Te has empeñado en hacer lo contrario de lo que ordeno y te aseguro que lo vas a lamentar.

—Guárdate las amenazas para más tarde. Ahora dime qué ocurre con esa boda que has anunciado.

Ifigenia temblaba. Atravesada por sentimientos opuestos, esperaba el abrazo de su padre con la misma energía con que repudiaba la insolente autoridad del rey. Sus recuerdos en el palacio de Micenas quedaban anonadados por el presente despótico del caudillo de los bárbaros guerreros que habían convertido la playa de Áulide en un inmundo estercolero. Ifigenia quiso llamarlo "padre", pero se le hizo un nudo en la garganta. El rey ahogó su torbellino interior con un frío abrazo a su hija, la misma hija a la que dos días después había de entregar a la espada de bronce del matarife.

Calcante le había insistido en que no intentara explicarle nada a Ifigenia. No había nada que explicar salvo cumplir la voluntad de la diosa. Eso o atenerse a las consecuencias. Tan en manos del adivino se sentía Agamenón que cumplió sus recomendaciones al pie de la letra. O sacrificas a tu hija o no hay expedición a Troya, le dijo colocándolo frente a una falsa disyuntiva. "Falsa, falsa", había insistido Calcante, "porque ya no hay quien pueda salvar a tu hija. O sacrificas a tu hija en cumplimiento del oráculo o la matará el ejército por ti".

—No deberías estar aquí —insistió Agamenón a su esposa—. No presenciarás la boda. Ulises no se atrevió a retenerte en Micenas. Si hubiera ido yo, tú ahora no estarías aquí. Estarías en el palacio cuidando a tus hijos, desempeñando tu misión de madre. Ya lo creo que habrías cumplido mis órdenes. Nunca estarás por encima de mí, métetelo en la cabeza. Ahora lo has intentado, pero va a ser la última vez.

—No me has contestado a qué ocurre con la boda.

—Sabes todo lo que tienes que saber.

—Entonces, ¿por qué Aquiles dice que no sabe nada de este embrollo? ¿Me lo puedes explicar?

Agamenón dejó ver en su rostro el contratiempo: alguien se había ido de la lengua. No reparó en que la vida tiene una importante parcela en la que gobierna el azar. La curiosidad juvenil de Aris se alió con el azar para toparse con el rey de los mirmidones en una noche festiva.

—Aquiles habla demasiado —dijo para salir del paso.

Ifigenia, que no reconocía a su padre, se preguntaba cómo pueden cambiar tanto las personas. Ni aun a llamarle "padre" se atrevía. La tienda de Agamenón estuvo a punto de estallar cuando hizo acto de presencia Aris que debía de traer alguna noticia urgente aunque no tuvo oportunidad de explicarse.

—¡Aléjate de mi presencia, infame! —gritó enfurecido—. Y tú, pequeña, sal tú también.

Luego se dirigió a Clitemestra para recriminarle que se hubiera hecho acompañar por una persona que él había expulsado del campamento por desleal.

—Era preciso un hombre joven y fuerte para cargar con los bultos.

—Regresa a Micenas y cuida de tus hijos. Eso es todo.

—No sin Ifigenia.

—¿Por qué te empeñas siempre en ponerme las cosas tan difíciles? ¿Acaso no te educó tu madre para ser la fiel guardiana del hogar, la educadora de tus hijos, la primera colaboradora del esposo?

17

Cuando Ifigenia hubo salido de la tienda de su padre, Agamenón quedó a solas con Clitemestra, los dos frente a frente. El rey hizo un último esfuerzo por ganar la voluntad y la comprensión de su esposa. Ganar su complicidad era una batalla que daba por perdida, pero había que intentarlo. Valía la pena, pensó, pues, tras la derrota de Troya y alcanzada ya para siempre una fama inmortal, comenzaría el luminoso futuro para los reyes de Micenas y sus hijos y, por añadidura, para todos los reinos griegos. La llanura de Argos, rebosante de pastos y de pingües ganados, y el palacio de Micenas, repleto de oro y de plata, protegido por las broncíneas lanzas de sus guerreros indestructibles, sería el paraíso que Agamenón había soñado.

—No serás digna de ser llamada reina de Micenas si no eres capaz de soportar lo más doloroso. Así es la vida, así han hecho el mundo los dioses. ¡Nos gustaría que fuera de otra manera! Claro que sí. Me encantaría vivir una vida tranquila en Micenas, salir por la mañana a contemplar el trabajo de mis sirvientes, sacrificar a los dioses, celebrar las festividades que nuestros ritos ordenan, bogar por el mar de Tirinte a Creta, de Creta a Egipto, de Pilo a Ítaca, vender nuestro trigo, las pieles de nuestras reses, adquirir ánforas de trigo y aceite, escuchar el trino de las aves, tañer la lira.

—No aguanto tus discursos. Dime ya de una vez para qué has hecho venir a nuestra hija.

—Me vas a escuchar —replicó sereno Agamenón—. Aunque no sea mi costumbre y menos desde que estoy aquí en este campamento al mando de este formidable ejército, debo darte, a ti, esposa, más que a nadie, una explicación. Si no eres capaz de soportar lo más doloroso, tampoco puedes llegar a ser el capitán de los ejércitos griegos.

Clitemestra comenzó a barruntar algo horrible. Y debía de ser muy horrible cuando el guerrero Agamenón anunciaba un gran dolor.

–Ifigenia va a ser sacrificada a la diosa. No me pidas cuentas a mí, pídeselas a tu diosa, esa *Potnia* salvaje que adoráis las mujeres.

La reina se quedó sin habla. Le faltaba el aire. Cerraba los puños, clavaba las uñas contra las palmas de la mano. Comenzó a mesarse los cabellos. Cayó de rodillas en actitud de suplicante, pero no le vino a la boca el nombre de ningún dios ni de ninguna diosa. Se sintió sola, limitada por su propia piel. Mil veces hubiera deseado morir antes que escuchar esas horribles y frías palabras de su pérfido esposo, perfidia de un Atrida salvaje y bárbaro.

–¡La boda era el pretexto! –musitó para sí mientras una gran luz fría iluminaba los últimos y oscuros días de su vida, desde su partida de Micenas hasta la llegada al campamento de Áulide.

Agamenón permaneció impasible, contemplando a su esposa. Deseaba consolarla y podía hacerlo, porque para él era una ofrenda exigida por la diosa lo que para la reina era un desnudo y salvaje crimen.

–Tienes más hijas, Electra y Crisótemis –dijo–. Cuida al pequeño cachorro, a Orestes, que un día me sucederá y tomará el timón del barco.

El suelo alfombrado de la tienda de Agamenón absorbía las lágrimas de Clitemestra. Lloró hasta el agotamiento y trató de decir ¡basta!, pero sin conseguirlo. Se sintió herida por secos ramalazos de mala conciencia. "Porque he sido yo", pensaba, "la que he conducido a mi hija al matadero, como una corderilla al sacrificio. He sido estúpida al dejarme engañar por una pérfida promesa". Maldijo su condición de mujer, maldijo la boda, "la peor celada que los hombres se han inventado para doblegar a las mujeres, una esperanza que nos convierte en seres ilusos y estúpidos".

–¡Van a matar a mi hija entrampándola con una boda! Yo que creía estar vacunada contra la humillante trampa de la boda, he ido a caer en ella.

–Podría –arguyó furioso Agamenón– haber hecho venir a la niña amordazada y sabiendo que iba a morir. Hubiera sido mucho peor, creo yo, así que no taches de trampa humillante lo que no es sino un feliz lenitivo.

—Es todo tan ruin, tan miserable.

—¿Crees que he podido elegir? ¿Que podría haber licenciado al ejército? No sabes de qué estás hablando. Si lo hubiera hecho, habría muerto yo, tú y todos tus hijos.

—Prefieres matarlos tú —replicó airada Clitemestra—. ¿No hablas y se te llena la boca diciendo que vas a defender tu reino y tu familia? Ahí tenías la oportunidad.

—Desde el momento en que el oráculo se ha conocido, Ifigenia estaba muerta.

—Pediré ayuda a quien sea, al propio Aquiles.

—Nada puedo hacer yo ni tú ni el mismo Aquiles, nadie.

—¿Y de dónde ha salido ese oráculo? De Calcante. Tú pagas y a precio de oro al asesino de mi hija. Rey estúpido. ¿Acaso no fue el adivino quien te dictó el crimen? Odio a ese adivino perverso, genio maligno, usurpador de la voluntad de los dioses, dueño y señor de la voluntad de todos vosotros, guerreros salvajes, caudillos bárbaros, que necesitáis fortalecer vuestra alma temblorosa y cobarde con la sangre inocente de una muchacha.

—Ya que no puedo convencerte, has de saber que no me temblará la contera, que seré yo mismo el que empuñe el cuchillo si es necesario.

Agamenón llevaba ventaja. Los caudillos, Menelao y Ulises, sobre todo, pero también Néstor o Idomeneo, lo arropaban, lo mismo que todo el ejército. Los caudillos compartían el dolor de quien sacrifica a su primogénita, pero al mismo tiempo admiraban la determinación del jefe, la entrega a la causa común de la patria griega. El sacrificio, así también insistía Calcante, era el tributo que la diosa exigía y Agamenón, convencido que la jefatura así lo reclamaba, ya no necesitaba engañarse ni le corroía ningún remordimiento. Aceptaba los hechos. Estaba decidido a cumplir con su obligación hasta la destrucción total de Troya, hasta la muerte del último varón troyano capaz de empuñar una lanza, hasta la liquidación de la última semilla de los hijos de Príamo.

—Sí, Micenas es nuestro paraíso y el de nuestros hijos, el de nuestra gente. Tú y las mujeres pensáis en disfrutarlo. Yo también pienso en disfrutarlo, en jugar con mis hijos en el atrio del palacio, en complacer a mi esposa, en rendir culto a los dioses como un rey piadoso. No soy un monstruo. Pero luego, querida esposa, está Paris, ese troyano bárbaro que roba la esposa de mi hermano, el rey de Esparta, tu hermana Helena. Y eso es solo el comienzo. ¿Sabes lo que vendrá después? ¿Sabes cuántas fieras hambrientas se abalanzarán sobre los paradisíacos campos de Esparta a saquear sus frutos y sus ganados? ¿Quieres que a esas fieras les digamos: "Venid aquí a por nuestras riquezas. ¡Tomadlas!"? Si un día nos invaden esas fieras, los bárbaros de Anatolia, las mujeres y los niños y los ancianos querréis que vuestros hombres blandan sus espadas, aticen sus lanzas en defensa de lo que es nuestro, de nuestro patrimonio y de nuestras vidas. Eso querréis, eso pediréis a vuestros hombres y en eso ante todo debe pensar un rey. Yo no me hago ilusiones, no soy un iluso. Eso es asunto vuestro, de mujeres. Un reino que no sea capaz de defenderse perecerá.

—No eres iluso —replicó Clitemestra—. Eres ciego, que es mucho peor. Estás destruyendo lo que juras defender. ¿Qué otra cosa haces matando a tu primogénita, la que te ha llamado por primera vez padre, sino destruir lo que crees defender? El reino de Micenas debe defenderse ante todo contra sí mismo. Helena vive, debes saberlo, y que yo sepa es feliz. Lo único que ha robado Paris es el honor miserable de un Atrida. ¿Y las riquezas? Lo que Helena se ha llevado a Troya era suyo, no ha robado nada, y menos a un Atrida. Menelao llegó a Esparta con una mano delante y otra detrás y ganó a los pretendientes con trampas, trampas y más trampas, celadas muy propias de hombres pérfidos. No hace falta que vengan de fuera a destruir el paraíso de Micenas. Ya está destruido. El enemigo está dentro, dentro de ti, esposo. —Clitemestra se sintió fuerte, y también ilusa, y creyó que aún cabía una oportunidad—. Desiste de matar a tu hija. Deja que regresemos a Micenas. Piensa que hay árboles que son derribados por la fuerza desatada de los vientos o por la segur del maderero y otros que se derrumban sobre sí mismos corroídos por la podredumbre interior. No seas la carcoma que corrompa tu reino, no destruyas a tu familia, recuerda lo mucho que te ama tu Ifigenia.

Agamenón estaba a punto de dar por concluido el parlamento con su esposa.

–Me espera mucho trabajo. Regresa a tu tienda y espera allí.

–Piensa un poco –insistió Clitemestra y Agamenón se dispuso a escuchar–. Si partes a la guerra dejándome en el hogar y regresas allí después de larga ausencia, ¿qué no será capaz de urdir mi apenado corazón durante tanto tiempo? Cuando vea vacíos los lugares en que mi hija se sentaba, y vacías sus habitaciones de doncella, y esté echada sola con mis lágrimas, entonando una y otra vez fúnebres lamentos por ella: "Te mató, hija, el padre que te había engendrado, asesinándote él, no otro ni con mano ajena. ¡Esa recompensa ha dejado a su hogar!" Bastará sólo un breve pretexto para que yo y las hijas que queden con vida te acojamos como mereces. ¡No, por los dioses, no me obligues a convertirme en una mujer mala para ti ni seas tú mismo malvado! –A Clitemestra se le ahogaban sus palabras en sollozos. Se repuso de su llanto y continuó–: Si matas a tu hija, ¿qué ruegos vas a dirigir a los dioses? ¿Qué bien pedirás para ti, al degollar a tu hija? ¿Un regreso funesto, cuando ya sales como infame de tu patria? ¿Acaso será justo que yo suplique algún bien para ti? ¿Es que no consideraríamos a los dioses malvados si deseáramos su favor para los asesinos? ¿Y al volver a Argos abrazarás a tus hijos? Ya no te será lícito. ¿Cuál de tus hijos va a mirarte a la cara? ¿Ya has reflexionado esto, o sólo te importa llevar de un lado a otro el cetro y acaudillar el ejército? ¡Respóndeme a estas cosas si no las digo con razón! Pero, si están bien dichas, arrepiéntete, y no mates a esta hija mía y tuya, y serás sensato.

–Un gobernante debe saber que el tiempo de las palabras no puede usurpar el tiempo de la acción.

Agamenón creyó haber hecho todo lo que estaba en su mano.

La tormentosa escena fue seguida con estupor por Ifigenia y Aris, en los que nadie reparó tras haber sido expulsados de la tienda del rey. Los dos, atrincherados en la parte trasera de la tienda, pegaron su rostro al suelo, como queriendo esconderse en las entrañas de la tierra. Mientras tanto tenían el oído bien abierto. Aris tapaba la boca de Ifigenia para que su llanto no prorrumpiera en estruendosos alaridos de dolor. Temblorosa y ahogando sus lágrimas, su alma se retorcía en un violento sollozo. Aris le musitaba al oído palabras de consuelo mientras también él sentía partírsele el alma en pedazos. Porque él había alentado a las dos mujeres en ese fatídico viaje desde Micenas, convencido de que se iba a celebrar la boda real con Aquiles. Había colaborado con el engaño en el camino de Ifigenia hacia la muerte.

—Yo te ayudaré, princesa. Confía en mí.

—¿Qué podemos hacer? —alcanzó a decir Ifigenia mientras seguía su silencioso sollozo—. ¡Huyamos!

—Ahora, no, sería inútil. Nos cazarían enseguida. Nuestra única oportunidad es intentarlo por la noche. Me conozco el terreno al dedillo, mejor que los guardias. Vamos a fingir que no nos hemos enterado de nada. No sabemos nada. Haz un esfuerzo.

Ifigenia tenía la cara embarrada de tanto llorar. Aris la limpió como pudo en un gesto en el que el acto de higiene se fundía con la inmaculada caricia del amor más puro. El paje se sentía poseído por una portentosa fuerza interior. Sin duda Eros le insuflaba coraje y valor tras ver puesta en sus manos la vida de Ifigenia, la cual, a su vez, de modo instintivo se aferraba al joven Aris como su único puerto de salvación.

—Te lo debo, Ifigenia. Yo te sacaré de este infierno.

Agamenón y Clitemestra habían dejado de discutir. Los dos jóvenes seguían agazapados tras la tienda del rey. Dudaban entre seguir allí, donde podían ser sorprendidos en cualquier momento, o salir huyendo. La presencia de un grupo de mirmidones, con Aquiles a la cabeza, los hizo agazaparse de nuevo. Tras presentarse a la guardia, Aquiles entró sin esperar el permiso.

—Es una suerte que esté aquí la reina —dijo sin dar más explicaciones—, pues venía a presentarle mis excusas. No porque sienta haber cometido ninguna falta, que no la he cometido —insistió Aquiles mirando a Agamenón—. Quiero decir a la reina que su esposo ha utilizado mi nombre con total desvergüenza. —Aquiles se sintió obligado a matizar—. Bueno, yo nunca hubiera elegido al orgulloso rey de Micenas como jefe de esta expedición, pero esos argumentos los conoce muy bien el rey. No es asunto de mujeres los temas de la dirección de la guerra. Pero que sepáis, señora, que nada he tenido que ver con el invento de mi boda con Ifigenia. Ni tan siquiera han tenido la cortesía de hacérmelo saber, no pedir autorización, que eso hubiera sido lo justo, pero sí al menos comunicármelo. Así me han pillado desprevenido y cualquiera podría creer que soy el hazmerreír de Agamenón o del tramposo Ulises. Pero iré al grano, señora, tu esposo alguna vez ha hecho bromas con la boda de vuestra hija. Yo no quiero entrar en asuntos familiares, pero la verdad es que una esposa no pinta nada en este campamento. Eso nos lleva a pensar a muchos de nosotros que este hombre, Agamenón Atrida, es incapaz de gobernar su casa. ¡Como para gobernar un ejército de mil navíos! Pero, como te digo, no quiero entrar en asuntos familiares que no me competen. Yo no formo parte del círculo de amigos de Agamenón. Ellos y yo estamos aquí por motivos diferentes. Yo busco la gloria, ellos el oro de Príamo y el paso del estrecho. Son vulgares depredadores, cazadores. Creen que la fama pende del filo de la espada. ¡Qué error! Agamenón y su círculo de confianza, Ulises, Néstor y Menelao, comandados por el divino augur Calcante, han utilizado mi nombre. Los exculpo, señora, primero por el bien de Grecia y por el éxito de esta empresa y, también, porque yo los utilizo a ellos, porque necesito esa guerra que ha de sellar mi gloria inmortal. También exculpo a Helena, vuestra hermana, por la misma razón. Bueno, habríamos encontrado otro pretexto para atacar a Príamo, sin duda, pero hay que reconocer que Helena nos lo ha puesto fácil, es un pretexto creíble para este grupo de guerreros feroces que matarían y morirían por una bella mujer, sobre todo, si toma asiento sobre un áureo trono y con áureos imperdibles se abrocha el vestido a los hombros.

Clitemestra, apenas Aquiles abrió la boca, perdió toda esperanza. Creía en él, en el hijo de la diosa. Era su última baza, que ahora se le esfumaba como una inane estela de humo. De no hallarse ante el inminente asesinato de su hija, también se habría sentido decepcionada con esa heroica sed de gloria inmortal lograda a base de mortandad y muerte.

Aquiles abandonó la tienda de Agamenón tras hacer una reverencia a la reina. En la puerta se cruzó con lo que él llamaba el grupo de confianza del rey, Menelao flanqueado por Ulises y Calcante. Los tres habían sido convocados por Agamenón, en un último intento para lograr la aquiescencia de Clitemestra, aunque, más que intentar convencer a la reina, tenían interés en comprobar que no se resquebrajaba la voluntad del rey. No porque Agamenón fuera un hombre débil, como podía serlo Menelao, sino porque todos comprendían que sacrificar a una hija, degollarla ante el altar en presencia de un ejército formidable, podía ablandar las convicciones de cualquiera, incluso las de un rey tan brutal y decidido como Agamenón Atrida.

Clitemestra nada podía esperar de los tres nuevos visitantes. Ulises era el que había llevado a cabo el trabajo sucio, hacerlas venir con engaño desde Micenas. Calcante era el peor, el que había decretado la muerte de Ifigenia había sido el adivino, un hombre que se proclamaba intermediario con los dioses era el causante del monstruoso asesinato. Solo le quedaba su cuñado Menelao, "valeroso en el grito de guerra", como decían sus soldados espartanos. Clitemestra no pudo evitar pensar en Hermione, la hija de Menelao y Helena, su querida sobrina.

—He intentado evitarlo —se exculpó Menelao ante la mirada grave de sus colegas.

—No seas cobarde, Menelao —replicó Clitemestra—. Al fin y al cabo, no es tu hija la que va a morir.

Menelao dio señales de ser el hombre débil que todos creían. Bajó los ojos y en adelante guardó silencio.

—No puedo pedir perdón, reina de Micenas, porque nada malo he hecho —dijo el artero Ulises—. Si no hubiera sido yo, habría sido otro. Así todo ha sido más sencillo. Yo inventé el truco de la boda. No culpes a tu esposo, aunque en este asunto en vano buscarás al culpable. No hay culpable, a menos que incurras en el sacrilegio de culpar a la diosa. No hay quien pare a este ejército formidable que ha de vengar la afrenta de los troyanos.

—Eres un hombre vil —replicó Clitemestra—. Merecerías ver a tu hijo Telémaco degollado. ¿Inventarías también alguna mentira verosímil para engañar a tu esposa como has hecho conmigo?

Clitemestra, ya desesperada, recurrió a una última carta.

—Divino augur, tú que has pronunciado el oráculo, tú tienes potestad para revocarlo. No incurras en sacrilegio ni tientes la ira de la diosa. Levanta el oráculo, sal, preséntate ante el ejército. Ellos te creerán. La diosa se sentirá aliviada. No trae buena fama derramar la sangre de las doncellas sobre el altar de la que protege a las mujeres. Te lo ruego, hombre de dios, revoca el oráculo, deja que viva nuestra hija.

Clitemestra terminó aferrándose a las rodillas del augur. No le importó postrarse y humillarse ante un servidor del palacio aunque no fuera un acto propio de su rango. Calcante se sintió molesto con el gesto suplicante de la reina y siguió manteniendo un altivo silencio. No podía, ni aunque hubiera querido, dar una explicación a la reina suplicante. Había recibido la revelación y se había limitado a darla a conocer a los reyes. Sí podía, en cambio, tratar de descubrir los efectos de la voluntad de los dioses en la vida de los mortales.

—A grandes males, grandes remedios –dijo Ulises para aliviar el espeso silencio.

Menelao tomó del brazo a su cuñada todavía postrada a las rodillas del augur y le ayudó a levantarse.

—La sangre de Ifigenia –comenzó a decir el adivino– fraguará lazos eternos de amistad entre los reinos griegos. Ella será para siempre una gran patriota. Si te apetece y eso te consuela, puedes pensar que Ifigenia, tu hija, será la verdadera madre de nuestra patria.

Clitemestra se sentía invadida por una fiebre de odio a medida que el adivino trenzaba su discurso.

—Escucha, señora. Veo que te enfureces en vano contra tu esposo. Está decretado que tu hija muera. Y creo que sería preferible afrontar ese hecho noblemente, descartando a un lado todo sentimiento vulgar. Examina con qué razón lo digo. En Ifigenia todo el poderoso ejército griego, toda la Hélade, fija en este momento su mirada, y de ella depende la travesía de las naves y el asolamiento de Troya y sus aliados, para que los bárbaros no cometan ningún delito contra sus mujeres en adelante ni rapten ya más esposas de la Grecia feliz, una vez que expíen la pérdida de Helena, a la que raptó Paris.

"Todo eso obtendrá Grecia con la muerte de Ifigenia, y su fama, por haber liberado a Grecia, será gloriosa. Y en verdad tampoco debemos amar en exceso la vida. Cada uno de nosotros hemos nacido como algo común para todos los griegos, y no solo para nuestra familia particular. Ahora que miles de guerreros embrazando sus escudos y miles de remeros empuñando sus remos, por el honor de su patria agraviada, están decididos a luchar contra los enemigos y a morir por Grecia, la vida de Ifigenia, que es una sola, no puede ser un obstáculo para esta gigantesca empresa ¿Qué palabra justa puedes, reina de Micenas, argüir en contra de esto?

"Ifigenia es devota de Ártemis. Y si Artemis ha querido apoderarse de su persona, ¿has de resistirte tú, que eres mortal, contra la diosa? Sería imposible. Entrega tu hija a Grecia y el ejército arrasará Troya. Ese será, pues, el monumento funerario a Ifigenia para siempre. Es natural que los griegos dominen a los bárbaros, y no que los bárbaros manden a los griegos, señora. Pues esa es gente esclava, y los griegos somos libres. Tu hija, reina de Micenas, es afortunada. Es la salvadora de Grecia.

–¿Has tenido tú algún hijo, divino augur?

–No, ni tampoco una esposa.

–Pues no deberías hablar de la muerte de los hijos, algo que tú doblemente ignoras. Porque ni eres padre para saber que es un hijo o una hija ni, aunque lo fueras, conocerías lo que siente una madre al dar a luz después de una larga gestación. Hablas de la patria. ¿Por qué no hablamos mejor de la *matria*, como hacen nuestros vecinos cretenses? Veo una guerra del padre contra la madre, la patria contra la *matria*: esa es la guerra que estáis preparando más que una guerra contra Troya.

–Bueno –terció Ulises–. Creta ya no es lo que era, aunque Idomeneo hace lo que puede.

Clitemestra, al ver la causa perdida, se dirigió a su esposo en tono imperativo tras recuperar su dignidad regia y le dijo:

–Ordena a este desleal servidor tuyo que se enfrente al ejército y anuncie la revocación del oráculo. Que nunca nuestra diosa Ártemis ha pedido la vida de un ser humano ni tan siquiera de un animal. Las ofrendas que ella más aprecia son pasteles de harina candeal y libaciones de leche y miel.

El adivino mantuvo la cabeza erguida y guardó silencio. No quiso reconocer ni para sí mismo el temor que le causaron las palabras de la reina. Ulises acudió raudo al rescate.

–El augur ha tratado de buscar las mejores palabras para tu consuelo. Tal vez no haya estado muy acertado. Eres madre, pero también eres reina. Si en un platillo de la balanza está Grecia y en el otro Ifigenia o Telémaco o Hermione, la elección está clara para todos, sin duda alguna.

–Caudillos falsos, reyes de la mentira –espetó Clitemestra.

–No es fácil de entender –afirmó Calcante mirando en tono conciliador a los caudillos–. Si la reina comprendiera que la expedición a Troya pende del sacrificio de su hija, estoy seguro de que, con todo el dolor de su corazón, daría su consentimiento.

–No tengo ninguna duda –concluyó Ulises.

Clitemestra abandonó abatida la reunión con su esposo. Los mismos guardias junto con el heraldo la condujeron de nuevo a su tienda, donde se hallaba Ifigenia. La escasa energía que todavía le quedaba se le vino abajo cuando supo que las dos muchachas que acompañaban a su hija habían sido brutalmente violadas.

18

No había tiempo que perder. Aris había convencido a las mujeres, la reina y la princesa y las dos muchachas que habían sido ultrajadas, de que había que ponerse manos a la obra para salvar la vida de Ifigenia. Él conocía bien el campamento, dónde estaban apostadas las guardias por la noche, a qué hora hacían los relevos. Conocía los senderos por los que poder escapar.

–Pero debo advertiros una cosa –les explicó Aris–. Cuando los guardias se den cuenta de que Ifigenia ha desaparecido, comenzarán a interrogaros. Ni tú misma, señora, te librarás de la presión de los guardias y del propio rey. Les diréis que hemos tomado una embarcación y que nos hemos hecho a la mar.

Cuidando de que los guardias no se percataran de sus intenciones, Clitemestra y las dos jóvenes comenzaron sus tareas. En lugar de ayudarla en la ceremonia de boda, la ayudarían en una ceremonia bien diferente: la de librarse del cuchillo del matarife. Las dos muchachas le cortaron la rubia cabellera para que cobrara la apariencia de un muchacho, un paje o un joven guerrero. Le pintaron la frente y los pómulos con trazos de pez, como solían hacer los soldados más jóvenes en el campamento para darse aspecto de fieros guerreros. Los mayores no necesitaban pintarrajearse para resaltar la ferocidad en su rostro.

Clitemestra estaba atareada en modificar la indumentaria. Recortó la larga túnica blanca de modo que cayera justo por debajo de las rodillas, imitando la clámide de los soldados. Con la tela sobrante cosió un pequeño taparrabos semejante al que utilizaban los hombres en sus ejercicios gimnásticos y en sus trabajos, como los remeros a bordo de las embarcaciones.

A la caída de la tarde ya todo estaba preparado. Aris había dicho que seguirían su vida normal con la misma rutina de siempre. La reina y la princesa dormirían en la tienda y él, con las dos muchachas, bajo la encina próxima. A eso de la medianoche emprenderían la huida. La luna, que estaba en creciente, a punto de llegar al plenilunio, sería su aliada en la fuga. Clitemestra estaba nerviosa, pero al menos había prendido en su alma hundida una chispa de esperanza tras la mortificante y angustiosa reunión que acababa de vivir.

—¿Qué más vais a necesitar? —preguntó al paje.

—Nada más. Debemos ir ligeros de carga, por si hay que correr.

—¿Cuándo volveremos a vernos?

—Espero que sea en Micenas. Una vez que todo haya pasado, tal vez el rey me recompense por haber salvado a su hija. —Aris dudó un poco y prosiguió—: o tal vez me agarrote como a un vulgar delincuente. Bueno —se tranquilizó—, no es el momento de pensar más allá de esta medianoche. Si logramos salir del campamento, me las arreglaré. Nos las arreglaremos —puntualizó mirando a Ifigenia.

Cuando ya oscurecía, las cuatro mujeres y el paje tomaron la cena como todos los días. A la puesta del sol, la guardia se retiraba de la tienda de la reina y la princesa. Confiaban su seguridad a las patrullas nocturnas.

Las cuatro mujeres se alojaron en sus aposentos dispuestas a pasar la noche. El cuerpo de Ifigenia era como un caldero hirviente. Pese a todo, se acostó sobre el jergón y dejaba que su mente deambulara a sus anchas por los recuerdos de su corta, pero intensa vida. Pensaba en sus tiernas hermanas, Crisótemis y Electra, el bebé Orestes, la prima Hermione, la tía Helena. El palacio de Micenas, el patio de juegos, la azotea desde la que esperaban la llegada de los tíos de Esparta, la cima de los álamos negros y la gruta más íntima de la diosa, los ritos, las ofrendas, el cumpleaños. Toda su vida, todos los escenarios, discurrían por su memoria a la velocidad del relámpago, y todos los caminos le conducían al mismo lugar, a la diosa, de la que ella era la suma sacerdotisa, la diosa que ahora reclamaba su vida. "No y mil veces no", era su grito silencioso. "La *Potnia* no puede reclamar mi sangre sobre el altar. Son los dioses nuevos los que están ansiosos de sangre, no nuestra Señora".

Ifigenia pasaba de hablar consigo misma a elevar plegarias:

"¡Oh reina del cielo! –rezaba–, ya sea tu nombre Ártemis, la Señora de los vientos, que con tus medicinas ayudas en el parto a las mujeres preñadas, que has criado a la multitud de las gentes y que ahora eres adorada en los magníficos santuarios de Micenas; ya seas la divina Deméter, madre primera de los panes, que te alegraste cuando te halló tu hija y has sustituido el sustento bestial antiguo de las bellotas por el deleitoso manjar candeal, diosa que moras y habitas en las tierras de Argos; o seas tú la celeste Afrodita, que en el principio del mundo juntaste la diversidad de las razas, engendrando amor entre ellos y acrecentando el género humano con perpetuo linaje, y eres honrada en el templo sagrado de Pafos, en la isla de Chipre; o seas tú Hera, Señora venerada en los cerros boscosos de Micenas, que sola dominas y gobiernas todo, madre de la lluvia, alentadora de vientos, dadora de vida, porque sin ti nada alcanza su existencia.

"¡Oh Señora!, por cualquier nombre o por cualquier rito o cualquier gesto y cara que sea lícito llamarte, tú, Señora, *Potnia* de Micenas, socorre y ayuda ahora a tu fiel servidora en estas mis extremas angustias. Levanta mi caída fortuna, dame la paz y el reposo. Y si mi padre y los guerreros salvajes no desisten de su siniestro propósito, dame fuerzas, oh divina diosa, oh reina del cielo, para que muera antes de que mi sangre se derrame sobre tu altar y lo mancille. No consientas, Señora, ese descomunal sacrilegio.

"Un ser mortal es efímero por naturaleza, pero tú, protectora de las mujeres, no puedes ser arrastrada al fango y desaparecer de la faz de la tierra. Quédate con nosotras, que podamos acudir a ti para llorar, para cobrar fuerzas, para levantarnos del suelo, que los nuevos dioses, aguijoneadores de la guerra y del despojo, no te arrinconen en el desván del palacio, que nunca una deidad honorable, oh reina del cielo, sea afrentada por otra más joven y obligada a dejar estos parajes".

La diosa, apenada pero impotente ante la impostura de los dioses guerreros, respondía así a Ifigenia:

"Vengo a ti, Ifigenia, conmovida por tus ruegos. Yo soy la Naturaleza, madre de todas las cosas, dueña de todos los elementos, origen y principio de los siglos, divinidad suprema, primera entre

214

los habitantes del cielo, rostro ejemplar de los dioses y de las diosas. Mi voluntad rige las luminosas bóvedas del cielo, las saludables auras del Océano, el lúgubre silencio de los infiernos. Potencia única, soy adorada por el universo entero bajo distintas formas, con diversas ceremonias, con mil diferentes nombres. Los frigios, primeros habitantes de la tierra, me llaman madre de los dioses; los autóctonos atenienses me llaman Atenea; soy la Afrodita de Pafos en la isla de Chipre; Ártemis entre los cretenses y los argivos; Perséfone Estigia entre los sicilianos; soy Deméter, la antigua divinidad de los habitantes de Eleusis. Hera me llaman unos; Belona, otros; aquí Hécate; más allá Ramnusia. Pero los que reciben antes que nadie los primeros rayos del sol naciente, los etíopes y los egipcios, poderosos por su antiguo saber, me llaman por mi verdadero nombre: la reina del cielo. Vengo apiadada de tus infortunios; vengo a ti propicia. Seca ya tus lágrimas, pon término a tus lamentos, abandona tu desespero. Y deja ya de preocuparte: está decretado que los jóvenes dioses guerreros recibirán honores y se enseñorearán del mundo y a las diosas nos tocará sufrir; nuestras sacerdotisas serán relegadas y las piadosas mujeres conocerán la humillación. Tú, querida Ifigenia, eres la avanzadilla de los nuevos tiempos: contra ti conspira el rey, el padre, el caudillo, la trinidad asesorada por el vil augur Calcante. Todos los poderes, hija, se han aliado contra nosotras: el oro de Micenas y de toda Grecia, la armada de mil navíos y los más astutos adivinos. La riqueza, los caudillos bárbaros expertos en el arte de la guerra y los pensadores, una trinidad siniestra. Y la diosa que os ha donado el pan candeal os encomienda ahora a las mujeres que seáis la levadura del mundo, de un mundo que sin vosotras será masa amorfa e inerte aplastada sobre sí misma. Lucharás hasta el último instante contra la impostura y no doblegarás tu alma ante los nuevos dioses por muy poderosos y soberbios que sean. Quedará tu ejemplo como antorcha, que iluminará el rostro vergonzoso de un rey y padre prevaricador, sembrador de discordia, asesino de la inocencia.

"Míralos: los caudillos guerreros envalentonados, armados de bronce y fresno, con sus ridículos penachos sobre su morrión. Míralos, hurga en la distancia entre lo que son y lo que parecen ser, entre su plumífero penacho y su morrión de bronce. Tú, Ifigenia, solo tú, serás capaz de desafiar los rayos y truenos de Zeus, el dios de la tormenta. Solo tú podrás reunir de nuevo los pecios del naufragio. Y esto ocurrirá así bajo el dictado de la necesidad según la disposición del tiempo".

Clitemestra en la oscuridad de la tienda besó a su hija soñolienta. La abrazó hasta estrujarla.

—¡Adiós, hija querida!

—Te prometo que no voy a llorar. Y tú tampoco vas a llorar —con estas palabras se despidió Ifigenia de su madre.

—Aris te está esperando —le susurró—. Sal despacio.

—Acaba de pasar la guardia. Prepárate. —Aris tomó la mano de Ifigenia para darle confianza—. Sígueme y camina con cuidado.

Los turnos de guardia eran muy seguidos y esto preocupaba a Aris. Aprovecharon el momento preciso en que las parejas contiguas se encontraban a mayor distancia para colarse sin ser vistos. Superada la primera barrera de vigilancia, ascendieron hasta llegar a la cima de la colina, donde había también puestos de guardia, pero más distanciados entre sí. Los guardias eran guardias, no espías, así que solían pasarse la noche, las horas que les correspondía a cada pareja, de cháchara. No era difícil localizarlos en la oscuridad y esquivarlos. También superaron sin dificultad esta segunda barrera.

Una vez en la colina, un sendero descendente conducía al santuario de Ártemis. A medida que se alejaban del campamento, no se percibían más señales de vida que el canto esporádico de las rapaces nocturnas. Ifigenia sintió temor cuando escuchó el alarido de la lechuza. Le pareció como un lamento y sintió un escalofrío. Al mismo tiempo, la proximidad del santuario de la diosa le daba confianza. Aris también se relajó, convencido de que habían sorteado sin percances el tramo más difícil de la huida.

Se sentaron a tomar aliento. Aris contuvo la respiración para constatar si se escuchaba algún ruido extraño. Nada, solo las rapaces nocturnas, la lechuza, el búho o el cárabo de estridente gemido.

—Si salimos de ésta... —musitaba Ifigenia.

Se le venía la emoción encima y no podía seguir hablando, tan lejos estaba de poder imaginar la vida, la vida cotidiana, después del horrible trago que le había tocado beber. ¡Cómo podría vivir en el palacio de Micenas con un padre que había intentado sacrificarla a la diosa! Micenas ya no sería nunca lo mismo, ni el que había sido su amoroso padre hasta que ella había llegado a Áulide podría seguir siendo su padre y menos aún llamarlo así. El mundo había cambiado para ella. La memoria habría de martirizarla en lo que le quedara de vida. A su amoroso padre se lo figuraba como un monstruo sanguinario y, más que nada, como un sacrílego, porque no solo mataba a su primogénita, sino que lo hacía en nombre de Ártemis.

–¿Por qué no tuvo valor el adivino –preguntó Ifigenia a su amigo Aris– de pedir el sacrificio en el altar de Zeus, el dios que protege a los guerreros?

–No sé, no entiendo. ¡Todo es tan difícil ahora! Lambros dice que están cambiando las cosas.

–Él es el que compone los cantos a los dioses.

–Hace lo que le ordenan. Calcante es el que manda en estas materias. Le dice que tiene que cantar las hazañas de los dioses y de los héroes. En los casi tres meses que estuve en el campamento, hasta que tu padre me expulsó, pasé muchas horas con Lambros. Disfrutaba con su compañía. Había mucho tiempo y muy poco que hacer. Aprendí a tañer la lira y componer algunos versos. –Aris tomó la mano de Ifigenia y esta le correspondió con un fuerte apretón–. Un día compondré un canto para ti. Se llamará *la fuga de Ifigenia* y lo cantaré por todos los rincones del mundo, desde Pilo a Tesalia, desde Ítaca hasta Rodas y los reinos de Anatolia, para que todos conozcan tu historia y aprendan de tu valentía, cantaré a tu diosa Ártemis y las ofrendas que le son gratas, cantaré el coraje de Clitemestra, la fidelidad de tus dos compañeras, Temis y Cloe.

–Un día me enseñarás a componer versos –replicó Ifigenia poseída por un sentimiento que le era desconocido–; tañer la cítara ya sé.

Hubo un ruido extraño. Aris se puso en guardia, mientras le tapaba la boca a Ifigenia. Estaban ya demasiado alejados para que la guardia del campamento anduviera por ahí, pero el santuario y el bosque sagrado de Ártemis estaban cerca y también eran vigilados para evitar la caza furtiva.

Sentados bajo la protectora copa de un pino rojo, los dos fugitivos se encontraban tan compenetrados uno con el otro que comenzaban a ver como algo ya pasado los siniestros propósitos de Agamenón. El campamento, la torva mirada de Calcante, la aplastante autoridad de los caudillos, quedaban ya demasiado lejos. Ifigenia se acercó a Aris, se acuclilló contra él buscando el calor de su cuerpo y pegó el oído a su pecho. Escuchó los latidos acelerados de su corazón confundidos con el suyo, los dos corazones latiendo al compás.

—Siento algo extraño que me invade —susurraba ella—; se rompen todos los lazos. Ya solo importas tú. ¿Por qué tan raramente ocurre lo más hermoso?

—¿Quién tiene derecho a romper esta dulce atadura que me une a ti?

En ese tiempo fugaz bajo el pino rojo, cerca del santuario de Ártemis, Ifigenia y Aris recibieron la visita de Afrodita y conocieron el amor pleno, aunque solo un instante breve, cercenado por ladridos de perros de presa y gritos de soldados.

Los dos jóvenes emprendieron rápida huida hacia el santuario.

—¿Crees que vienen a por nosotros? —preguntó Ifigenia.

—No lo creo. Son las habituales rondas nocturnas. Con esa algarabía pretenden infundir miedo a posibles ladrones.

—Si nos persiguen, podemos plantarnos en el altar de la diosa y declararnos suplicantes —propuso Ifigenia.

—Ni hablar. Eso solo sirve si se está a plena luz del día y hay testigos. No respetarán el altar. Debemos seguir nuestro camino y alejarnos de aquí.

—¿Que dices? Las hijas de Dánao se refugiaron en los altares de Micenas y fueron respetadas.

—La guerra no respeta nada, ni hombres ni dioses.

—Júrame una cosa. No dejarás que me cojan viva. No puedo consentir que el altar de la diosa sea mancillado con sangre humana. No puedo consentir que Ártemis cargue sobre sus espaldas con el asesinato de una doncella. ¿Sabes qué consecuencias tendría semejante crimen? Todos la calificarían de diosa cruel y salvaje, sedienta de sangre humana. Si algo me ocurre, no dejes que me degüellen junto al altar. ¡Prométemelo!

–No digas eso, por favor. Los burlaremos y llegaremos a los bosques sagrados de Micenas.

–Lo tenía todo previsto –amor mío– de común acuerdo con mi madre. Ves este cinturón. Está preparado para mantener mi cuerpo colgado. No consentiré caer en manos de esos asesinos.

Aris quería taparle la boca para evitar oír sus terribles palabras. Todo lo tenía previsto, todo para evitar que fuera degollada ante el altar de la diosa.

–Y otra cosa más: si me cogen y me devuelven al campamento, júrame que escaparás y que compondrás ese canto que me has prometido y que lo cantarás por todos los confines del mundo. De ti depende que se llegue a saber la verdad de Ifigenia y de su muerte. Prométeme que gritarás a los cuatro vientos mi verdad.

Siguieron el camino colina abajo. Los aullidos de los perros se atenuaron hasta desaparecer a medida que se alejaban de la playa. Al llegar junto al santuario de Ártemis, Ifigenia quiso dedicar unos instantes a la diosa. Se desvió unos pasos del camino y se acercó al altar. Oyó unos ruidos, tal vez de cazadores furtivos o de rapaces nocturnas. Contuvo el aliento un instante y cobró de nuevo confianza; las patrullas del campamento ya habían quedado atrás. Pensó en Micenas y en una vida sin pesadillas, sin guerreros de bronce y sin augures. Tras una breve plegaria silenciosa, cuando se disponía a seguir el camino con Aris, tres hombres salidos de la noche cayeron sobre ella y la apresaron. Forcejeó en vano. Sintió en todo su cuerpo la furia de los cazadores sobre la presa. La golpearon hasta que lograron reducirla.

–¿Quién más andaba contigo? –le preguntó uno de los captores.

–Nadie más; iba yo solo –respondió Ifigenia.

–Mientes. He visto una sombra andar por ahí. Lo vas a pagar. Cuando te cuelguen en el mástil de un navío, se acabarán los robos en el santuario.

–Yo solo quería rezarle a la diosa.

—Desde que el ejército está fondeado en la bahía de Áulide, todo son robos y líos. Una noche se llevan una cervatilla, otra los vasos sagrados, que hemos pagado todos los vecinos de Áulide. Eran de oro, ¿sabes? Oro del bueno, oro de Micenas.

—Vete despidiendo de este mundo, muchacho —le decía otro de los captores—. El rey está deseando pillar a uno in fraganti para dar un escarmiento. Mañana, con las primeras luces del día, serás llevado ante el rey Agamenón. Él decidirá sobre ti. Ya verás qué rey más justo y piadoso dirige el ejército de los griegos.

Desolado, Aris escuchaba oculto tras el bosque de encinas que rodeaba la parte trasera del altar. Si se abalanzaba sobre los captores, no tenía ninguna posibilidad de éxito. Eran sin duda guardias armados a los que Agamenón había encomendado vigilar el santuario ante las quejas de los labriegos de las proximidades a causa de los frecuentes robos. Seguramente quería reconciliarse con la diosa tras el desgraciado episodio de los primeros días, cuando se ufanó de dar muerte a una cierva del bosque sagrado de Ártemis.

Aris pensó presentarse a los captores y negociar con ellos. Podría decirles que iban de paso, como así era en realidad, y que les daría todas las monedas que llevaba encima, no muchas, pero eran de oro de Micenas.

—¡Aquí está el otro! —gritó uno de los guardias.

Dos forzudos cayeron sobre Aris e intentaron amordazarlo. Forcejeó como una fiera hasta que logró zafarse de ellos. Huyó despavorido guiado por los escasos rayos lunares que se filtraban entre las encinas. Se alejó lo suficiente por si había alguna otra patrulla. Finalmente, los guardias se dieron por satisfechos con una presa y esperaban confiados en la generosa recompensa de Agamenón.

—¿Quién era ese otro que ha logrado escapar? ¿Cuántos erais?

—Yo solo quería rezar a la diosa —respondió Ifigenia bajo el peso de la derrota completa y total.

Para Aris toda su acción ya no tenía sentido. Su misión había fracasado. Considerando que no todo estaba perdido, tomó una decisión arriesgada: volver al campamento, ubicarse de nuevo bajo la encina y hacer como si él no se hubiera movido de allí. Creía que su obligación era informar a Clitemestra de la desgracia.

Al deshacer el camino no observó ningún ajetreo anormal. Informó a Clitemestra de todo lo ocurrido y le explicó su plan. Se apostaría en el camino a la espera de que la patrulla condujera a Ifigenia al campamento. Armado con su espada, caería sobre los guardias y la liberaría. Clitemestra perdió toda esperanza. "Un sencillo paje contra un ejército", pensó. En silencio ahogó sus gritos en lágrimas. Un rencor de plomo se apoderó de su corazón. Maldijo a los caudillos, empezando por los Atridas, su esposo Agamenón, Menelao, el mañero Ulises, el valeroso Aquiles, los dos Ayantes, Arcesilao, Diomedes, el anciano Néstor. Maldijo a la turba de los déspotas y de los sacerdotes y, más que a nadie, maldijo a Calcante, el genio maligno que había urdido la muerte de Ifigenia a cambio de poder ocupar un lugar en el pesebre de los poderosos.

Mientras Aris e Ifigenia estaban enfrascados en la fuga, los reyes se habían reunido en la tienda de Agamenón. Tomaron la determinación de celebrar el gran sacrificio al día siguiente, poco antes de la caída del sol. Cuando ya se retiraban cada uno a su tienda, Calcante se dirigió al rey en un aparte para anunciarle que había llegado de Micenas el cuchillo sacrificial de obsidiana. Era el cuchillo ritual que utilizaba Menón para los sacrificios a Zeus.

—¿Cuándo llegarán los vientos? —preguntó Agamenón con voz grave.

—No tardarán. Ya no se escucha el canto del cuco.

19

Uno de los guardias que vigilaba el santuario de Ártemis se dio cuenta de que el joven detenido era en realidad una muchacha disfrazada. Sorprendido y excitado por el descubrimiento, se lo comunicó a sus compañeros. Todos se apresuraron a comprobarlo palpando sus senos y sus partes pudendas. Se alegraron de la doble recompensa que les esperaba, la de Agamenón y la de ese cuerpo femenino tierno y hermoso. Cuando iba a ser violada por uno de ellos, la joven espetó un grito salvaje:

–Soy Ifigenia, la hija de Agamenón.

Los guardias se quedaron petrificados. Encendieron una antorcha para mirarla. Nadie sabía decir si era o no la hija del rey.

–Es falso, es una treta de esta ladrona. A por ella –gritó uno de ellos.

–Mañana te colgarán en lo alto del mástil, canalla –rugía Ifigenia.

Al final, el miedo se impuso entre los captores y no se atrevieron a consumar sus aviesas intenciones.

Al rayar el alba, las dos patrullas que habían vigilado esa noche el santuario se dirigieron al campamento a dar novedades y entregar su presa. Aris observó su llegada desde un recodo del camino. Pensó en abalanzarse sobre ellos, sobre seis guerreros armados, dos de los cuales llevaban a Ifigenia uno de cada brazo.

Los guardias caminaban asustados, parecían más bien ellos los pillados en flagrante delito. Si hubieran sabido de antemano la identidad del detenido, habrían mirado para otro lado y lo habrían dejado escapar.

Se presentaron ante la tienda de Agamenón. El jefe de la patrulla esperó a recibir audiencia mientras el rey terminaba su habitual almuerzo.

—Aquí traemos a esta ladrona —dijo el jefe de la patrulla cuando apareció el rey en la puerta de la tienda—. Dice que es tu hija.

Agamenón miró al detenido con asombro y le costó reconocer a Ifigenia. No dijo nada. No tuvo ni una palabra para ella. Solo pensó en cuándo estaría todo acabado y consumado y deseó que fuera cuanto antes. Los guardias le informaron de cómo la habían sorprendido ante el altar de la diosa, que habían creído que se trataba de un vulgar ladrón y que sólo más tarde se dieron cuenta de que era una muchacha disfrazada. Dijeron que no había robado nada. El jefe de la patrulla recalcó que había sido tratada como un ladrón, pero que ella misma se descubrió como hija del rey, aunque los soldados no estaban seguros de si era o no verdad. Terminado su informe, Agamenón ordenó que la recluyeran en el interior de su tienda.

El rey sintió primero una ira brutal; después, alivio. ¿Qué hubiera sido de él si al llegar a buscar a Ifigenia para el sacrificio se hubiera dado cuenta de que había huido? Hubiera sido el hazmerreir del ejército y la guerra de Troya habría resultado frustrada.

El rey agradeció el buen servicio a la patrulla aunque no reconoció que se tratase de su hija. "Los ladrones saben muchas tretas", comentó. Los guardias se retiraron discutiendo entre ellos, abochornados por haberse dejado engañar por una vulgar ratera.

Ifigenia, maniatada, ya solo tenía un arma a su alcance, la palabra. Llamó a su padre, le rogó, le suplicó. "Si yo tuviera la elocuencia de Orfeo, padre, para persuadir con mis cánticos de modo que se conmovieran las piedras, y para hechizar a quienes quisiera, a esto acudiría. Pero ahora mis únicos saberes son lágrimas. Te las ofreceré. Que eso sí que puedo. Como un ramo de suplicante tiendo hacia tus rodillas mi cuerpo. ¡No me destruyas tan joven! Es dulce ver la luz. No me fuerces a ver las tinieblas bajo tierra. Fui la primera en llamarte padre y la primera a quien llamaste hija; la primera que puse mi cuerpo sobre tus rodillas, que te di y recibí efusivas caricias. Yo guardo el recuerdo de tus cariñosas palabras, pero tú ya las has olvidado y quieres matarme. ¡No, por Pélope, y por tu padre Atreo, y por esta madre, que ya antes sufrió dolores de parto por mí y ahora de nuevo sufre este segundo tormento. ¿Qué tengo que ver yo en las bodas de Paris y Helena? Mírame, dame una mirada y un beso, para que al menos guarde al morir ese recuerdo, si no atiendes a mis ruegos".

Las palabras de Ifigenia no alcanzaban a tocar el corazón endurecido de Agamenón. Era como si el pequeño Orestes golpeara con su frágil espada infantil un escudo de bronce.

Los reyes se reunieron antes del sacrificio. En esta ocasión, además de los habituales Atridas acompañados por Ulises y el adivino, fueron invitados el anciano Néstor, Aquiles todavía molesto por la falsa boda, Idomeneo de Creta, Ayante de Salamina y Diomedes, los caudillos más influyentes. Se hallaba presente también un testigo de excepción, Lambros, en calidad de rapsoda oficial del palacio de Micenas. Los reunidos decidieron, en primer lugar, los detalles del sacrificio. Pero la reunión tenía un objetivo mucho más importante. Agamenón estaba interesado en que todos los caudillos aceptaran una propuesta suya que le había sido sugerida por Calcante. Consistía en que Lambros sería el único que compondría el canto del sacrificio de Ifigenia. Todos los demás rapsodas se limitarían a cantar el relato tal como Lambros lo dejara compuesto, con las mismas palabras. No quería que hubiera la más mínima diafonía. Los caudillos debían comprometerse a que no permitirían que sus rapsodas cantaran una versión diferente.

—Calcante os explicará la propuesta con más detalle —dijo Agamenón dándole la palabra al adivino.

—Ya le he explicado a nuestro comandante en jefe —la expresión disgustaba a muchos caudillos— la enorme distancia que puede haber entre lo que ha ocurrido y lo que la chusma cree que ha ocurrido. Las generaciones futuras se harán idea del sacrificio de Ifigenia por el canto de Lambros, porque la palabra a las gestas sobrevive; los que hayamos sido testigos del acto nos llevaremos al Hades nuestra visión y nuestra experiencia. El sacrificio de esta tarde es la llave que nos abrirá las puertas de Troya. Igual que hemos decidido que haya un mando único, debe haber igualmente una voz única.

—Estamos de acuerdo —interrumpió Néstor—. No veo ninguna objeción.

—Que siga su explicación Calcante —insistió Agamenón—. No quiero que luego alguien diga que no he sido claro.

—El canto de Lambros relatará cómo la joven princesa de Micenas, Ifigenia, la primogénita del rey, tras haber conocido el oráculo, ha ofrendado su vida por la salvación de Grecia y por el honor de la patria ofendida. El poeta ensalzará la grandeza de esta débil doncella que ha entregado su sangre para que vosotros, los guerreros de Grecia, arraséis Troya.

—Estamos de acuerdo —insistió Néstor ya impaciente por tantas palabras.

—El rapsoda cantará también —prosiguió Calcante— la grandeza de un padre, el rey de Micenas, que ha sabido anteponer el interés común de la patria ultrajada a sus intereses personales. Ha entregado a la diosa lo que más amaba, su propia hija primogénita. Nadie ha sido tan generoso con Grecia como nuestro comandante supremo.

Aquiles se dio cuenta de que habían caído en una encerrona, pero ya no había tiempo para reaccionar. Los caudillos aceptaron la propuesta, en la que se comprometían a comunicar la decisión a los rapsodas de sus reinos y hacerla cumplir.

Al llegar la tarde, comenzaron los preparativos de la ceremonia ritual. El altar llevaba ya días dispuesto a la espera del gran sacrificio que se había anunciado y que había de celebrarse a la caída del sol. Junto al altar estaba preparada una enorme pira donde sería incinerada la víctima. Todo estaba preparado para el holocausto, el gran rito expiatorio.

Tras haber terminado la reunión de los caudillos, los nervios de Agamenón estallaron. La sirvienta de su tienda le hizo notar que Ifigenia se había cortado el pelo y que eso tal vez dificultaría que fuera reconocida por los asistentes como la hija de Agamenón. Le hizo ver que la mayoría vería el sacrificio a distancia y podrían creer que era un muchacho que había ocupado el lugar de la hija del rey.

—Déjate, estúpida. Si quisiera dar el cambiazo, habría elegido a una muchacha de larga cabellera.

—Tu sirvienta tiene razón, *Wanax*. Da igual si es o no es Ifigenia, pero debe parecerlo.

Agamenón dejó en manos de Calcante todos los detalles. Este ordenó a dos soldados que fueran a la tienda de Clitemestra y que trajeran de allí el vestido nupcial de la princesa y la cabellera que con seguridad su madre le había cortado para favorecer la huida. Así lo hicieron. Calcante, preocupado por que Ifigenia pareciera realmente Ifigenia, pensó en recurrir al caballista Alexis. Era el encargo por Agamenón de cuidar sus caballos, en especial su yegua favorita Eta, la de bellas crines. El adivino le encomendó que se dedicara a trenzar los cabellos cortados y darle de nuevo a la cabellera su antigua apariencia. Alexis pidió a la princesa que colaborara, que no le pusiera difícil las cosas. Ifigenia ya no lloraba. No le quedaban lágrimas. Atendió a las instrucciones de Alexis como si fuera el peluquero del palacio.

–Quedarás guapísima. Nadie se va a dar cuenta –le decía el caballista, ignorante del destino que aguardaba a la princesa–. Ya sé que merecerías unas manos más delicadas. No sé como el rey no ha previsto que alguien tendría que peinar a la novia.

A la hora convenida, los heraldos de los diversos reinos dieron la orden de ocupar su puesto en torno al altar. Una algarabía de hombres se encaminó a las faldas de la colina, que se habían aterrazado para acoger a la muchedumbre. Cada grupo tenía asignado de antemano el lugar que debía ocupar. Los heraldos se encargaban de hacer guardar el orden. Cuando todos los contingentes del ejército estaban en sus puestos, de la tienda de Agamenón partió una comitiva encabezada por los caudillos por rigurosa jerarquía según el número de naves que cada uno aportaba, empezando por los de menor cuantía.

Tras los caudillos, se ubicaba la víctima, Ifigenia, cogida del brazo por dos victimarios. Tras ellos, caminaban Calcante, el sacerdote de Zeus y el ayudante que portaba la cestilla sacrificial donde se guardaba el cuchillo de obsidiana y los granos de cebada. Cerraba la comitiva Agamenón y Menelao, escoltados a derecha e izquierda por Ulises de Ítaca y Néstor de Pilo.

Ifigenia agotada tras noches sin dormir, huidas frustradas y súplicas en vano, era conducida como un dócil animal que ignora su funesto destino. Al aproximarse la comitiva a la multitud reunida, un silencio de espanto, acompañado de murmullos, caía sobre la algarabía de la muchedumbre. "¡Ifigenia, es la hija del rey". La comitiva continuó en silencio, ascendiendo la pendiente zigzagueante de la colina hasta llegar a la explanada donde se hallaba el altar. Una vez detenidos, comenzó el rito. Ifigenia parecía desmayada. Podía observarse que los dos victimarios la mantenían en pie. La cabeza le caía sobre el pecho. Su rubia cabellera le ocultaba el rostro.

Calcante, como Agamenón, hubieran deseado que ofreciera en un gesto voluntario su yugular al cuchillo o que inclinara la cabeza en señal de aceptación. El ritual del sacrificio alegaba que era un honor para la víctima ser sacrificada a la diosa y que debía corresponder a ese honor con un gesto de aceptación. Tal ocurría con las ovejas, cabritas y las reses en general que se llevaban al sacrificio. Tras una larga procesión, las reses llegaban nerviosas y fatigadas al altar, y el sacerdote les ofrecía un caldero con agua. La víctima se inclinaba para beber y ese gesto era interpretado como una señal de sumisión.

Taltibio, el heraldo, dio las voces rituales pidiendo respeto y religioso silencio a la tropa. En verdad no hacía ninguna falta. La consternación había hecho encoger el corazón de los presentes, cuyos ojos, más que al oficiante, se dirigían a la víctima y a su padre. Ifigenia no daba ninguna señal de vida. Agamenón, erguida su figura como una estatua de piedra, mantenía clavada su mirada altiva en un difuso horizonte. En ningún momento inclinó su cabeza para mirar a su hija.

Calcante colocó sobre la cabeza de Ifigenia la corona ritual trenzada con ramas de olivo y flores de espliego. A continuación el sacerdote tomó el cántaro de agua lustral y roció el altar de la diosa en derredor, mientras pronunciaba las siguientes palabras dirigidas a Ártemis: "Hija de Zeus, tú que cazas animales salvajes y que en la noche volteas la blanca luz astral, acepta esta víctima que te ofrecemos como regalo el ejército de los aqueos y el soberano Agamenón: la sangre pura de un cuello hermoso y virginal. Y concédenos realizar una navegación indemne y arrasar las murallas de Troya".

Tras la plegaria, Ifigenia pareció recobrar un poco de fuerza y de vida. Dijo algo que nadie pudo entender. De nuevo volvió a hablar y, temiendo que se atreviera a pronunciar palabras de execración contra su familia y contra el ejército, su padre ordenó al sacerdote que le colocara una violenta mordaza. Ella forcejeó con las pocas fuerzas que le quedaban. Tras la autorización del rey, los dos victimarios levantaron su cuerpo y lo pusieron sobre el altar. Miraba angustiada y desesperada, lanzando a los más próximos el dardo de su mirada como si los quisiera llamar por sus nombres.

Ya en el altar uno de los victimarios la tomó de la cabellera y tiró fuertemente hacia atrás para que ofreciera su yugular al cuchillo, pero se quedó con la melena en sus manos. Nervioso y confuso, la empujó de la frente y el sacerdote la degolló con sañudo gesto de matarife.

Ifigenia sintió un fuego abrasador en el cuerpo mientras la sangre corría a raudales sobre el altar de su diosa. A sus ojos no acudieron las lágrimas. Había llorado ya todo lo que una vida puede llorar. Así murió Ifigenia de Micenas.

La pira ardió hasta bien entrada la noche. Aris pudo seguir la ceremonia desde un lugar apartado para no ser visto. El vaso de su dolor estaba a punto de rebosar, pero le quedaba por hacer la misión más importante de su vida. Nadie le acusó en los días sucesivos de haber sido el cómplice de Ifigenia en la frustrada fuga. Cuando el fuego se extinguió, los sacerdotes hicieron una plegaria final para que el ejército tuviera vientos favorables y una feliz travesía.

20

Todo lo que pudo hacer Clitemestra por su hija fue contemplar la columna de humo que ascendía a los cielos. Más tarde, con el anochecer, el humo se fue borrando para dejar paso a un tenue resplandor. Después, cenizas y gritos de la tropa que aclamaban al gran líder, A-ga-me-nón. Recluida en la tienda bajo la vigilancia de una pareja de fríos escoltas, la reina, acompañada por Temis y Cloe, emprendió al día siguiente el amargo camino de un extraño regreso. No era la vuelta al hogar, por más que en Micenas la estuvieran esperando sus dos hijas, Crisótemis y Electra, y el bebé Orestes. El regreso no era regreso, sino un principio alimentado por el odio y el dolor. Su mente estaba invadida por una idea que iniciaba el camino hacia la obsesión y que solo se habría de extinguir con su cumplimiento.

Aris merodeaba por el campamento a la búsqueda de algo que nunca podría encontrar. El sentimiento de pérdida se fue atenuando a medida que se aferraba a la misión que Ifigenia le había encomendado. Por la noche acudía a dormir bajo la encina. La tienda de Ifigenia había desaparecido y también Temis y Cloe. Los primeros días no pudo conciliar el sueño. Tenía hinchados los párpados y el pecho a punto de estallar. Trataba de hilar algún verso para el canto a Ifigenia, pero echaba en falta la lira. Lambros le había dicho que rasgando las cuerdas los versos fluyen mejor.

Mientras el dolor de Aris se iba plasmando en versos, los distintos contingentes del ejército estaban ultimando los preparativos para zarpar; tan ciegos y confiados estaban los caudillos en el oráculo del augur. El tiempo transcurría bajo un intenso calor aliviado por suaves rachas de viento del norte.

Cada día que pasaba subía un grado el nerviosismo de Calcante. Tenía la convicción de que los vientos del sur ya no tardarían en despertar de su interminable letargo. Si tras un breve plazo decidían seguir sesteando, sabía que tendría que enfrentarse él solo al rey, a los caudillos y a todo el ejército. Todos los informes de los sabios vecinos de Áulide y los de la ciudad de Calcis coincidían en pronosticar que los vientos ya no podían tardar mucho tiempo. Algunos le habían indicado que, cuando tardaban tanto en aparecer, podían irrumpir de repente de manera brusca y tormentosa. En ese caso, la flota debía aguantar el primer embate fondeada en el puerto y después soltar amarras cuando la tormenta hubiera cesado.

Al anochecer, antes de retirarse a su aposento, Calcante se pasaba por la tienda de Agamenón a recibir instrucciones para el día siguiente. El rey siempre le preguntaba lo mismo y siempre obtenía la misma respuesta, pero, tras el gran sacrificio, la respuesta ya no podía ser la misma. Si el ejército y su comandante en jefe habían cumplido todas las exigencias divinas, ya no cabía ninguna explicación a la prolongada calma de los vientos.

—Algunos caudillos me preguntan; otros, simplemente me miran con cara de sospecha. Creen que los dioses no están conmigo.

—Si tienen alguna duda, envíamelos a mí, yo les explicaré.

—Temo que puedan perder la paciencia.

—A veces hasta las órdenes de los dioses se hacen esperar. —Calcante hablaba con voz confiada y segura—: Hace ya días que no canta el cuco.

Al regresar a su tienda, Calcante escuchó a Lambros ensayando un canto acompañado de la lira. No se detuvo a comprobar si era la nueva composición que los reyes le habían solicitado o si se trataba de los habituales cantos heroicos para gloria de la casa de Atreo.

Aris entretanto, tras mucho vacilar, hizo su aparición en las veladas nocturnas en torno a la hoguera, donde los soldados pasaban horas de plática y cháchara antes de acostarse. Durante el día rondaba por los alrededores del campamento, sin integrarse en ninguno de los contingentes instalados en la playa, junto a las naves. Nadie reparaba en él. Agamenón creía que había regresado a Micenas con su esposa. Pero él había preferido quedarse. Se sentía ligado a una sagrada misión. Tenía ya preparado el canto a Ifigenia y tal vez era el momento de recitarlo, pero no sabía por dónde empezar. De pronto tuvo una idea y se aferró a ella como su única tabla de salvación. Confiando en la solidaridad entre rapsodas, se presentó por la noche en la tienda de Lambros a pedirle un favor.

–Si está en mi mano. Tú dirás.

–Necesito que escuches mi canto a Ifigenia.

–¿Cómo? Me ahorras trabajo. Yo también debo componer un canto a la princesa. Me lo han encargado los reyes.

–El mío no te servirá. Solo quiero que lo escuches y que me corrijas lo que está mal.

–Toma la lira. Canta.

–Lo haré en voz baja.

–No te preocupes; el tumulto todavía durará un rato.

–Mi canto se llamará *La verdad de Ifigenia, hija de Clitemestra*.

Aris tomó la lira y comenzó a cantar:

Canta, musa, la horrible desgracia y la muerte espantosa
de la noble Ifigenia, sagrada *hierea* de Ártemis,
cuya vida le fue arrebatada en el puerto de Áulide
por decreto de un vate blasfemo llamado Calcante
dedicado al servicio del rey.
Inventó predicciones falaces, sembró la esperanza
de los vientos de sur y engañó a los caudillos helenos.
Reclamó el sacrificio de una inocente doncella,
alegando que así lo exigía la diosa.
¿Qué buscaba el infiel servidor de los dioses?
Yo denuncio los viles motivos del crimen infando:
un profeta ambicioso, sediento de mando y poder,
un Atrida insensible y brutal, que de nombre tan solo era
                                                    padre,
un avaro monarca, el rey de Micenas,
codicioso del oro y la plata de Príamo,
envidioso de Paris, el príncipe dárdano
al que Helena había entregado su dulce belleza.
Una tribu de jefes cobardes, Aquiles,
Diomedes, Ulises de Ítaca, Néstor de Pilo,

que impasibles acatan la orden del pérfido augur
y el cuchillo brillante contemplan
cual si de un indefenso cervato entregaran la vida
en el ara sagrada de una benévola diosa.
¡Turba impía de inicuos caudillos y avaros guerreros!
Mas la noble princesa mostró el valor de su nombre:
Ifigenia, mujer de vigor y energía,
resistió la embestida del pérfido augur,
la sacrílega orden del padre exigiendo acatar el oráculo.
No cedió ante la masa ignorante sedienta de robo y pillaje.
Emprendió una fuga veloz sin fortuna,
no esperó ver colmada su alma de pena y tristeza
ni quedaron ocultas sus lágrimas.
Reyes, ruines augures, caudillos y tropa servil,
doblegar no pudieron el ánimo de esta mujer.
No humilló la cerviz, ni inmoló por la patria su vida
ni clamó por los vientos del sur ni feliz travesía auspició.
Nunca quiso adherirse a la loca aventura troyana,
pues la diosa le urgía a velar por las nobles mujeres argivas,
que debían cuidar de sus hijos,
atender los trabajos del campo y buscar el sustento,
asistir a los padres ancianos,
defender el hogar si otros hombres traían a tierra de Argos
la contienda que a Troya llevaban sus fieros esposos.
Las mujeres rogaron en vano,
Clitemestra también, que la guerra aparcaran,
que enviaran experta embajada a tratar el asunto de Helena.
El clamor femenino se ahogó en sus gargantas.
Un abismo de ruina se abrió y la guerra avanzó sin bocado.
¡Al saqueo!, gritaron los jefes tocados de cresta y morrión,
y los reinos de Grecia, prendados del *pólemos*,
seducidos tomaron el rumbo hacia siglos oscuros.
De este modo violaron en Áulide el ara divina de Ártemis
los caudillos helenos, la flor de los héroes,
instigados por un adivino de mente maligna y felón,
ofuscados sus ojos pensando en el pingüe botín.
Tan enorme maldad en el dios de los hombres se ampara,

Zeus, padre, que encuentra deleite en el rayo y la guerra.
A Ifigenia llevaron con trampas al puerto de Áulide,
anunciando una boda feliz con Aquiles Pelida.
La llevaron en traje de novia a ser degollada
ante el ara de su íntima diosa, la casta Artemisa,
confundiendo el altar sacrosanto con un matadero,
y violaron su peplo color azafrán empapado en su sangre.
Maniatada y silente por causa de ruda mordaza,
expiró degollada por mano enemiga la noble Ifigenia.
Es así como hicieron de ella los pérfidos jefes aqueos
la primera sacrílega víctima
de la infausta contienda llamada *la guerra de Troya*.
Cubrirán con un velo el dolor de Ifigenia y su espanto,
con mentira dirán que la diosa ha exigido su muerte:
mas la pena rehúye la máscara, tras el dolor
nada más que terrible dolor se amontona.
Y después de Ifigenia, la noche, los siglos oscuros,
las broncíneas lanzas,
los ejércitos, máquinas, hombres de hierro,
fabricantes de muerte, inventores de armas letales.
Una larga secuencia de crímenes
cargarán los guerreros de bronce en su ciega y obtusa
                                    conciencia:
morirán las mujeres en Troya y Micenas, en Esparta y
Corinto:
Polixena, la más juvenil de las hijas de Príamo,
degollada ante el túmulo insigne de Aquiles,
y Yolea y Selene y Delfina
y Amanat y Malala, Raquel y Jasmine.
Seguirá un silencio de plomo,
acalladas y mudas las diosas con vanos pretextos.
Mas mi canto no puede morir sin mentar el mensaje
que la noble Ifigenia me ha confiado y que dice:
"Volverán otra vez las ofrendas al ara de Ártemis
y la voz de la diosa de nuevo será interpretada por sabias
                                    mujeres.
La bahía de Áulide no albergará ya navíos de guerra,

sino ferias y fiestas, mercados de frutos y aceite,
de tejidos sidonios, papiros de Egipto.
Los altares cubiertos de ofrendas incruentas,
los guerreros de bronce aparcados en sobrios museos,
arrumbados el yugo y las flechas,
las moharras caducas, las lanzas colmadas de herrumbre,
y los negros augures huidos
de la faz de la tierra borrados por siempre".
Preparad el regreso, mujeres y hombres sensatos,
de la noble Ifigenia, princesa de Argos,
que su luz y su arrojo, su amor por la vida,
iluminen la senda hacia un mundo distinto,
donde Helena y Malala, Ifigenia y Jasmine,
sean libres de amar, de adorar a sus diosas,
de cantar sus canciones; y en suma,
que derechos iguales disfruten mujeres y hombres.
Aristágoras canta este canto a la noble princesa de Argos:
a Ifigenia, que mora en el éter inmenso,
y que vibra en el alma de cada mujer maltratada.
¡Ojalá que pudiera volver a este mundo a vivir una vida feliz,
la que el padre, el augur y los reyes sacrílegos
le segaron un día en la playa de Áulide!

Lambros quedó sobrecogido ante los versos del improvisado poeta y, aunque reconocía que había trazado un retrato veraz de Ifigenia, le recomendó que no lo cantara en público, al menos no allí en el campamento.

—Recítalo si quieres, pero que sea lejos de Agamenón o de sus guardias.

—Yo canto la verdad de Ifigenia.

—¿Tú crees que les importa la verdad? Además, ¿qué es la verdad?

—Lo que ha ocurrido realmente.

—Muchacho ingenuo, si las cosas fuesen así, los rapsodas no tendríamos el poder que tenemos. Lo que ha ocurrido se esfuma, queda solo el relato, el canto del poeta. Eso es lo que se transmite, lo que quedará en el futuro. Por eso, te animo a que cantes, sí, que tu versión perviva, para que el olvido y el silencio no sepulten para siempre el dolor de la madre y la fría crueldad de los caudillos guerreros. Pero has de saber que otros cantos hablarán de una heroína que entregó la vida por la salvación de Grecia y por la destrucción de Troya. No podrás evitar ese canto. Yo mismo lo voy a componer por encargo del rey. Calcante siempre lo ha dicho, no importa lo que pase o deje de pasar, importa lo que la gente crea que ha pasado. Muchacho, la verdad se construye con los frágiles ladrillos de nuestros cantos. Ifigenia será la gran heroína de esta guerra.

—Por eso debo cantar mi poema por todos los rincones, para que todo el mundo sepa que fue todo un engaño, que Ifigenia fue la primera víctima de la guerra de Troya y que los heroicos caudillos y guerreros estaban movidos por la ambición y la codicia del botín.

—Y por la defensa de la patria helena. —Lambros añadió sin ninguna intención de justificarse—: Yo estoy al servicio del rey. —Tras un momento pensativo, como si tuviera una duda pendiente, preguntó en tono confidencial—: A propósito, hay algo que me llama la atención. Dices "Ifigenia, la hija de Clitemestra", pero debería ser "Ifigenia, la hija de Agamenón", ¿no te parece?

—Verá, maestro. La reina, cuando supo que su hija iba a morir, se mesaba los cabellos, golpeaba lo que tenía a su alcance y gritaba: "¡Hija mía, mía y solo mía, porque nunca has tenido un padre!".

Lambros enmudeció como sacudido por una visión repentina: pensó en la madre afligida, pero no se dejó morder por la mala conciencia. Al fin y al cabo, él estaba al servicio del rey.

A la mañana siguiente, Aris tomó la lira que Lambros le había prestado y se puso a cantar su poema. Se plantó en la playa, no lejos de la tienda de Agamenón. Pronto fue rodeado por un pequeño número de oyentes.

—No creo que al rey le vaya a gustar tu canto —comentó uno de los presentes cuando el poeta hubo concluido.

—¿De qué te viene a ti ser rapsoda, muchacho? Hasta hace poco eras un simple paje —terciaba otro.

—Si he escuchado bien, la tropa no salimos muy bien parada.

—Bueno, peor quedan los caudillos, nuestros jefes.

—Han matado a una inocente y vosotros lo habéis consentido —replicó Aris con visible enojo.

—Lo hemos exigido. ¿Quién puede oponerse a un oráculo?

—Pues decidme —Aris insistió en su propósito–. ¿Dónde están los vientos del sur? Hace cinco días que ha muerto Ifigenia. ¿No es la prueba de que Calcante es un impostor?

Aris tuvo que abandonar el lugar hostigado por los oyentes. Durante el día no volvió a encontrar otra oportunidad. Esperó a incorporarse a alguna de las hogueras de la noche, un momento más propicio para el canto. Llegado el momento, se dispuso a cantar *La verdad de Ifigenia*, pero decidió cambiar de táctica. Comenzó recitando un episodio glorioso de los Atridas para ganarse al público y, tras recibir los aplausos, comenzó con su poema. Esta vez no se produjo un manifiesto rechazo. Allí aprendió Aris que es más fácil ser aceptado si se dice aquello que los oyentes quieren oír. Cuando hubo terminado, se suscitó la duda entre los asistentes, sobre todo porque comenzó una discusión en la que uno de ellos se atrevió a preguntar por los vientos del sur. Se hizo el silencio. Aris aprovechó para proclamar que esa era la prueba de que Calcante era un impostor, no un profeta. A partir de ese momento, se desató la disputa y la velada terminó en pelea.

Como venía haciendo desde la muerte de Ifigenia, Aris regresaba cada noche a dormir bajo la encina. Solo disponía de un pequeño jergón de hierba y coscoja y un manto con el que se cubría por la noche. Era un tiempo para el dolor y el recuerdo. Recordaba cómo habían huido del campamento, cómo habían burlado a los guardias y cómo la mala suerte se cebó con ellos. Ese dios de los hombres, como decía Ifigenia, debió de ser el que puso a los vigilantes del santuario sobre la pista de los dos fugitivos.

A la mañana siguiente, Aris tomó de nuevo su lira y se dirigió al campamento. A los primeros tañidos, era rodeado por grupos de oyentes que iban en aumento a medida que avanzaba el canto. Era ya el mediodía cuando se acercó al contingente de los mirmidones. Tuvo buen cuidado de no cantar el verso en que se citaba a Aquiles entre los reyes cobardes. El rapsoda aprendía rápido. El resto del poema lo recitó íntegro.

Los chivatos de turno habían hecho llegar la voz a los caudillos. Al principio, no hicieron caso. Agamenón, preocupado con los vientos y lleno de ira, ni tan siquiera se molestó en indagar quién era ese cantor. Por fin, preguntó a Lambros, que no tuvo más remedio que darle el nombre, pese a ser consciente de que sentenciaba al muchacho. Calcante decidió poner uno de sus espías tras los talones del rapsoda. El informe hizo disparar todas las alarmas. Habló con el rey y le convenció de que convocara a su consejo restringido, Ulises y Menelao. Les advirtió del riesgo de un motín, porque el mocoso, así lo llamaba, había tenido la osadía de tacharle de impostor allí donde entonaba sus versos envenenados.

Los reyes pasaron a la acción. Salieron en busca del rebelde cantor, acompañados de sus guardaespaldas, bien armados con sus rutilantes espadas, cuyas conteras dejaban a su paso un pequeño surco sobre el suelo arenoso del camino. Llegó la comitiva al contingente de los mirmidones cuando el cantor se hallaba en pleno ejercicio de su arte. Quedaron a la escucha sin que los oyentes se percataran de su presencia. Al concluir su canto, Aris proclamó con orgullo:

—Calcante es un impostor. ¿Donde están los vientos?

Los guardaespaldas disolvieron la reunión. Todos huyeron despavoridos al identificar a los personajes. Solo quedó Aris frente a todo el poder de los tres reyes más el augur. Supo desde el primer instante que había llegado su fin.

—No habrá un altar que acoja tu sangre —sentenció el adivino con rencor.

—*Odio de todo corazón a la turba de déspotas y sacerdotes,*
pero más odio al genio que se compromete con ellos.

Eran palabras dedicadas a los asesinos de Ifigenia. Luego, como recitando para sí, invadido por un solaz que le era totalmente desconocido, añadió dos nuevos versos:

—*¡Dios de estos tiempos, bastante has reinado ya*
sobre mi cabeza, en tu sombría nube!

Calcante y Agamenón cruzaron sus miradas. Después el adivino miró a uno de los guardaespaldas que, acto seguido, desenvainó la espada con los ojos fijos en Aris por si iniciaba algún movimiento de fuga. Pero el poeta, que se sabía rodeado, se plantó ante el verdugo y esperó.

—Di ahora quién es el impostor —rugió Ulises.

—Es el falsario servidor del dios que ha prometido los vientos del sur.

En ese instante, guiado por la fría mirada de Calcante, el guardaespaldas soltó el primer golpe bien calculado de su espada. No fue al cuello, sino al vientre. El golpe en sentido horizontal le hizo saltar los intestinos al suelo. El adivino buscaba sin duda infligir al poeta disidente un castigo ejemplar. Aris cayó desplomado. No gritó ni profirió lamentos. Un río de lágrimas sin llanto fluía de sus ojos. Sentía que se le escapaba la vida, que la imagen de su amada Ifigenia huía de su pensamiento, aunque él luchaba por retenerla hasta el último suspiro. Hincado de rodillas en el suelo, con la cabeza inclinada sobre el pecho y las manos sobre su vientre desparramado, parecía la víctima perfecta que ofrecía voluntaria su pescuezo para el sacrificio. El matarife, autorizado por el adivino, concluyó su trabajo: blandiendo la espada con las dos manos, descargó otro golpe, más brutal, que hizo rodar la cabeza del poeta por el suelo.

Nadie se molestó en cavar un pequeño hoyo para que la sangre no fuera profanada por las pisadas de los guerreros, las pezuñas de los caballos y los calces de los carros. Allí quedó el cadáver de Aris para escarmiento.

—Ahora ha muerto en verdad Ifigenia —proclamó Calcante, el hombre de bronce, con altiva mirada—. Ya podéis preparar los bajeles; las ansiadas brisas del sur no tardarán en despertar.

Los vientos llegaron y la flota griega levó anclas. Troya fue destruida. Después vino una larga noche, que abrió la puerta a los siglos oscuros. Pero *La verdad de Ifigenia, hija de Clitemestra*, rapsodia compuesta por Aristágoras de Micenas, quedó guardada en la memoria de oyentes anónimos, de la que habrían de beber los poetas de las generaciones futuras.

NOTAS DEL AUTOR

GLOSARIO

Abantes. Son los habitantes de la isla de Eubea.

Aedo. Cantor que acompaña con la lira sus cantos o recitaciones. Al menos en la época arcaica, no se puede discernir del rapsoda.

Cotilo. Medida de capacidad, usada para cereales y líquidos, equivalente a un cuarto de litro. El medimno equivalía a 48 litros.

Equeta. Los equetas representan la nobleza de los palacios micénicos. El término significa *seguidor*, es decir, miembro de la comitiva real, el séquito del rey, una especie de preludio del conde medieval.

Ergasterio. Taller, lugar de trabajo. Cada palacio incluía en su recinto naves adecuadas para albergar los distintos oficios.

Fiale. En micénico y en Homero, la fiale es un recipiente poco profundo, con amplia apertura y provisto de dos asas verticales. Sirve para calentar un líquido y puede servir también como urna funeraria. Después de Homero, se usa como copa para beber o para hacer una libación.

Forminge. Instrumento musical más antiguo que la lira, de estructura diferente y de tono más claro, ya atestiguado desde Homero. Constaba de cuatro cuerdas tendidas desde una caja armónica de forma redondeada hasta un travesaño horizontal que unía los dos brazos. Se tañía con el plectro.

Hierea. Sacerdotisa. Por lo general las diosas eran atendidas por sacerdotisas y los dioses por su sacerdote (*hiereús*) correspondiente.

Ilitía. Diosa de los alumbramientos, hija de Zeus y Hera.

Matria. Según informa Platón (*República* 575d), los cretenses a la patria (tierra del padre) la llamaban *matria* (tierra de la madre).

Mégaron. Gran sala rectangular, la pieza más importante del palacio aqueo. En el centro se encuentra un hogar de forma redonda. El techo está sostenido por cuatro columnas y se abre en la vertical del hogar. El tipo de *mégaron* fue fijado por los micénicos y prefigura el templo griego posterior.

Ornitoscopio. Lugar desde el que los augures o agoreros contemplaban el vuelo de las aves para emitir sus presagios.

Petteia. Juego que se desarrollada con fichas sobre un tablero, semejante a las damas. Fue inventado por Palamedes, como los dados.

Pólemos. Palabra que en griego clásico y moderno significa *guerra*. En castellano, como en los idiomas modernos en general, *polémica* queda reservada para la disputa verbal.

Potnia. Palabra que significa "Señora". Es un título que se aplica a una divinidad femenina de gran relevancia. El título se aplica también a las reinas y a veces también al ama de casa, cuyo título más habitual es *despoina*. En la época clásica se aplica a determinadas diosas, como Ártemis, Deméter o Hera.

Teomaquia ("batalla de los dioses"). El término se refiere a un pasaje de la Ilíada (XX, 54-74) en que los dioses se lanzan a pelear entre ellos. El pasaje pronto comenzó a concitar la crítica a Homero por haber atribuido a los dioses pasiones y ambiciones humanas. Teágenes de Regio respondió que el texto homérico era una alegoría de la pugna entre elementos en el mundo físico: Apolo o Helios son el fuego, Posidón es el agua y Hera, el aire.

Wanax. Palabra que corresponde al griego clásico *ánax*, que significa *señor, soberano, rey*. En la cultura micénica designa tanto al soberano político como a un dios del panteón. El término se aplica, ante todo, al Atrida Agamenón.

Xoana. Pequeña estatua cultual de madera poco elaborada. Es el tipo de estatua más antiguo; dio paso en el siglo VII a.C. a estatuas de mayor tamaño. En la época micénica las estatuas de los dioses son de madera o de terracota.

APUNTE BIBLIOGRÁFICO

La *Ilíada* es la primera fuente para la cultura micénica y la guerra de Troya aunque Homero no cita el episodio de Ifigenia ni la concentración de la flota griega en Áulide.

Los tres trágicos abordaron en distinta medida la muerte de Ifigenia y por ello son de lectura obligatoria para conocer este caso singular de un sacrificio humano: Esquilo en su *Agamenón*, Sófocles en una *Ifigenia* que se ha perdido y Eurípides en sus dos tragedias, *Ifigenia en Áulide* e *Ifigenia entre los Tauros*.

Otros autores han ofrecido nuevas versiones sobre el mito, como Racine y Goethe. Literatos, músicos y pintores han tomado la historia de Ifigenia como motivo de sus trabajos.

Para conocer mejor la cultura micénica, se puede recurrir a los siguientes libros, muy valiosos y sencillos, obra de reconocidos especialistas:

Chadwick, John. 1993. *El mundo micénico*. Madrid. Alianza.

Graves, Robert. 2009. *Los mitos griegos*. RBA. Barcelona.

Sánchez Ruipérez, Martín y Melena Jiménez, José Luis. *Los griegos micénicos*. Historia 16. Madrid.

Schofield, Louise. 2007. *The Mycenaeans*. The British Museum Press.

Strauss, Barry. 2008. *La guerra de Troya*. Barcelona. Edhasa.

Los principales personajes de la novela están tomados de los relatos míticos relativos a la época micénica, salvo el joven paje e improvisado cantor, Aristágoras de Micenas, que es de ficción, lo mismo que Lambros. No obstante, los aedos eran personajes habituales en el mundo micénico.

Otros títulos del mismo autor

La malva y el asfódelo
Ciudadano Sócrates
El canto del filósofo
Los amantes de Chistau
El señor de San Juan
Se nubla el cielo
La deleria d'el cobol (en aragonés)